대한민국
10대를
인터뷰하다

대한민국 10대를 인터뷰하다

© 김순천, 2009

초판 1쇄 펴낸날 2009년 8월 31일
초판 12쇄 펴낸날 2017년 1월 10일

지은이 김순천
사진 김정하
펴낸이 이건복
펴낸곳 도서출판 동녘

전무 정락윤
주간 곽종구
편집 구형민 최미혜 이환희 사공영
미술 조하늘 고영선
영업 김진규 조현수
관리 서숙희 장하나

인쇄 · 제본 영신사 **라미네이팅** 북웨어 **종이** 한서지업사

등록 제311-1980-01호 1980년 3월 25일
주소 (10881) 경기도 파주시 회동길 77-26
전화 영업 031-955-3000 편집 031-955-3005 **전송** 031-955-3009
블로그 www.dongnyok.com **전자우편** editor@dongnyok.com

ISBN 978-89-7297-601-1 03810

우리 시대를 대표하는 청소년들의
희망과 꿈, 자유와 좌절에 관한 이야기

대한민국
10대를
인터뷰하다

김순천 지음 | 김정하 사진

동녘

우리 시대 십대들의 꿈

1. 탈출할 수 있는 수많은 구멍들

미친바람이 내 곁을 지나갈 때 삶을 견디게 해주는 것은 무엇인가. 나는 우연히 2007년 겨울부터 십대 아이들을 만나기 시작했다. 어쩌면 아이들을 만나 많은 것을 나누는 과정이 어디에서도 희망을 쉽게 발견할 수 없던 시기에 내가 삶을 견딘 방식이었는지도 모르겠다. 미안하게도 나는 고통 속에 있는 아이들에게서 오히려 많은 위로를 받았다. 그들과의 만남은 나의 눈을 트여주는 신선하면서도 따뜻한 봄볕이었다.

아이들이 힘겹게 버티고 있는 교육현실은 낡고 오래됐으나 '심각하게 새로운 문제'들로 가득 차 있었다. 다른 곳에서 많은 대안을 찾는 것도 중요하지만 문제가 있는 현장에서 아이들의 목소리를 듣는 것이 중요하다고 생각했다. 그 목소리에 문제를 해결할 수 있는 많은 힘들이 숨어 있다고 믿는다.

나는 교실에서 쉽게 자기 목소리를 내기 힘든 평범한 아이들의 목소리를 많이 들으려고 노력했다. 정치하는 분들이나 학자, 교육전문가나 학부모들이 교육의 문제점에 대해서는 이야기를 많이 하지만 그 문제들로 고통 받고 있는 아이들의 '내면'에 대해서는 심각하게 무관심했다. 문제의 해결은 현실의 문제로 힘들어하는 아이들의 내면을 들여다보는 것에서 출발해야 한다고 생각한다. 현장에서 아이들이 풍요롭게 교육을 받지 못하고 고통스러워한다면 아무리 좋은 교육제도인들 무슨 소용이란 말인가.

아이들은 작고 나지막한 목소리로 자신들이 처한 현실을 솔직하면서도 섬세하게 드러냈다. 나는 이야기하는 아이들의 몸이 미묘하게 떨리는 것을 느꼈다. 아이들의 마음 안에는 자신들도 어찌할 수 없는 복잡한 현실의 문제들이 뒤엉켜 있었다. 그리고 그 안에는 '고통과 눈물'이 있었다. 그 떨리는 감각을 나는 잊을 수가 없다. 아이들은 진정으로 자신들이 느꼈던 문제들에 대해 소통하기를 원했다. 작은 것이든 큰 것이든 자신들의 이야기를 소중하게 받아주기를 원했다. 나는 아이들의 이런 다양한 이야기 속에, 앨리스가 뛰어든 이상한 나라의 '토끼굴'처럼 힘든 삶을 벗어날 새로운 탈출구가 숨어 있다고 믿는다.

2. 아이들에게 불필요한 것들

아이들의 이야기는 아주 자연스러웠다. 그것은 매일 겪는 익숙한 일상이었기 때문이다. 아이들은 일상에서 벌어지는 일들을 수다 떨듯 진솔하게 털어놓았다. 마음의 충돌과 갈등들을, 때로는 예리한 지적으로 때로는 웃음 섞인 농담으로 잘 드러내주었다.

공상
아이들은 아픈 경험들을 농담처럼 웃으며 말하곤 했다. 그럴 땐 웃지 말아야 하는데 매번 풋! 하고 웃음이 터져버린다. 그중 하나가 수업에 관한 내용이었다. 아이들은 수업 중에 내용을 이해할 수 없어 집중이 안 되거나 지루해지면 여러 가지 일을 벌이는데, 그중에 가장 안전한 방법이 '공상하기'이다.

휴대전화 문자보내기, 잠자기, 소설이나 만화책 보기, 친구들과 수다 떨기……. 심지어 어떤 아이들은 일어서서 거울을 보러 가기도 한다. 이런 방법들은 빤히 눈에 보여서 선생님께 혼이 날 가능성이 크다. 하지만 공상은 안전하다. 선생님과 눈이 마주쳐도 내가 뭘 하는지 들키지 않는다. 가끔 선생님이 질문을 하면 들통이 나기도 하지만 질문받을 일은 거의 없다.

아이들은 안다. 선생님들은 수업 시간에 열심히 하는 학생들 10퍼센트를 보고 가르친다는 걸. 나머지 90퍼센트는 수업을 듣고는 있지만 수업과 상관없는 일로 시간을 때운다. 그중 일고여덟은 수업 내용을 전혀 이해하지 못하는 외계인이 되어버리기도 한다. 아이들이 인생의 가장 소중한 시기를 의미 없는 시간 때우기로 보내고 있는 것이다.

어떤 아이들은 이런 우스갯소리를 한다. '수업 시간이 여가 시간이고, 자유롭게 상상력을 발휘하는 유일한 시간'이라고. 수업은 이미 무너진 지 오래다. 이 사실에 대해 우리 모두 솔직해져야 한다. 자신을 속이면 안 된다. 지금은 아이들에게 맞는 다양한 형태의 수업 방식이 전면적으로 도입되어야 할 시기이다.

〈100분 토론〉과 귀신

아이들에게 시험 스트레스가 갈수록 심해지고 있다. 시험 스트레스를 많이 받은 민정이가 시험 기간에는 평소에 잘 보지 않던 〈100분 토론〉도 재밌다고 해서 폭소를 터뜨린 적이 있다. 민정이는 시험 기간에는 온몸이 긴장되고 예민해져서 귀신까지 보인다고 했다.

시험은 〈100분 토론〉과 귀신 사이에 있는지도 모르겠다. 한밤에 하는 어른들 시사프로그램이 재미있을 만큼 강한 회피 감정이 들고, 우울하고 힘들어서 귀신이 보일 정도로 공포심을 불러일으키는 것이 시험이다. 귀신 차원에서 더 깊이 내려가 더는 고통을 견디기 어려운 단계에 이른 아이들은 죽음으로 자신을 표현한다. 아이들이 아파하는 곳을 우리들은 오래 머무르며 바라봐야 한다.

시험은 '긍정적인 영향'을 미쳐야 한다. 성적을 공개하고 등수로 줄을 세우는 것이 아이들의 내면을 얼마나 파괴하는지, 어떤 굴욕감을 느끼게 하는지 깊이 성찰할 필요가 있다. 석차를 내서 발표하는 나라는 극소수에 불과하다. 핀란드에서는 '등수'라는 말 자체가 없다고 한다. 시험 제도에 대한 큰 틀의 변화가 필요하다.

새벽 3시

혜원이는 자정에 학원을 마치고 집에 돌아오면 너무 졸려 쓰러지듯 잠을 잔다. 자면서 새벽 3시까지 공부하는 친구들을 생각한다. 혜원이뿐 아니라 많은 아이들이 그 시간까지 견디는 친구들을 부러워한다. 새벽 3시까지는 견뎌야 공부를 잘해 자신이 원하는 대학을 갈 수 있다고 믿는다.

많은 아이들이 새벽 3시를 자신이 견딜 수 있는 최고치라고 생각한다. 거기에 도달하지 못하면 아이들은 스스로를 탓하며 열등감에 빠진다. 자신이 게으르고 잠이 많다고 생각한다. 더 큰 문제는 이런 학습 강도를 견디지 못하는 아이들이 아예 공부를 포기한다는 점이다. 공부만 포기하는 것이 아니라 다른 꿈도 포기한다. 공부가 아닌 다른 방식으로는 꿈을 이룰 수 없다는 생각에 무력감에 빠져드는 것이다.

학습의 강도가 세지면서 아이들이 건강을 해치고 있다. "머리카락이 손가락에 뒤엉켜서 한 움큼씩 빠졌어요." 혜원이는 공부로 스트레스를 너무 받아 머리카락이 빠졌다. 또 운동할 시간이 없어 살도 많이 쪘다. 그것 때문에 다시 스트레스를 받는 악순환이 계속된다. 아이들에게 가혹한 이런 시간 경쟁을 멈추게 해야 한다.

쿠폰

학교는 한창 자유로운 십대 아이들의 에너지를 공부에만 집중시키기 위해 온갖 방법들을 연구한다. 강제 야간학습, 머리 깎기, 벌점제도, 체벌(뺨 때리기 포함) 같은 강한 통제 방식을 쓰기도 하고 쿠폰, 투표를 통한 유연한 통제 방식을 쓰기도 한다. 교무실에서 춤추고 노래하기, 텀블링하기, 요리하기 등 유연한 방법들이 속속 개발되고 있으며, 아이들은 또 그걸 피하기 위해 기발하게 머리를 굴린다. 그러다 억눌린 감정들이 폭발하기도 한다. 불합리한 머리 깎기에 저항하던 학생들이 "노 컷!"을 외치면서 유리창을 깨고 교육청에 몰려가 항의한다. 선생이나 학생이나 이런 불필요한 연구(머리싸움)에 골몰하느라 에너지를 낭비하고 있다.

편협한 공부

강남의 한 학교에서 아이들에게 지금 가장 하고 싶은 일을 물었다. '잠자기'와 '여행'이 대답의 90퍼센트를 차지했다. "불 다 꺼놓고 닷새 동안 실컷 잤으면 좋겠다"는 강남 아이 상현의 말은 마음을 아프게 한다. 학교에서 아이들에게 신(神)은 공부이다. 그것도 유일신이다. 그 유일신은 아이들에게 생각할 수 있는 힘을 빼앗고, 사람 사이의 관계를 빼앗고, 다양한 경험을 빼앗는다.

시험과 관계된 내용을 빼고는 책 읽을 시간조차 없다. 지식은 늘어만 가는데, 자신의 미래와 정체성에 대한 근원적인 질문은 하지 못한다. 내가 왜 공부를 해야 하는지 모르면서 책을 펼치는 것이다. 십대에 정말 필요하고 소중한 삶의 체험은 대부분 사라지고 없다. 다양한 경험을 통해 가장 크게 성장할 시기에 성장이 멈추는 것이다. 한범이가 그렇게 원하던 1등을 하고도 우울한 감정을 느꼈던 것은, 공부로 포기해야만 했던 또 다른 삶 때문이 아니었을까 한다.

상처

스트레스가 극에 달해 막판에 몰린 아이들은 두 가지 중 하나를 선택한다. 자신을 파괴하거나 타인을 파괴하거나. 아이들이 학교나 사회에서 배운 대로 욕을 하고, 악플을 달고, 친구들을 왕따시킨다. 어떤 아이들은 '넌 쓰레기야'라고 쓴 쪽지를 친구 가방에 넣기도 하고, 심하면 친구의 돈을 빼앗고 교복을 찢고 몸에 상처를 낸다.

여기서 문제는 이런 행동을 하는 아이들이 주변에서 흔히 보는 평범한 아이들이라는 점이다. "청소년기를 행복하게 보낸 힘으로 어떻게든 세상을 살아갈 수 있지 않을까, 생각했어요." 한 어머니의 절규처럼, 아이들이 가장 행복해야 할 시기에 가장 불행한 나날을 보내고 있다. 아이들에게 행복할 권리를 되돌려주고 싶다.

숨구멍보다 더 작은 꿈

에이즈를 치료하는 발명가 → 대기업 사장 → 그리고 기술자……? 이는 성적에 따라 변해온 근태의 꿈이다. 아이들 꿈은 성적에 따라 고무줄처럼 늘기도 하고 줄기도 한다. 생물학자가 되고 싶다던 한 아이는 한숨부터 내쉬었다. 그 성적으로 대학에나 갈 수 있을지 걱정이기 때문이다. 처음에는 원대하던 꿈들이 점점 줄어들어 입시를 앞두고는 '숨구멍'도 안 되게 작아진다.

"원래 학교가 꿈을 키워주고 더 좋은 생각을 갖게 하는 곳이잖아요. 근데 제 눈에는 그렇게 안 보였어요." 학교에 적응할 수 없어 자퇴한 예지는 이렇게 말했다. '성적에 따라서'가 아니라, 아이들이 꾸는 꿈이 온전히 현실이 되게 지원해주는 교육 프로그램이 도입되었으면 한다.

강요된 나

아이들은 자존감이 많이 낮아지고 기성세대의 논리를 내면화한다. 이게 가장 가슴 아팠다. 자신의 고통을 고통으로 받아들이지 못하고 현실이기 때문에 어쩔 수 없다, 이겨내야 한다, 는 논리를 내세워 이를 내면화한다. 아이들 스스로도 감당이 안 되고 견딜 수 없으면서.

아이들은 현실의 의미를 명확히 이해하고 있다. 자신이 원하는 행복, 자신이 하고 싶은 일을 하기보다는 공부를 잘해서 좋은 대학에 들어가야 성공에 가까워진다는 것을 누구보다 잘 알고 있다. 그래서 현실을 순순히 받아들이면서 입시에 모든 것을 걸고 그 힘든 시간을 견뎌낸다. 십대가 지나면 이 고통이 끝날 수 있기를 나 또한 간절히 바란다.

하지만 입시가 끝나면 또 다른 경쟁이 기다린다. 입시보다 더 치열한 현실, 취업 경쟁! 취업이 눈앞에 닥친 공고생 근태는 이 세상에서 가장 무서운 것은 IMF란다. 안타깝게도 한국에서 십대는 지금의 행복을 입시 이후로 미룬 아이들이다. 이 현실을 조금만 바꾸어도 아이들은 자신을 억누르지 않고, 행복을 포기하지 않고도 십대를 살 수 있다. 더 많은 것을 창조하면서.

3. 아이들은 변화를 갈망한다

아이들의 삶에 새로운 변화가 필요하다. 아이들도 이를 간절히 바라고 있다. 지금 당장! 나는 아이들이 쏟아내는 이야기 속에 이미 많은 변화들이 숨어 있다고 믿는다. 여기서 더 나아가 일반 학교를 나오지 않은 다른 친구들의 이야기도 함께 들어보면 좋을 것이다.

공부보다는 '다른 사람들과 더불어 함께하는 마음'을 더 가치 있게 여기며 살아온 대안학교 학생 제하, 수학 영재였으나 학교에 적응하지 못하고 자퇴해 다양한 경험을 쌓은 한결이, 뉴질랜드에서 유학한 경험이 있는 덕훈이. 제도권 교육 바깥에서 십대를 살아온 아이들의 시각은 새로움과 균형감을 더해줄 것이다.

여기에 현장을 누비며 교육 현실을 누구보다도 절실히 느끼며 고민해온 이금천 선생님을 비롯한 여러 선생님들의 이야기는 아이들이 갖기 힘든 교육 현안에 대한 깊은 통찰을 안겨준다. 그분들의 조언은 아이들의 고민을 이해하는 데 큰 도움이 되었다. 대안적인 공간을 마련하는 것도 어렵지만, 학교 안에서 학교를 변화시키는 게 더 힘들 거란 생각이 들었다. 그 어려움을 다 감당하면서 아이들과 함께하고 있는 선생님들께 고마움을 전한다.

무엇보다 아이들을 곁에서 지켜보며 함께 고민한 부모님들의 이야기는 교육 문제가 사회적인 문제일 수밖에 없다는 점을 잘 말해준다. 아이들이 정말 힘들다는 것을 알면서도 현실이 그렇기 때문에 공부를 시킬 수밖에 없는 부모님들은 아이들보다 두세 배 더 마음고생을 하면서 힘들게 현실을 견디고 있다. 부모님들은 누구보다도 교육 현실이 변화되기를 간절히 바라고 있다.

4. 십대끼리 소통하기

이 책이 아이들끼리 서로 소통할 수 있는 매개체가 되었으면 좋겠다. "대안학교 학생들을 보면 정말 무서웠어요"라는 상현의 말을 들으면서 나는 웃었다. 서로의 삶에 대해 잘 모르니 무서운 게다. 한 학급에서 1년을 같이 지내도 서로 모르는 학생들이 많았다. 공부를 잘하는 아이들이 못하는 아이들에 대해 모르는 건 그렇다 쳐도, 공부 못하는 애들이 더 못하는 애들에 대해 무관심한 것은 견디기 힘들었다.

십대만이라도 서로 소통할 수 있기를 바란다. 경제적으로 어려운 아이들이 학교를 그만두고 어떤 생활을 하는지, 그들의 고민이 무엇인지 이해할 수 있었으면 좋겠다. 또 지방이나 농촌에서 학교를 다니는 아이들이 어떤 생각을 하면서 십대를 보내고 있는지 들어보면 좋을 것 같다.

실제로 만나서 소통하기는 힘들더라도, 책을 통해 서로에 대해 알아가고 가까운 친구들과 마음을 열고 이런저런 대화를 나누었으면 좋겠다. 다른 친구들의 이야기를 듣다 보면 자신에 대한 이해의 폭도 넓어지리라 확신한다. 틀림없이 자신의 꿈과 원하는 바를 더 확실히 알게 될 것이다. 그리하여 십대 아이들이 개인의 성공보다는 더불어 사회적인 성장을 하는 삶을 이루어 나가길 빈다.

5. 새로운 십대를 많이 발견하자

원래 서른 명이 넘는 아이들을 인터뷰했다. 하지만 책의 분량 때문에 싣지 못한 친구들이 있어 미안한 마음을 어쩌지 못하겠다. 할머니

집에서 학교를 다니고 유난히 말이 없었던 담양중학교의 민욱이, 중환자실에 입원해 있는 엄마를 돌보면서 학교를 다니던 사라, 수업 시간에 대해 많은 얘기를 들려준 배우 지망생 진수, 홍대 앞 공원에서 만난 입에 피어싱을 하고 유난히 예뻤던 이서.

또 있다. 음악을 하겠다며 가출을 했지만, 음악학원에 보내주겠다는 부모님 말에 속아 집에 들어갔다 '더 빡세게' 입시학원을 다녔다는 강남 아이 이정이(이정이는 모든 걸 체념하고 1년 내내 회색빛 하늘을 보며 지냈다. 나중에 같이 인터뷰했던 아라랑 신촌에 있는 '긱 라이브 하우스'에서 공연을 했는데, 함께 춤도 추고 노래도 불렀다), 전공인 프랑스어보다 영어를 더 해야 하고 아르바이트를 해서 등록금까지 마련해야 하는 대학생 유경이, 학교를 그만두고 대안학교에 들어간 수연이, 토론식 수업이 부족하다며 문제점을 대담하게 지적한 똑똑한 지수…….

이런 아이들의 빛나는 이야기들을 여러 사람들과 나누지 못한 것이 못내 아쉽다. 이들과 소통하는 대신 주위에 있는 많은 십대들을 발견하고 새롭게 소통하기를 바란다. 책이 나오기까지 길거리에서 학교에서, 알게 모르게 도움을 준 많은 분들에게 감사를 드린다.

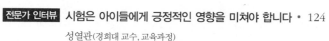

공부 잘하는 애들 반만이라도 대우 받고 싶어요

원총희(중대부속고등학교 1학년)

1

　총희의 목소리는 평범하고 차분하다. 체육관에서 아이들을 가르치고 있는 총희의 모습은 밝으면서도 의젓하고 사려가 깊다. 그래서 가르치는 어린아이들에게 인기가 많다.

　성적이 중하위권인 총희의 시선으로 바라본 교실 풍경은 사고를 전복시키는 재미가 있다. 교실은 선생님과 상위권 아이들이 주인공이 되어 돌아가지만 녀석이 바라본 교실의 중심에는 총희 자신이 있다.

　"도대체 얼마만큼 공부를 해야 그렇게 잘할 수 있니?"

　공부를 잘하는 아이들이 신기하기도 하고 괴물 같기도 하다. 총희는 상위권 아이들의 습성을 자세히 관찰하기도 한다. 그 아이들은 공부를 잘하는 정도에 따라 노트를 빌려주는 시간이 다르다. 중상위권 친구들은 하루 이틀 빌려주는데, 최상위권 친구들은 길어야 한두 시간이다. 수업 시간에 쓰는 볼펜의 수와 색깔도 공부 잘하는 아이들은 다르다. 또 늦게까지 학원에서 공부하고 아침에는 축 늘어져서 등교한다. 눈 밑에 다크서클을 단 채.

　그런 아이들을 보면 너무 쌩쌩한 자신이 도리어 이상하게 느껴진다. 그러다가도 문득 그 아이들이 불쌍해진다. 성적이 우수한 학생들이 쓰러져라 공부할 때 총희는 식은땀이 나도

록 운동을 한다. 그의 꿈은 경찰이다. 하지만 학교에서는 운동을 열심히 하는 걸 인정해주지 않는다. 총희는 말한다.

"공부 잘하는 애들 반만이라도 대우 받고 싶어요."

선생님은 그런 총희의 마음을 모른 채 공부 잘하는 애들의 질문 위주로 대답하면서 수업을 이어간다. 어떤 선생님은 우등생이 잘못하면 가벼운 선에서 끝낼 일을 두고 공부를 못한다는 이유로 심하게 화를 내고 지적한다. 총희는 그렇게 차별하는 선생님들을 "가.식.적."이라고 힘주어 말한다.

평범하고 선한 총희의 이야기를 들으면서 학교에서 총희 같은 아이들에게 별로 해주는 게 없다는 생각이 들었다. 맞춤식 수업이나 인격적인 대우에서 어느 것 하나 나은 대접을 받은 게 없다. 수월성 교육으로 성적이 우수한 아이들을 중심으로 학교의 자원이 배분되기 때문이다.

우등생은 스스로 힘들게 노력한 면도 있지만, 많은 중하위권 아이들의 희생으로 혜택을 받고 있다는 점을 알 필요가 있다. 어른들이 만들어놓은 덫이긴 하지만, 이 과정을 알아야 사회에 나가서 남을 배려하는 성숙한 삶을 살 수 있기 때문이다.

원충희
(중대부속고등학교 1학년)

🔲 태권도 몇 단이에요?

4단이요.

🔲 언제부터 배웠어요?

일곱 살 때부터요.

🔲 지금까지 계속 배운 거예요?

네. 팔이 부러져서 몇 번 쉰 거 빼고는요.

🔲 태권도가 그렇게 좋아요?

그냥 운동하는 게 좋아요. 땀 흘리는 거. 새로운 발차기 기술 같은 거 배울 때도 즐겁고. 공부를 좋아하는 애들이랑 다를 게 없어요. 저는 운동하는 게 정말 즐거워요.

🔲 도장에 다닌다고 했는데, 그러면 거기 친구도 있겠네요?
같은 학교 다니는 친구들도 있고…… 단대부고 다니는 친구들도 있어요.

🔲 태권도를 해서 뭘 하고 싶어요?
경호학과 가고 싶고, 태권도장 차리고 싶고, 경찰도 하고 싶어요.

🔲 세 가지 다?
그중 한 가지만.

🔲 가장 끌리는 게 뭐예요?
경찰이요. 아버지도 바라세요. 공무원이라서 나중에 편할 거래요.

🔲 현실적인 말씀인데 본인도 그렇게 생각해요?
저도 경찰이 괜찮다고 생각해요.

🔲 그러면 학교생활은 어떻게 하고 있어요?
학교생활이요? 음, 공부할 때 공부하고 체육 할 때 체육 하는 정도요.

🔲 상대적으로 운동을 많이 하잖아요. 그럼 공부할 시간이 모자라지 않나요?
아, 밤에 태권도 하고 와서 해요. 한두 시간 정도.

📼 일반 학원은 안 다녀요?

다니다가…… 태권도랑 같이 하기 힘들어서 끊었어요.

📼 그럼 혼자해요?

네. 인터넷 강의 같은 것도 같이 듣고.

📼 안 힘들어요?

힘들죠. 옆에서 가르쳐주는 사람도 없고 혼자 한다는 게 힘들어요. 인터넷 강의를 듣다가 모르는 게 나오면 어디 물어볼 수 없잖아요. 그럴 때 답답해요.

📼 인터넷은 EBS?

네. EBS나 아이넷스쿨.

📼 그럼 학교 수업은?

주요 과목은 힘들고 다른 과목은 따라갈 만해요. 기술, 가정, 도덕……
사회, 국사도 괜찮고.

📼 뭐가 힘들어요?

영어하고 수학이요.

📼 그럼 수업 시간엔 어떻게 해요?

영어랑 수학이요? 칠판에 적는 거 받아 적죠. 잘 모르는 건 질문을 하는데 부끄러워서…….

📼 질문을 하는 게 부끄러워요?

네.

📼 왜 그런 생각을 해요?

제가 좀 내성적이에요. 애들 많은 데서 질문하기가 그래요. 질문을 하면 흐름이 끊기고, 내 질문에 답하다 보면 다른 애들이 방해를 받을 것 같아서요.

📼 질문은 해봤어요? 질문 과정에서 다른 학생들에게 방해가 된다는 느낌을 받았나요?

네.

📼 어떤 질문을 주로 해요?

선생님이 먼저 질문하라고 시켜요. 대부분 상위권 애들한테 시키기 때문에 저한테는 차례가 안 오는 것 같아요.

📼 상위권 애들한테 시켜요? 선생님이 물어볼 때?

네.

📼 그럼 상위권 위주로 수업이 진행되는 거예요?

그런 선생님도 있구요, 보통 애들처럼 대해주는 분도 있고요. 보통 하위권 애들한테는 질문을 거의 안 시키죠.

📼 모르는 게 있어도?

네.

[🖁] 느낌이 어때요?

그럴 때요? 잘 모르겠어요.

[🖁] 아무 생각이 없어요?

아니요. 그건 아니고 좀 차별한다는 생각……. 너무 성적만 가지고 사람을 비교하는 것 같아요.

[🖁] 그런 느낌이 들면 공부하기 싫어요?

음, 제가 어느 정도 해야 원하는 직업을 얻을 수 있으니까 어느 정도는 알아서 따라가야죠.

[🖁] 공부를 계속하고 싶어요?

네. 경찰은 공부를 못하면 하기가 힘들잖아요. 그래서 공부도 열심히 하고 싶은데 환경도 안 따라주고…… 운동에 치우치다 보니 공부하기 힘든 것 같아요.

[🖁] 환경이 안 따라줘요?

음, 태권도 그런 것 때문에 주변 친구들…… 공부하는 환경이 안 되는 것 같아요.

[🖁] 주변 친구들은 어때요?

걔들도 저처럼 운동하는 애들인데요, 일단 공부는 뒷전인 것 같아요.

[🖁] 운동이 중심이군요. 공부는 못해도 운동을 잘하면……?

아, 운동만 잘해서 가려면 특기생 같은 걸 해야 하는데, 그렇게 뛰어나

종희는 수업 시간에 질문을 많이 하면 다른 아이들 수업에 지장이 될 것 같아
그냥 넘길 때가 많다. 자기도 공부를 잘해서 경찰대에 가고 싶지만,
질문은 대부분 상위권 아이들에게만 돌아간다.
"선생님, 저도 질문이 있어요"란 말은 성적 중심인 교실 분위기에
주눅이 들어 그만 입 안에서 맴돌다 만다.

게 잘하는 편이 아니라서……. 그래서 공부도 좀 해야 해요.

📼 경찰대학은 특기생 없어요?

경찰대는 성적이 좋아야 되기 때문에 더 힘들죠.

📼 공부를 하긴 해야겠는데, 학교에선 공부를 하기 힘든 환경이라면……
어떻게?

학생들 비교하는 선생님 과목은 그냥 필기만 해요. 차별을 안 하는 선
생님한테는 그냥 장난도 치고, 필기도 열심히 하면서 친하게 지내려고
노력하고 있어요.

📼 공부가 성격에 안 맞아요?

그런 건 아니에요.

📼 운동하면서 공부하기가 쉽지 않을 것 같아요. 사람마다 체질도 다르고,
총희는 왜 공부를 해요?

막 해야 된다는 생각이 들어요. 제가 주변 애들보다 점수가 낮은 것 같
고, 그러면 위기감이 들어요.

📼 점수가 낮으면 위기감 들어요?

친구들보다 점수가 낮으면 하위권으로 밀릴 것 같고…… 그래서 두려
워요.

📼 그러면 총희는 그런 마음 때문에 공부해요? 본인의 미래 때문이 아니라?

미래도 걱정하죠. 미래를 생각하면 운동만으로 안 된다, 공부도 해야

한다는 생각이 들죠. 그래서 인터넷 뒤지고 그래요. 검색해서 성적이 얼마나 돼야 경찰이나 경호원을 할 수 있는지 찾아보죠. 그러면 좀 공부를 해야겠구나, 운동 시간을 줄여서라도 공부를 해야겠구나, 그런 생각이 들어요.

📼 용인대 경호학과나 경찰대 이런 곳은?
경찰대는 엄청 높아야 돼요.

📼 그러면 경찰 되는 게 힘들 텐데 요즘은 어떻게 공부하고 있어요?
공부는 밤에 두세 시간 하고, 힘들 땐 한 시간, 그리고 운동도 하고 그래요.

📼 운동은 몇 시간 해요?
많으면 두 시간, 적으면 한 시간이요. 방학 때는 태권도 도장에 있으면서 어린 동생들을 가르쳐요. 제가 도장을 차릴 수도 있으니까 그런 걸 배우고 있죠. 친구들과 같이.

📼 어린 친구들도 가르쳐요?
가르치는 것도 배우는 것만큼 재밌어요. 제가 배웠던 걸 쉽게 변형해서 애들을 가르치면 재밌죠. 품새, 발차기 기술 같은 거요. 애들이 모르는 게 있으면 저한테 와요. 사부님, 사부님 하면서.

📼 애들 좋아해요?
네. 장가를 빨리 가야겠다는 생각을 해요.(웃음)

충희는 금메달을 네다섯 개 따야 특기생으로 들어가는
용인대나 경희대는 가기 힘들다고 했다.
그래서 공부와 운동을 병행할 수밖에 없다.
충희는 공부 잘하는 아이들에게 가서 이것저것 묻는다. 그는 궁금하다.
하루에 몇 시간을 공부해야 점수가 그만큼 나오니?

🔘 몇 살에 장가가고 싶은데요?

스물다섯이요.

🔘 대학 졸업하고 바로?

모르겠어요. 예상 나이는 그렇게 정해놨어요. 어릴 때부터 사촌 동생들을 돌보고 그랬거든요. 갓난애도. 애들 보면 귀엽잖아요.

🔘 총희처럼 오랫동안 도장을 다닌 친구가 있어요?

네. 지금 다니는 체육관을 저보다 오래 다닌 친구가 있어요. 덩치가 크고, 공부는 저 정도 해요. 걔도 열심히 하고 있죠. 광운대 가려고.

🔘 그 친구는 꿈이 뭐예요?

태권도 도장 차리는 거요. 그 친구도 이 동네 살죠. 도장 다니는 애들이 다 저랑 친해요. 같이 모이면 이런 얘기를 해요. 내가 어디 도장을 차릴 테니까 네가 아들을 낳으면 그리로 보내라. 요즘엔 태권도 얘기밖에 안 해요.

🔘 공부 잘하는 애들이 어때 보여요?

공부 잘하는 애들은 집에 있는 시간이 별로 없는 것 같아요. 학원에서 네다섯 시간을 보내고, 끝나면 한 시간 안에 또 다른 학원으로 가고. 그래서 그런지 애들이 되게 힘이 없어 보여요. 학교에 오면 피곤해서 자는 애들도 있고. 학원이 너무 늦게 끝나서 시험 기간이면 힘들어해요. 다크서클도 있고 어깨도 축 늘어지고. 학원에서 늦게 끝나나 봐요. 새벽 2시, 심하면 3시 정도?

📼 정말 힘들겠네요.

네. 제가 운동하는 것보다 힘들어 보일 때가 있어요. 제가 너무 쌩쌩해서 오히려 소외감을 느낀다니까요. 관심 분야도 다른 것 같고. 걔네는 모이면 공부 얘기만 하는데 저는 친구들 만나면 학교 끝나고 어디가자, 그런 얘기만 하고.

📼 그 친구들과 자신이 다른 것 같아요?

애들이 힘이 없고 피곤해 보여요. 쉬는 시간이면 엎드려 있고. 수업 시간에 졸다가 잠깐 필기 못한 걸 마무리하고 그래요.

📼 공부 잘하는 애들이 다크서클이 있다고 했잖아요. 보면 어때요?

그냥 불쌍해 보이기도 하고, 부럽기도 하고. 저도 그렇게 하고는 싶은데 아무래도 힘들어서 못할 것 같아요.

📼 학교에서 생활은 어때요?

걔네요? 늦잠을 자서 좀 늦게 오기도 하구요, 아니면 일찍 와서 자다가 공부하는 애들도 있고, 일찍 와서 놀다가 수업 시간에만 열심히 하는 애들도 있고……. 지각 하는 애들도 있고, 학교 안 오는 애들도 있어요.

📼 학교를 안 와요?

네. 학교가 싫은가 봐요. 학교를 꺼리는 애들이 있어요.

📼 왜 그러죠?

잘 모르겠어요.

📟 총희가 보기에는 어때요?

학교랑 성격이 잘 안 맞거나, 학교에서 공부하는 것보다는 직업학교에서 기술을 배우는 편이 낫다고 생각하는 것 같아요.

📟 공부 잘하는 애들을 옆에서 보면 어때요?

전 수업 시간에 펜 하나만 들고 있는데, 걔네는 펜을 여러 개 꺼내서 빨간색 파란색으로 별표도 치고…… 그렇게 중복 체크를 해요. 전 그런 거 어지러워서 못하겠어요. 공책 같은 데 프린트도 깔끔하게 붙이고 쓸데없는 낙서도 안 하더라구요. 공책을 빌려서 필기를 베끼다 보면 알 수 있죠. 전 낙서도 하고 그러는데.

📟 보면 어때요?

되게 고지식한 거 같아요. 같이 장난을 치다가도 공부하러 가고……. 아예 장난치는 걸 꺼리는 애들도 있어요. 같이 어울리려고 하지 않죠. 영어 노래 같은 거 녹음해서 쉬는 시간에 이어폰 꽂고 공부하는 애들. 보고 있으면 안쓰러워요. 처음엔 장난을 쳤는데 싫어하는 걸 알고 나선 가까이 가질 않죠.

📟 그런 애들은 혼자 있어요?

자신들이 친해지려고 하질 않아요. 조용히 앉아 있다가 점심시간에 밥 먹으러 가고……. 늘 혼자 다니죠. 그런 애들이 몇 명 있어요.

📟 공부 잘하는 애들이 필기는 보여줘요?

중상위 애들은 그래요. 하루 이틀 빌려주는데 공부 잘하는 애들은 이번 시간만 하고 바로 갖다달라고, 빨리 달라고 재촉해요. 공부해야 한다면서. 특히 시험 기간은 심하죠. 그래서 얘한테 빌리고 딴 애한테도 빌리고…… 여러 명 걸쳐서 베끼고 그래요.

🖳 왜 빌려서 적어요? 총희는 수업 시간에 뭘 하고?

공부 잘하는 애들과 못하는 애들을 심하게 차별하는 선생님이 있어요. 그 시간엔 그냥 중요하다는 것만 체크하고 딴 짓을 해요. 그런 선생님은 마음이 안 맞는 것 같아서 수업을 듣기가 싫어요. 재미도 없고요. 못 들은 건 친구들한테 빌려서 적죠.

🖳 선생님이 어떻게 했는데 그래요?

공부 잘하는 애가 잘못하면 어느 정도 선에서만 끝내고, 공부를 심하게 못하는 애가 그러면 대놓고 화를 내죠. 그런 선생님은 가식적인 것 같아서 싫어요.

🖳 구체적으로 어떨 때 차별을 받는 기분이 들어요?

공부 잘하는 애한테 질문해서 답을 말하면 좋다고 하고, 나같이 못하는 애들한테 질문해서 대답을 못하면 막 나무라는 선생님들이 싫어요. 얼버무리거나 모른다고 하면 수업 시간에 넌 뭘 했냐고……. 그런 말을 들으면 서운하죠. 같은 반 학생인데 걔하고 나하고 차별하는 거니까요.

🖳 특별히 심하게 하는 건?

그런 적은 없어요. 저한테 질문이 별로 안 오니까 그냥 지켜보기만 하죠. 비교당하는 애는 고개 숙인 채 인상 쓰고 있고. 그 친구는 기분이 안 좋겠죠. 많이.

총희는 소설을 좋아한다. 책대여점을 겸하는 비디오가게에서 빌린
해리포터나 드래곤이 나오는 판타지류를 즐겨 읽는다.
수업 시간에 소설책을 보고 있으면 선생님이 알고도 가만 내버려둔다.
시끄럽게 떠들어서 공부하는 애들에게 피해를 주는 것보다는 나으니까.

📟 안 좋겠죠. 그럼 수업 시간에 그런 과목은 안 듣겠네요?

네. 그런 과목은 듣기가 싫어요.

📟 그럼 그 시간에 뭘 해요?

저요? 책 읽어요. 소설책. 그중에서도 판타지 소설이 좋아요.

📟 선생님이 뭐라고 안 해요?

그래도 대놓고 보진 않죠. 몰래 숨겨서 봐요. 너무 미운털이 박히면 안 좋잖아요.

📟 선생님들이 눈치를 채고도 그냥 내버려둬요?

네. 거의 소설책을 봐요. 소설책이 없을 땐 교과서 뒷부분에 실린 이야기 같은 거 읽고.

📟 친구랑 이야기하지는 않고?

이야기하면 선생님들이 되게 싫어해요. 조용히 하라면서 벌을 세우죠. 그러니까 제가 안 떠들어요. 힘들어지니까.

📟 떠들다 걸리면 어떤 벌을 받아요?

때리는 선생님도 있는데, 요즘은 겨울이라서 복도로 내보네요. 무서운 선생님은 한 시간 내내 그러고 있으라고 하고, 착한 선생님은 일이십 분 지나면 들어와서 조용히 앉아 있으라고 하고.

📟 선생님이 싫으면 공부는 어떻게 해요?

인터넷 강의로 대신하거나 친구들한테 물어서 하고 있어요.

🔲 친구들이 학원에 많이 가잖아요. 학원에 못 다니면 주요 과목은 과외도 하고 그래요?

부모님이 과외보다는 차라리 학원에 보내는 걸 선호하세요. 솔직히 학원 수업을 다 채우는 애들이 없잖아요. 몇 번씩 빼먹고 안 가고. 그러니까 차라리 안 보내는 게 낫다고 생각하시는 것 같아요.

🔲 방금 판타지 소설을 좋아한다고 했잖아요. 왜 판타지가 좋아요?

평범한 일상보다는 다른 세상을 다룬 이야기라서 더 재밌어요. 빨리 읽히고 시간도 빨리 가고. 집에서 컴퓨터 하는 시간이 많이 줄었어요. 자기 전에 한 시간 정도 책을 읽고 그랬거든요.

🔲 그렇게 재밌어요?

네. 하루에 서너 권씩 봐요. 원래 한두 권이었는데 속도가 빨라져서 많이 봐요.

🔲 어떤 내용이 좋아요?

내용은 다 비슷해요. 주인공이 힘이 세져서 나라 구하고…….

🔲 어쩌다 판타지를 좋아하게 됐어요?

친구가 집에서 할 짓 없으면 컴퓨터 하지 말고 이거나 보라고 했어요. 그래서 읽기 시작했는데, 지금은 재밌어서 만날 읽어요.

🔲 요즘도 많이 봐요?

제가 태권도 입시부에 들어가서 최종 훈련을 하느라 별로 못 봐요. 겨울인데도 운동을 하고 나면 옷이 다 젖거든요. 그렇게 땀 흘리고 집에 와서 공부하려고 책상에 앉으면 다른 책 볼 시간이 없죠.

🎙 입시부는 몇 시까지 훈련해요?

밤 10시 좀 넘어서까지요. 성인부, 입시부를 해서 많이 힘들죠.

🎙 총희는 공부 잘하는 친구들 보면 어떤 생각이 들어요?

공부 잘하는 것만 빼면 저랑 비슷하잖아요. 그 친구들이랑 입장을 바꿔서 생각하기도 해요. 내가 공부를 잘하면 운동 열심히 해서 대학 가려는 애들이 날 어떻게 볼까?

🎙 어떨 것 같아요?

운동하는 애들이 공부하는 애들보다 적잖아요. 신기하게 볼 것 같아요. 운동하는 게 얼마나 힘들까? 공부하는 애들은 앉아서 공부만 하니까요. 걔네는 체육시간 말고는 거의 운동을 안 해서 입시부가 얼마나 힘든지 몰라요. 체력 훈련을 막 시키는데, 여름에 창문을 다 닫아놓고 운동을 한 시간 동안 해요. 그럼 거울에 수증기가 껴 있어요. 손으로 문지르면 글씨가 써질 정도로.

🎙 왜 여름에 문을 닫아요?

모르겠어요. 땀 흘리라고 그러나? 보통 친구들까지 합하면 열 명 정도 돼요. 많을 때는 스무 명도 있고. 천천히 뛰다가 빨리 뛰고 해서 150에서 200바퀴를 돌아요. 도장에서요. 일정한 속도로 뛰는 게 아니라 변화를 주면서 뛰니까 많이 힘들죠.

🎙 공부를 잘하는 애들이 하는 것만큼 힘들어 보이는데?

충희는 공부를 잘하지 못한다.
하지만 수없이 땀을 흘리며 운동을 열심히 한다.
그렇게 열심히 한 만큼만 평가를 받고 싶지만, 현실은 그렇지 못하다.
그래도 포기할 생각은 없다. 이렇게 하다 보면 어느 순간 자신이 원하는 곳에 있을
거라는 희망을 간직하고 있다.

공부는 앉아서 하는 거라 육체적인 것보다는 정신적으로 힘들죠. 저는 육체가 힘들어요. 뒤집어 보면 비슷할 것 같은데요.

📼 힘이 드는 건 비슷한데 하는 건 다르다?

다르죠. 다만 이런 건 있어요. 똑같이 노력하는데 선생님들은 운동하는 우리를 낮게 보는 것 같아요. 목표가 다른 건 보지 않고 차별하시니까 서운해요.

📼 선생님들이 어떻게 해줬으면 좋겠어요?

저도 운동을 열심히 하니까 공부 잘하는 애들만큼은 아니어도 절반 정도의 대우는 받고 싶어요. 무시하거나 하는 말은 안 했으면 좋겠어요.

📼 무시하는 분들이 있어요? 운동하는 애들을?

수업 시간에 떠들거나 하면 반 전체를 막 나쁘게 말하는 선생님도 있어요. 그중에 자는 애가 있으면 더 나쁘게 말하고. 넌 학교에 왜 왔냐? 차라리 자퇴를 해라, 지금이라도 기술을 배워서 밥벌이를 해라…… 그런 말들.

📼 그런 말 들으면 기분이 많이 상하겠네요.

기분 나쁘죠. 저희도 배우려고 학교 다니는 건데, 그렇게 뭐라고 하면 당연히 기분이 나쁘죠. 저한테 직접 그러지 않더라도.

📼 애들 반응은 어때요?

일단 시선을 피하고 봐요. 나중에 선생님이 나가면 화를 내죠. 저 선생 왜 저러냐고.

▦ 총희에게 좋은 말을 많이 들은 것 같아서 고마워요.

오늘처럼 말을 많이 한 게 처음 같아요. 제가 말주변이 없거든요. 친한 친구들 빼고는 대체로 말을 잘 안 해요.

▦ 솔직하게 말을 잘해요. 친구들과도 잘 지낼 것 같은데요?

친구들끼리 있으면 뭐든 다 웃기죠.

교육에
새로운 패러다임이 필요해요

이금천(영일고등학교 영어교사)

　교육 문제는 교육 내부의 문제만이 아닙니다. 입시 위주의 교육 정책에도 문제가 있지만, 사회적인 문제가 교육에 반영되는 측면이 더 커요. 교육 문제는 사회 전반의 문제와 결합해서 일어나고, 사회적인 경쟁이 격화되면 교육 현장도 치열해질 수밖에 없어요.

　서울에 외국어고등학교가 6개, 과학고등학교가 3개 정도 있어요. 한 학년에서 공부 잘하는 상위권 아이들이 대부분 외고나 과고로 가요. 그러면 인문계로 진학하는 나머지 학생들은 고등학교 때부터 낙오자가 되었다는 생각을 합니다. 이런 아이들은 지금과 같은 공부 방식만으로는 마음을 다잡기가 힘들어요. 다른 대안이 필요합니다.

　어떤 분들은 아이들이 한 가지만 잘하면 된다고 하는데, 그것은 사기라고 생각해요. 한 가지만 잘해서 먹고사는 게 해결되나요? 사회적인 기반이 없는데 어떻게 그게 가능하겠어요? 소수의 몇 명은 가능할지 몰라도 전반적으로 수용할 수 있는 체계를 갖추지 못하고 있잖아요.

　대부분의 아이들이 목표도 없이 삽니다. 아이들은 이미 알고 있어요. 세상살이가 쉽지 않다는 것을요. 다른 대안이 없으니 생각을 안 하는 거죠. 아이들의 3분의 2가 너무 일찍 패자가 돼요. 패자로서 좌절을 느끼는 겁니다. 그래서 의욕이 없어요. 동아리 활동에 대한 참여도 예전만 못하죠. 동아리나 축제에 대한 예산 지원도 많이 줄어서 잘 하지 못하고 있어요.

학교의 구심력이 많이 약해졌어요. 아이들이 학원, 독서실 등 밖에서 공부를 하고 오기 때문에 학교에 왔을 땐 이미 지쳐 있죠. 주인으로 참여하는 게 아니라 손님으로 참여하는 거예요. 학교 안에서 스스로 하는 아이들은 기가 죽어요. 댄스, 힙합, 가스펠 등 좋은 동아리가 많은데도 예전보다 열정이 생기지 않는 거죠.

제가 가장 힘들고 고통스러운 것은 아이들의 고민을 들을 수 없다는 거예요. 아이들과 만나는 시간이 절대적으로 부족해요. 수업 시간에 아이들을 만나는 것만으로는 제약이 많아요. 상담 자체가 불가능할 때가 많죠. 아이들이 자신들의 문제를 고민하면서 성인이 될 준비를 해야 하는데 그럴 기회가 없다는 게 너무 안타까워요. 아이들 문제를 학교에서 껴안지 못하고 있어요. 학생들이 사는 방식과 학교에서 지도하는 방식이 단절돼 있는데다, 지도하기가 갈수록 힘들어지고 있어요.

예전에는 학교 공부를 통해 계층 상승이 가능했어요. 지금은 미신이 되었다고 생각해요. 그런데도 재미난 것은 자기 세대에서 노력으로 성공한 경험이 있는 학부모들이 이를 자식들에게 강요한다는 점이에요. 현실에서 느끼는 생존의 공포를 '개인의 노력'으로 극복할 수 있다고 보는 거죠.

몇몇 학부모는 제 자식이 의사, 교수, 변호사 등 전문직으로 성공하리라 굳게 믿고 있어요. 본인의 꿈을 아이들에게 투영하는 거죠. 지금은 그게 쉽지 않다는 걸 빨리 깨달아야 합니다. 학부모가 느끼는 현실에 대한 공포는 고스란히 아이에게 전이돼요. 아이들도 공포에 떨면서 힘겹게 버티고 있다는 걸 알아야 합니다.

교육에 새로운 패러다임이 필요해요. 지금의 방식으로는 아이들이 배우는 내용이 차별화되고, 성적에 의해 계층화되고 서열화될 뿐입니다. 그 양상이 점점 극단적으로 치닫고 있어요. 교육 전반에 대한 방향 전환을 심각하게 고려할 때가 된 겁니다.

저는
수업 시간에 공상을 많이 해요

2

박찬훈(중대부속고등학교 1학년)

　찬훈이는 공상을 많이 한다. 수업 시간에 이해가 안 되거나 내용의 흐름을 놓칠 때면 어김없이 공상에 들어간다. 학교가 끝나면 무엇을 할 것인지, 어떤 옷을 살 것인지, 머릿속으로 색깔과 디자인을 맞춰보며 입었다 벗었다 한다. 찬훈이는 '공상'을 '망상'으로 치부하며 공상으로 날린 시간을 후회하는 많은 아이들과 달리 공상을 놀이로 즐긴다.

　"지루한 학교생활을 견디는 나만의 방법이죠. 오히려 학교가 나한테 이것저것 계획하는 여가 시간을 준 거예요."

　찬훈이는 에너지가 넘치는 창의적인 아이다. 그래서 활동적이다. 하지만 찬훈이는 스스로 절제력이 부족하다고 끊임없이 책망한다. 의상 디자인학과에 가려면 내신 성적이 중요해서 진득하니 엉덩이를 붙이고 앉아 공부를 해야 하지만, 그러지 못하고 있다.

　그런 찬훈이를 보자 예전에 영국에서 만난 한 예술가가 떠올랐다. 그 또한 보통 사람들이 상상할 수 없을 정도로 에너지가 넘쳤고, 그 에너지를 불태워 많은 작품을 창조했다. 절제력이 부족하다고 자책하는 찬훈에게 나는 절제력이 무엇인지 되묻고 싶다. 이 질문은 비단 찬훈에게만 해당되지 않는다. 나는 그런 말을 하는 아이들을 참 많이 만났다.

과연 무엇에 대한 절제력인가?

본인 적성에 맞지 않는 일에 흥미가 없다면 그것은 절제력이 부족해서가 아니다. 누구든 하고 싶어하지 않는 일에는 인내심이 부족하다. 나는 찬훈이가 영국에서 만난 예술가처럼 자신이 좋아하는 일에는 절제력을 잘 발휘하리라 믿는다.

절제에 대한 아이들의 열등감은 입시라는 하나의 잣대로 평가할 때 시작된다. '공부'와 '성적'이 아이들의 내면을 얼마나 억압하고, 상상력을 옥죄는지를 잘 보여주고 있다.

박찬훈

(중대부속고등학교 1학년)

춤을 배운다고 했죠? 어떤 춤이죠?

락킹(Locking)이라고 대중성이 있는 춤은 아니에요. 움직이다가 음악이 멎으면 몸도 멈추는데, 멈춘다고 해서 락킹이죠. 원래 팝핀(Poppin)이랑 락킹을 배우는데, 팝핀은 제가 잘 안 돼요. 팝핀은 비트에 맞춰서 몸을 튕기는 거예요. (몸짓을 하며) 이렇게 쿵짝 노래에 맞춰 몸을 튕기는 건데, 하고 나면 몸에 알이 배기죠. 그래서 락킹을 해요.

춤은 어디서 배웠어요?

학교 동아리에 들었거든요. 동아리의 부장 형이 춤을 잘 춘다고 해서 같이 따라하고 배우고……. 지금은 공연하려고 열심히 배우고 있어요.

📻 아, 공연을 준비 중이군요. 춤 연습이 힘들지 않아요?

재밌어요. 하고 싶은 일을 하는 거라서 힘들지 않죠. 전 사람들 앞에 나서는 게 좋아요. 여러 사람 앞에서 공연하고 관심 받고. 그냥 그게 좋아요.

📻 그전에도 공연한 적이 있나요?

네. 학교 축제 때 공연했고요, 이번 겨울방학에는 스키장에서 공연해요. 섭외가 들어왔거든요. 그래서 연습실을 다니고 있어요.

📻 섭외가 들어올 정도면 상당한 실력인데…….

춤추는 사람들끼리 서로 알아서 연결이 된 것 같아요.

📻 춤추는 게 좋아요?

적성에 잘 맞는 것 같아요. 성격이 좀 산만해서 가만히 있는 걸 못 참거든요. 몸을 움직이는 게 좋아요. 땀을 쫙 흘리고 나면 정말 기분이 좋죠. 열심히 했다는 느낌 같은 거.

📻 찬훈이는 이쪽으로 계속 나가고 싶어요?

아니요. 춤은 취미로 하고 있죠. 전 디자이너 할 거예요. 의상 디자인.

📻 의상 디자이너 꿈은 언제 갖게 됐어요?

중 3때부터요. 누나가 의상 디자인을 공부하고 있어요. 재밌어 보여서 같이 따라하다 보니……. 누나가 옷을 되게 좋아하거든요. 그걸 보고 동경하면서 나도 그렇게 되고 싶었던 것 같아요.

🔲 그럼 의상 디자인 학원도 다녀요?

의상 디자인은 학원을 늦게 다녀도 상관이 없대요. 그보다는 일단 내신을 챙기라고 해서 내신에 집중하고 있어요.

🔲 의상에 대한 공부보다 내신이 중요하대요?

네.

🔲 학교에서 공부하는 건 어때요?

열심히 듣는다고 하는데, 잘은 못하죠. 중하 정도. 잘 못 따라가도 열심히 하려고 해요.

🔲 내용이 잘 이해 안 될 때가 있어요?

있어요.

🔲 어떤 때?

예를 들면 〈청산별곡〉 같은 고전문학이요. 그건 보기도 힘들잖아요. 잘 알아듣지도 못하겠고. 그럴 때 딴생각이 들죠. 그냥 넋 놓고 있으면…… 아, 오늘 학교 끝나고 뭘 하지? 이런 생각이 들죠. 그 뒤로는 수업을 잘 못 들어요.

🔲 이해가 안 되는 부분이 있으면 선생님에게 질문하지 않나요?

제가 모르는 게 있어도 선생님은 계속 수업을 하시잖아요. 질문 타이밍을 찾다가 선생님 말 놓치고, 수업을 듣다가 질문거리 까먹고……. 그래서 학교 수업은 힘들어요. 생각할 거리가 너무 많은 것 같아요. 근데 학교 끝나면 생각하는 거 다 잊고 제가 하고 싶은 일을 할 수 있죠.

찬홍이는 수업 시간에 공상하기를 좋아한다.
수업 내용이 재미없을 땐 더 그렇다. 들어도 이해가 안 가는
수업에 집중하기보다 공상에 빠지는 게 더 즐겁다.
나중에 커서 뭐가 될까? 뭘 전공해야 하나? 학교 끝나고 뭘 하지?
이런 생각에 집중하다 보면 수업의 진도를 놓칠 때가 많다.

오히려 학교에서 여가 시간을 즐기는 것 같아요.

🔊 여가 시간을 학교에서 즐겨요? 그것 참 재미있는 생각인데…….
이런저런 계획을 여가 시간에 세우잖아요. 학교가 끝나면 다른 일을
하느라 바쁘거든요. 구제시장에 옷 사러 가고, 컴퓨터도 하고, 친구들
과 춤 연습도 해야 되고……. 그래서 학교에 있을 때 계획을 세워요.
그러니 여가 시간이죠.

🔊 학교에서 계획을 세우고 방과 후에 그걸 실행에 옮긴다?
곧바로 실행하는 것도 있고, 시간이 많이 걸리는 건 나중에…….

🔊 구체적으로 어떤 계획을 세워요?
수업 시간에 옷 생각을 정말 많이 해요. 뭘 사서 어디에 입으면 예쁘겠
다, 어떤 걸 입으면 좋겠다……. 그렇게 생각해둔 것들을 사는 거예요.

🔊 그림으로도 그리고요?
그럼요! 그림을 많이 그려요. 교과서랑 공책을 보면 거의 그림밖에 없
어요. 필기보다 그림이 더 많죠. 그림을 그리려고 따로 사둔 공책이 있
는데, 거기도 그림이 가득해요.

🔊 수업 시간에 공상을 많이 해요?
학교 수업이 좀 지루하잖아요. 대부분은 지루하죠. 그래도 선생님들
이야기를 듣다 보면 이해가 되면서 흥미가 이는 부분이 있잖아요. (그
걸 잡아서) 머릿속으로 그리고, 계속 그리다 보면 그게 너무 재밌는 거
예요.

🗨 선생님이 말하는 걸 머릿속에 그린다고요? 예를 들면 어떤 거죠?

지학(지구과학) 선생님이 블랙홀 이야기를 하셨어요. 우리은하 중심에 블랙홀이 있고, 우리은하는 그쪽으로 돌고 있는 중이다. 그런 얘길 들으면서 아, 별들의 세계가 그렇구나…… 그렇게 상상하면 재미가 있잖아요.

🗨 블랙홀 안으로 빨려 들어가는 상상을 하나요?

빨려 들어가는 것 같기도 하고, 여기저기 있는 별들을 왔다 갔다 하면서 이건 어떻게 생겼고 저건 어떻게 생겼고……. 신기하잖아요. 그런 얘기를 들을 때는 공부가 재밌어요. 진도 나가기 전에 그런 얘기로 오리엔테이션을 하면 공부가 정말 재밌게 느껴져요.

🗨 진도 나갈 때는?

진도 나갈 때는 그런 생각을 안 하고 공부에 집중하려고 하죠. 선생님 말씀을 그리는 게 아니라 일단은 저도 진도를 나가야 하니까요. 그냥 필기해요. 시험도 보고 해야 하니까. 그래서 진도 나갈 땐 바쁘죠.

🗨 진도 나갈 땐 그런 공상이 사라지나요?

제가 안 하려고 애를 써요. 그럴 때 공상에 빠지면 제가 진도를 못 따라가잖아요. 그래서 잊으려고 해요.

🗨 머릿속에 떠오르는 걸 억지로?

그렇죠. 머릿속에 떠오르는 걸 눌러요. 진도 나가야 된다, 이러면서 막죠. 그러고 나서 진도 나가요.

찬훈이는 그림 그리기를 좋아한다. 주제를 주면 거기에 맞는
독창적인 표현을 찾으려고 고민한다. 거기엔 만화도 있고, 옷 스케치도 있다.
찬훈이는 그중에서 옷 그림을 그릴 때가 가장 즐겁다.
그리다 보면 사고 싶은 게 많아져서 탈이지만.

🔲 그럼 마음이 어때요?

공상 같은 거 억지로 막고, 진도를 따라가려고 하면 답답하죠. 생각도 마음대로 못 하는 것 같아요. 같이 발 맞춰 가려고 하면 엄청 답답해요. 진도 맞추는 거요. 압박감 때문에 스트레스를 받죠. 학교 끝나면 애들하고 스트레스를 풀어야지, 저절로 그런 생각을 하게 돼요.

🔲 아, 스트레스가 쌓여요?

머리도 되게 아파요. 이런저런 생각은 막 나는데 그걸 눌러야 하니까요. 일단 제쳐두자, 나중에 하자, 이러면 머리가 되게 아파요. 복잡해요.

🔲 그렇게라도 하면 집중이 좀 되나요?

잘 안 돼도 하려고 하죠.

🔲 하려고 하면 머릿속에는 남아요?

네. 그렇게라도 하면 머릿속에 조금은 남아요.

🔲 수학시간에는 어떤 공상을 해요?

수학시간에는 선생님 설명을 거의 안 들어요. 제가 의상 디자인 하는데 거기 내신에 수학이 안 들어가거든요. 그래서 수학시간은 다른 거하는 시간이라고 보시면 돼요.

🔲 그 시간에는 뭘 해요?

그냥 그림을 그리거나 책을 보거나……

🔲 무슨 책을 봐요?

소설책이요. 연애소설 같은.

📼 그런 거 보고 있으면 선생님이 아무 말 안 해요?
네. 선생님이 수학을 안 해도 된다고 생각하셔서 별 말씀 안 하세요.
의상 디자인과 내신에는 수학 점수가 안 들어가니까요.

📼 그럼 연애소설은 어떤 걸 좋아해요?
그냥 인터넷 소설 같은 거요. 귀여니나 은반지. 이런 사람들이 쓴 거
많이 읽어요. 그런 책은 아무 생각 없이 편하게 읽을 수 있잖아요. 생
각이 많아지면 마음이 불편해요. 어떤 생각이 들면 고민을 하게 되고.
그런 거 별로 안 좋아요.

📼 옷을 좋아해요?
흔히 말하는 노홍철 스타일 있잖아요. 좀 특이하고, 사람들이 보면 저
사람 뭔가 싶어서 관심을 끌 정도의 옷이요. 보다 보면 정말 예뻐요.
예를 들어 남자가 부츠를 신고 가슴이 깊이 파인 옷을 입는다던가 하
는. 그런 옷을 입으면 안 된다는 고정관념을 깨야 할 것 같아요. 애들
은 옷 사러 동대문에 자주 가는데, 전 거기는 잘 안 가고 인터넷을 뒤
지거나 종로에 있는 구제시장에 가요. 남이 입던 걸 어떻게 입느냐고
하지만, 청바지 같은 건 입다 보면 옷 주인의 색깔 같은 게 묻어나거든
요. 물이 조금씩 빠지고 옷이 조금씩 뒤틀리고. 저는 그런 옷을 찾아다
녀요. 구제시장만의 매력이죠.

📼 구제시장이 매력적이에요?
말 그대로 사람 사는 냄새가 나요. 재래시장에 가면 느낄 수 있는, 그

런 매력이 있죠. 다들 사는 게 각박하다고 하잖아요. 다들 개인주의고. 근데, 옷을 사러 다니면서 그렇지 않다는 걸 느껴요. 실제로 시장에서 물건 파는 분들은 마음이 푸근해요. 사람을 잘 믿고, 각박한 게 없죠.

🔲 그런 곳이 싸요?
보통 그런 데가 싸요. 중고니까 일단 마음에 드는 옷을 싸게 살 수 있죠. 편하기는 인터넷이 제일 편해요. 앉아서 이것저것 다 찾아볼 수 있으니까. 인터넷 사이트가 되게 많아요. 킹 패밀리라고 괜찮은 몰이 있거든요. 옷만 주로 해서 파는 덴데 인터넷에서도 구제 쪽을 많이 찾아다녀요. 액세서리 같은 거 살 때는 옥션 같은 데 많이 들어가고요.

🔲 그렇게 하면 돈이 많이 들 것 같은데…….
용돈을 받거나 돈이 생기는 족족 옷을 사는 데 써요. 가끔 인터넷에 올려 팔기도 하고. 팔고사고 하면서 돈을 계속 굴리는 편이에요. 학생이 돈 쓸 데가 별로 없잖아요. 먹는 거랑 옷 사는 거 외에는. 저는 거의 옷을 사요. 돌아다니면서 먹는 데도 쓰고.

🔲 의상 디자인을 하려면 수학을 잘해야 되지 않아요? 비례라든지…….
수학은 이론보다는 몸으로 체득해야 되는 것 같아요. 이론으로 하면 딱딱한 그림밖에 안 나오거든요. 능동적으로 하면 훨씬 자연스럽게 나와요. 수학 같은 거 생각하면서 어떻게 비례를 잡아야지, 하는 공식이 있긴 해요. 거기 맞춰서 하기보다는 손길이 가는 대로 그리는 편이 훨씬 부드럽고 자연스럽게 나와요.

🔲 그럼 찬훈이가 나름대로 습득한 원리로?

네. 손길 가는 대로 몸으로 느끼는 거죠. 본능? 아니, 본능보다는 직관에 가까운 것 같아요. 그냥 손길 가는 대로 그린 게 제일 부드럽고 마음에 들어요.

📻 찬훈이가 하는 일이 수학이랑 관련이 없다고 생각해요?

수학이 굉장히 연관성 있게 접목돼 있는 것 같기도 해요. 레오나르도 다빈치 그림의 인체 비율 같은 걸 보면 그런 생각이 들죠. 그런데 그리다 보면 이거 전혀 상관없는 거구나, 하는 생각이 들 때가 있어요. 제가 좀 마른편이에요. 내 몸을 그리다 보면 비율이 잘 안 맞죠. 그런 거 보면 수학과 별 상관이 없어 보여요. 사람 체형이 제각각이잖아요. 똑같은 패턴이 없어요. 사람마다 다 다르고, 생긴 게 다 다르고, 그래서 개성 있다고 느낄 때가 더 많아요.

📻 그럼 학교에서 배우는 수학은?

학교에서 하는 수학 공부는 중3 때 접었다고 해야겠죠. 의상 디자인을 하기로 마음을 굳힌 뒤로는 수학이 필요 없어졌으니까요.

📻 그래도 수학시간에는 들어가잖아요?

그 시간에 안 들어가면 결석 처리가 돼요. 또 결석을 자주 하면 내신에서 감점이 되고. 그래서 들어가긴 하는데, 그 시간에 수학 공부를 하는 건 아니죠.

📻 그 시간에 의상 디자인 공부를 할 수 있다면요?

저야 좋죠. 마음 놓고 의상 공부만 할 수 있다면. 지금 디자인을 공부하는 사람들이 많아요. 그래서 열심히 해야 해요.

🔲 학교에서 공상 말고 또 어떤 걸 많이 해요?

선생님한테 말을 많이 걸어요. 질문으로 보기는 그렇고, 편하게 이런 저런 얘기를 하는 거죠. 언뜻 들으면 질문 같은데 사적인 관심이 담긴 질문을 자주 하는 편이에요. 예를 들어 선생님, 이번 주말에 뭐 하세요? 연휴가 끼어 있었으면, 쉬는 날 뭐 하셨어요? 이렇게 물으면서 이야기하는 걸 되게 좋아해요. 선생님 얘기도 듣고, 저는 뭐 했어요, 이런 말씀도 드리고. 이런 게 재미 같아요. 사람 만나서 얘기하는 거.

🔲 그런 질문에 선생님이 답을 해줘요?

네. 다들 그렇게 물으면 대답해주세요.

🔲 수업에 방해가 되진 않을까요?

진도 나가기 전이나 수업이 일찍 끝났을 때, 선생님이 갓 들어오셔서 출석부 정리할 때…… 그럴 때 하죠.

🔲 왜 그런 질문을 해요?

그런 것도 없으면 학교생활이 되게 지루하잖아요. 그런 질문도 안 하고 그냥 공부만 하면 학교보다 학원을 다니는 게 낫죠. 진도나 빨리 나가면 되니까요. 학교는 일단 재밌게 다녀야 하는 것 같아요.

🔲 찬훈이는 재밌게 다니고 있어요?

그러려고 노력하고 있어요.

🔲 노력하고 있어요? 재밌지 않은 것도 있어요?

재미없을 때도 있죠. 일단 제약이 많잖아요. 머리를 단정하게 깎아야 한다던가, 매일 교복을 입고 등교해야 한다거나……. 그런 거 불편하잖아요. 더 자고 싶은데, 아침 일찍 일어나서 학교 가는 것도 그렇고. 그럴 땐 학교가 불편하죠.

🔲 머리는 어떻게 했으면 좋겠어요?

머리를 마음 놓고 기르게 했으면 좋겠어요. 크게 벗어나지 않는 선에서 규제를 풀어줬으면 하는데, 그게 안 되고 있어요. 머리가 짧으면 더 신경을 쓰게 되거든요. 언제 자라나 하고. 외모는 괜찮을 때보다 오히려 부족할 때 신경을 더 쓰게 돼요. 머리가 길면 정작 신경을 안 쓰죠. 자기 머리에 만족하고 있으면 신경을 안 쓰는데, 만족을 못하니까 공부가 더 안 되고 그쪽에 신경을 더 쓰게 되죠.

🔲 머리에 신경 쓰느라 공부가 안 된 적이 있어요?

많이 있었죠. 얼마 전에 학교에서 머리가 잘렸는데, 그날은 기분이 되게 안 좋았어요. 계속 앉아서 머리를 어떻게 해야 하나, 하고 생각했죠. 그날은 집중이 하나도 안 됐어요.

🔲 얼마나 길었는데 잘렸어요?

별로 길지 않았는데, 왁스를 바르고 있다 걸렸어요.

🔲 충격이 컸겠네요. 실제로 당하면 느낌이 완전히 다르잖아요.

네, 기분이 되게 나빴어요.

🔲 의상 디자인은 어느 정도 공부가 돼야 전공할 수 있잖아요. 실기보다는 내신, 수능 점수가 높아야 된다고 들었거든요.

학교에서 즐거운 일이 없는 건 아니다.
사람을 좋아하는 찬훈이는 한 반에 서른 명 정도가 모여서
복닥거리는 시끌벅적함을 좋아한다. 친구들과 뒤엉켜 장난도 치고.
그러다가 하기 싫은 수행평가를 억지로 하면 가슴이 답답해진다.
갑자기 정신연령이 다섯 살 유치원생이 되어버린다.

의상 디자인을 해도 꾸준히 공부를 해야 하는 것 같아요. 디자이너가 자기 옷을 소개하고 그럴 때 이런저런 지식이 많이 필요하거든요. 옷만 만든다고 해서 디자이너가 아니라 그걸 팔고 다른 사람한테 마케팅하고 그러려면 그림 외에도 다른 걸 많이 알아야 해요. 학교 공부도 도움이 되죠. 말을 조리 있게 하려면 언어 공부가 필요해요. 뭘 소개한다거나 어떤 부분이 잘돼서 부각시키고 싶을 때 학교에서 배운 것들이 도움이 돼요.

📻 다른 과목들도 도움이 돼요?

지금은 잘 모르겠어요. 나중에 디자이너가 돼서…… 아, 이게 큰 도움이 됐구나, 하는 생각이 들면 또 모를까. 지금은 모르겠어요.

📻 일상생활에서도 수행평가를 하지 않나요?

별로 도움이 안 되는 것 같은데, 그런 게 필요하다고 하니까 좀 답답해요. 이런 게 왜 필요해? 때려치우고 검정고시를 보는 게 편할까 생각도 해봤는데, 그냥 하라고들 하잖아요. 하기는 싫은데 억지로 하고 있는 거예요.

📻 정말 하기 싫은데 현실적인 입시 때문에 할 수밖에 없다는 느낌이 들어요?

하기 싫은 거 억지로 할 때는 다섯 살 유치원생이 된 기분이에요. 먹기 싫은 거 엄마가 억지로 먹이는 것 같은. 억지로 해야 하니까 피곤해요. 그만두고 싶지만 그럴 수 없으니까……. 나중에 편하게 살려면 어쩔 수 없죠.

📻 편하게 살 수 있을까요?

하다 보면 편하게 살 수 있겠죠. 내가 하고 싶은 일을 하면서. 지금은 좀 그렇지만, 나중에는…….

🎙 유명 디자이너 중에 누구를 좋아해요?

에디 슬리먼(Hedi Slimane)이요. 디오르 옴므라고…… 크리스티앙 디오르의 남성라인인데 그 사람이 얼마 전까지 수석 디자이너였어요. 에디 슬리먼의 옷이 정말 마음에 들어요.

🎙 어떤 게 마음에 들어요?

디오르 옴므가 특이하게도 마른 사람을 모델로 써요. 저는 마른 게 콤플렉스였거든요. 남자라면 근육도 좀 있고 그래야 멋있다고들 생각하는데, 그 사람 컬렉션을 보면 마른 사람이 진짜 빛이 날 수 있구나, 하는 생각이 들거든요. 후광이 비치죠. 그래서 엄청 존경해요.

🎙 마른 게 콤플렉스였어요? 공부 잘하는 건 어때요?

공부 잘하는 애들이 한편으로는 부럽기도 해요. 그만큼 열심히 한다는 말이잖아요. 좋아하는 일, 어떤 때는 자기 일을 포기하면서까지 저렇게 공부에 매달릴 수 있구나, 쟤는 정말 절제를 잘하는구나, 그런 생각이 들기는 해요. 그래도 부러움보다는 안됐다는 생각이 들 때가 더 많은 것 같아요.

🎙 찬훈이도 하는 싶은 일을 할 때는 절제를 잘하잖아요.

저도 그림 같은 거…… 좋아하는 일을 할 때는 다른 일 제쳐두고 하지만, 걔네는 진짜 하루 종일 절제를 하고 사는 것 같아요. 하고 싶은 거 하나도 안 하고. 그렇게 타고나지 않은 이상, 공부가 좋아서 하는 사람은 드물잖아요. 그런데도 그렇게 하는 걸 보면 존경스럽다니까요.

🎙 그 친구들이 어떨 때 절제를 한다고 느끼는 것 같아요?

저는 수업 시간에 공상을 많이 해요 ─────── •

우리 반에 그런 애가 하나 있어요. 공부를 너무 해서 그런지 몰라도 집 안에만 있는 그런 성격 있잖아요. 그러니까 애가 자주 조퇴를 해요. 왜 그러냐고 했더니 몸이 되게 약하대요. 근데 걔가 공부를 진짜 열심히 해요. 공부 잘하는 애들을 보면 건강한 애들이 별로 없더라구요. 팔팔 하게 날뛰는 애들이 없어요. 팔팔한 애들이 잘 돌아다니는데, 공부 잘 하는 애들은 아픈 것 같아요. 몸이 전체적으로 좀 약하달까요.

🎙 그런 애들한테 절망감 같은 걸 느껴본 적 없어요?
제가 공부를 하려고 했는데, 진짜 잘하는 학년 톱 있잖아요, 그런 애들 근처에도 못 가는 거예요. 공부를 해도 그렇더라구요. 그러다 보니 얘 기를 해도 걔네랑은 말을 별로 안 하게 돼요. 불편하달까……. 내가 말을 걸면 걔네가 불편할 것 같다는 생각이 들면서 감정의 벽 같은 게 쌓인 것 같아요. 쟤는 공부를 잘하니까 나랑 안 맞아, 그런 생각이 들 죠. 그 애들 중에도 우리가 공부를 너무 못하니까 같이 놀면 안 되겠 다, 이런 생각을 하는 애들이 많아요. 한 교실에서 서로 담을 쌓고 사 는 거죠. 한마디로 각박해요.

🎙 아이들 사이가 각박해요?
한 반에서 같이 생활해도 알고 보면 다 따로 놀아요. 한번은 선생님이 랑 반 회식을 한 적이 있어요. 테이블마다 앉는데 거기서 확 갈리는 거 예요. 진짜 공부만 하는 애들이 딱 모여서 먹고, 공부 하나도 안 하는 애들이 모여서 먹고, 어중간하게 하는 애들이 모여서 먹고……. 그걸 보면서 위화감을 느꼈어요. 다 같은 청소년이잖아요. 아직 어린데 벌 써부터 상위계층, 서민계층, 좀 더 떨어져 있는 하위계층……. 이런 식으로 나뉘어 있는 것 같더라구요. 그때 한숨이 나왔어요. 정말로.

🔊 별로 기분이 안 좋았겠네요?

회식은 원래 같이 놀고 떠드는 단합대회 같은 거잖아요. 가면 기분이 '업'되고 신나야 되는데, 애들도 그렇고 저도 그렇고 평소 교실이랑 분위기가 너무 똑같은 거예요. 다들 따로 노니까 재미가 없죠.

🔊 평소 교실 분위기는 어떤데요?

다들 공부에 집중하고 서로 경쟁하고 그런 게 있어요. 그래서 각박하죠. 다른 애들이 그러면 저도 그렇게 되는 것 같아요. 각박함도 옮는다니까요. 애들 중 하나가 막 놀자고 마음의 문을 열어. 근데 다른 하나가 수준이 안 맞아서 너랑은 안 논다고 해봐요. 그런 투로 말하는 애들이 있어요. 그렇게 되면 너랑 놀 필요 없지, 하면서 문을 닫게 돼요. 서로 소통하는 것 없이 말 한마디 안 하고. 그렇게 지내는 게 각박한 거죠.

🔊 그러면 굉장히 힘들 텐데…….

처음에는 내가 말을 걸어도 별 대꾸가 없고 의사소통이 없으니까 불편할 때도 있는데, 시간이 지나면 그냥 무뎌져요. 그걸 느낄 수 없을 정도로. 나중에는 이게 당연한 거다, 하면서 나는 나대로 놀고 걔는 걔대로 노는 거죠.

🔊 서로 무감각해진다는 말이군요.

중학교 때 진짜 남한테 신경 한 번 안 쓰고 자기 일만 하는 아웃사이더가 있었어요. 지금도 반에 그런 애들이 있다니까요. 그런 친구를 보면 불쌍해요. 본인은 좋아서 그러는지 몰라도 제가 보기엔 그래요.

🔊 친구들 사이에 감정이 별로 안 좋아요?

고 등 학

찬훈이는 자신의 세계가 건강하다고 생각한다.
하지만 다른 누군가의 눈에는 그렇지 않나 보다.
공부를 잘하는 그 애는 자신을 시끄럽고 놀기만 좋아하는 애로 보는 것 같다.
둘 사이에 쌓인 벽을 허물고 싶은데, 그게 말처럼 쉽지 않다.
그 불편함이 각박함으로 다가온다.

© 성재경

전체적으로 어색한 느낌. 같이 있으면 어색하다는 느낌이 들어요. 처음부터 노력했으면 모르겠는데, 처음부터 너랑은 안 되겠다고 선을 긋고 소통을 안 하다 보니 점점 더 어색해졌죠. 처음 만났을 때보다.

🔊 공부 잘하는 애들과 그렇다는 말이죠? 그 친구들은 공부 안 한다고 무시하고.

무시한다기보다 겁내는 것 같아요. 애들이랑 놀면 나도 공부 못할 거야. 그러면서 겁을 내는 것 같아요. 성적이 잘 나오고 있는데 괜히 저런 애들이랑 어울리면 나락으로 떨어질 거야, 물들지 말자, 이런 생각을 하면서.

🔊 그런 감정이 느껴져요?

제가 답답하죠. 그럴 의도가 없으니까요. 나는 안 되도 친구는 잘됐으면 하는 생각이 있어요. 친구라면 그럴 수 있다고 생각해요. 근데 걔는 그렇게 생각을 안 해요. 쟤는 공부를 못하니까 나까지 끌어들여서 나락으로 떨어뜨리려 한다고 생각해요. 제 눈에 그런 게 보여요.

🔊 벽을 허물려고 노력한 적은 있어요?

별로 없어요. 제가 처음 만나서 어색할 때 벽을 안 쌓으려고 노력하는 편인데, 어쩔 수 없이 벽이 생기더라구요. 그런 애들은 어쩔 수 없어요. 한번 벽이 쌓이면 그 벽을 허물기가 되게 힘들어요. 말을 걸면 대꾸만 하고, 아침에도 그냥 인사만 하고.

🔊 혹시 앞서가는 애들에게 절망감을 느낀 적 없어요? 성적 문제로.

제가 불안하죠. 일단 등급제잖아요. 상대평가다 보니 남이 잘하면 내가 못하는 게 되고 남이 못하면 제가 잘하는 게 되니까요. 그런 애들이 점점 많아진다고 생각하면 제가 한없이 밑으로 내려가게 되는 거죠. 마음이 복잡해요. 어떻게 해야 할지 답이 안 나오니까요. 그런 생각 때문에 더 열심히 하게 되는 것 같아요. 경쟁을 해야 한다는 생각. 경쟁 상대가 없으면 나태해질 것 같아요.

📻 서로를 배제한 경쟁이 아니라, 같이 성장해가는 경쟁에 대해서는 어떻게 생각해요?

남을 밟고 오르는 경쟁이 아니라 같이 좋아지는 거요? 생각해보면 유토피아 같아요. 이상향이요. 그렇게 하고 싶어도 정작 실천이 어렵잖아요. 그러니 노력을 안 하게 되고.

📻 현실적으로 그런 것들은…….

불가능하죠. 힘들죠. 나라도 잘돼서 도와줘야겠다! 오히려 이런 게 좀 더 현실적이지 않을까 싶어요.

📻 반에 찬훈이보다 공부를 못하는 애들이 있지 않나요? 그런 애들을 보면 어떤 생각이 들어요?

걔넨 그래도 공부만 잘하는 애들보다는 덜 불쌍한 것 같아요. 적어도 자기가 뭘 하고 싶어하는지는 알잖아요. 실제로 그런 애들은 예체능 쪽으로 많이 빠져요. 음악을 한다거나 미술을 한다거나. 그런 애들이 되게 많아요. 그런 애들은 자기 일을 하면서 즐길 줄 알아요. 다른 걸 억지로 잘하는 것보다 자기 일을 즐기면서 하는 게 나아 보여요.

📻 그런데 제 자리를 못 찾고, 공부를 못하는 애들도 있잖아요.

대한민국 10대를 인터뷰하다

있죠. 그런 애들을 보면 답이 안 나와요. 오히려 제가 걱정이 돼요. 개일인데, 그 친구 일인데도 제가 걱정이 돼요.

📟 의상 디자이너가 되려고 개인적으로 노력하는 게 있어요?

의상 디자이너가 되려면 입시 공부 못지않게 실전 경험이 중요하다고 생각해요. 그래서 패션쇼 같은 걸 자주 보러 다니고, 잡지를 구독하면서 사진이나 기사를 스크랩해요. 배울 건 배워야죠. 지금으로선 스크랩하는 게 제일 큰 노력 같아요.

📟 요즘은 어떤 패션이 유행해요?

해마다 동향이 달라요. 유행이 돌고 돌거든요. 이삼 년간 컬렉션을 돌아봐도 알 수 있어요. 금방 죽었다가 다시 돌아오고. 스키니는 어머니 세대에 쫄바지로 유행했잖아요. 근데 요즘 다시 강세거든요. 명동 같은 데 지나다니면서 보면 3분의 1은 스키니를 입고 있죠. 또 옷에 들어간 패턴을 보면 복잡한 복고풍이 다시 살아났어요. 1년쯤 됐나? 다시 살아난 걸 보면 유행은 돌고 돈다가 정답이에요.

📟 패턴이 복잡한 복고풍?

한동안은 점잖은 패턴이 유행이었어요. 깔끔하고. 사람들이 그런 데 싫증을 느끼는 것 같아요. 디자이너들이 사람들의 그런 동향을 파악해서 미리 제품을 내놔요. 그럼 그게 퍼지면서 유행을 타기 시작하죠. 점점 그런 패턴들이 대중화되는 거예요. 그리고 요즘은 빈티지가 대세거든요. 아까 말한 낡은 느낌의 옷들이요. 특히 군복이 빈티지랑 코드가 잘 맞아요. 디자이너들이 한때는 그걸 다 접목을 시켰어요. 빈티지한 야상 같은 걸 만들고 그걸 입고 다니고. 군복이랑 스키니가 요즘 강세예요. 지나가다 보면 군복을 모티브로 한 재킷이나 코트 같은 게 많이 보이고, 시장에 가도 군복을 파는 데가 되게 많고……. 심지어 백화점에도 그런 류의 옷들이 자주 눈에 띄어요.

📟 옷을 정말 좋아하는군요. 의상 디자인으로 진로를 정하고 나서 뭐가 가장 달라졌다고 생각해요?

자신감이요! 옷을 좋아하면서, 특이하게 입기 시작하면서 자신감이 생겼어요. 제가 입는 스타일을 따라하는 친구들도 있으니까요. 예전에는 감추려고 했잖아요. 난 특이하지 않다, 남들과 같다, 이렇게 얘기하면서 평범하게 입고 다녔지만, 이젠 그렇지 않아요. 튀어도 상관없다, 너희가 뭐라 하든 신경 안 쓴다, 난 내가 하고 싶은 대로 하면서 산다. 그러면서 자신감이 많이 생겼어요.

📟 주변 친구들에 비해서 운이 좋다고 생각해본 적 있어요?

운이 좋죠. 아직까지 꿈을 못 찾은 애들이 많으니까요. 그런 친구들에 비하면 전 행운아예요. 그래도 제가 뭘 하고 싶어하는지, 뭘 해야 할지를 아니까요.

📟 앞으로 계획이 있다면?

거창한 계획보다는 절제하는 걸 배우고 싶어요. 공부만 해도 하기 싫다고 안 하는 게 아니라, 그래도 좀 더 노력하고 싶어요. 노는 것보다는 일단 제가 해야 할 일들, 그런 것들이 먼저인 것 같아요. 그래서 절제하고 싶어요.

평범한 보통의 아이들이
정신 상태가 안 좋게 된 거예요

김세호(강남 정신과 의사)

제가 느끼기에 강남 아이들의 문제는 쉬는 시간이 없다는 데 있어요. 쉬는 시간이 없다 함은 앉아서 생각하는 시간이 부족하다는 거예요. 그러니까 왜 공부를 해야 하는지, 왜 살아야 하는지, 사춘기에 하는 인생 공부 시간이 갈수록 없어지는 거죠. 그런 고민을 기피하면 할수록 '회피'라는 감정이 생기고, 시간이 갈수록 거기에 잘 적응하는 아이들만 살아남게 되죠.

제가 보고 느낀 대로 말씀드릴게요. 엄마가 공부를 안 하려는 애를 데려온 적이 있어요. 당연히 아이는 싫어하죠. 그런데 엄마가 억지로 끌고 와요. 넌 뭘 하고 싶니? 하고 아이한테 물어봤어요. 애는 하고 싶은 게 없대요. 공부는 그냥 못하겠고.

그렇구나. 그래서 또 물었어요. 어떻게 살면 네가 행복할 것 같니? 대답은 같아요. 그것도 잘 모르겠대요. 그래도 돈은 많았으면 좋겠대요. 미래의 전망이 없는 상태에서 돈의 가치만 확 커져버렸어요. 아무것도 생각해본 적이 없는 아이가 공부마저 놓아버리면 말 그대로 그냥 멍한 상태가 돼요.

예전에는 '비행(非行)' 때문에 소아정신과를 자주 찾았어요. 학교에서 싸워요, 친구들 돈 뜯어요, 부모한테 손찌검해요……. 이런 행동상의 문제들이었는데, 요즘은 다른 양상을 띠고 있어요. 이곳 강남은 지역 특성상 아이의 돌출 행동보다는 성적이나 진로 문제로 우울증에 빠지거나, 뭔가 손을 놓아버린 듯 무기력증을 호소하는 애들이 훨씬 많아졌어요. 이런 문제는 겉으로 잘 드러나지 않아요. 하지만 실제로는 많이 발생하고 있죠.

　　제가 강남에 있는 A고등학교로 현장조사를 나간 적이 있어요. 학생들의 검사지를 받아보고 깜짝 놀랐어요. 제가 생각한 것보다 아이들 정신건강이 너무 안 좋았거든요. 이상한 사람이 따로 있는 게 아니라, 평범한 학생들 정신에 문제가 있었던 거죠. 그냥 살면서 혼자 끙끙 앓았던 거예요.

　　진짜는 교실에 숨어 있었어요. 아이들에게 결과를 통보하자 스스로 알아서 찾아오더군요. 그만큼 힘들어하고 있었고, 뭔가 해결책을 찾고 싶어서 도움을 청한 거예요. 보기보다 우울한 애들이 굉장히 많았어요. 의욕이 없고 미래에 대해 부정적인 아이들. 특이하게도 아이들의 '강박증'이 눈에 띄게 많았어요. 어른이라면 모를까 학생들에게 잘 볼 수 없던 증상이거든요.

　　강박은 불안장애의 일종이에요. 지나친 자기억제에서 비롯되는 경우가 많죠. 공부할 때 친구들이 볼펜을 딱딱거리는 소리가 신경이 쓰인다던지, 다른 애들의 시선에 민감하게 반응한다던지……. 그런 아이들이 상당히 많았어요. 어떤 애는 누가 자기에게 무슨 말을 했는데, 집에 와서도 그 말이 머리에서 떠나질 않았대요. 자기를 욕하는 말로 들은 거죠.

　　그래서 밤중에 그 애 집으로 전화를 했어요. 그 애도 처음에는 받아주다가 나중에는 화가 나잖아요. 내가 언제 그랬어? 너 미쳤니? 그러자 싸움이 부모에게까지 번졌어요. 이런 사례가 많아요. 책장을 넘기거나 발을 떠는 사소한 소리에 예민해지거나, 어떤 친구가 시야에 들어오기만 해도 못 견뎌하는 애도 있어요.

　　　　　　•　──────── 대한민국 10대를 인터뷰하다

별다른 이유 없이 불안해지는 거예요. 어떤 아이는 반에서 담배를 피우고 노는 친구가 있는데, 그 친구만 보면 자기도 그렇게 될 것 같은 불안증에 시달린대요. 그 아이는 전교에서 1, 2등을 다투거든요. 그 생각이 머리에서 떠나지 않았고, 결국 시험을 망쳐버렸대요.

아무래도 강남 아이들이 증세가 심한 것 같아요. 신림동에서 일하는 소아정신과 선생님과 이야기를 한 적이 있는데 그곳에서는 뚜렷한 증상을 못 보았대요. 강박증 자체는 뇌신경회로 장애에서 생기는 병이라고 거의 인정되고 있지만, 강남에서는 공부를 잘하는 아이, 상위권 학생들에게서 많이 나타나고 있어요.

이 지역에서 공부에 부담을 가지고 있는 아이들에게 많이 나타나고 있다는 말이죠. 물론 강남에 강박증 학생이 많다는 것은 의학적으로, 통계학적으로 규명이 안 되어 있어요. 하지만 아이들이 많이 불안하니까 그런 증상이 나타난다고 봐요.

언젠가 초등학생을 만나 이야기를 나눈 적이 있어요. 공부하고 싶니? 하고 물으니 하기 싫대요. 공부 안 하고 뭐 하고 싶어? 하고 다시 물었죠. 그래도 공부는 해야 한대요. 대학은 가야 하니까. 이게 초등학교 3학년생 입에서 나온 대답이에요. 좋은 대학에 들어가서 뭐 하려고? 그래야 돈을 많이 벌죠.

돈이 전부라는 배금사상을 지적하는 게 아니에요. 공부를 못해서 원하는 대학을 못 가면 인생이 꼬인다는 생각을 어릴 때부터 한다는 게 문제죠. 누구나 어릴 때 꿈이 있잖아요. 교수, 과학자, 영화감독, 가수, 파일럿…… . 이렇게 미래상이 다양해야 정상이잖아요. 뭘 하면서 사느냐가 아니라, 돈을 못 벌면 인생을 망친다는 한 가지 생각만 하는 거예요.

가장 큰 문제는 이런 생각을 은연중에 부모와 사회가 아이들에게 강요하고 있다는 점이에요. 아이들은 성적이 떨어지면 그 충격을 견디지 못하고 불안에 떨기 시작해요. 그건 공부를 잘하는 아이도 마찬가지예요. 높은 등수를 어떻게든 유지해야 하니까요. 학년이 올라갈수록 경쟁은 심해져요. 수능시험만 해도 한 등급에 7, 8점이 오락가락하다 보니 문제 하나에 아이 운명이 왔다 갔다 하는 셈이죠. 하나라도 덜 틀리려고 얼마나 긴장하고 살겠어요? 그런 긴장과 압박이 불안증이나 우울증, 강박증으로 나타나는 거예요.

애들을 보면 학습 강도가 정말 엄청나요. 아이들이 견딜 수 있는 한계치를 넘어버렸다니까요. 그러니 저한테 오겠죠. 견딜 수 없으니까. 모 어학원에서 내준 숙제를 감당하려면 초등학생들도 자정까지 공부해야 해요. 제가 이곳에 병원을 열 때를 생각하면 얼마나 순진했는지 몰라요. 실상을 몰랐던 거죠.

대치동은 늦게 끝나는 학교가 많아서 수업이 끝나면 아이들이 많이 찾아올 거라고 생각했어요. 그럼 밤늦게까지 일하고 다음날은 오전까지 푹 쉴 수 있겠다고 생각했죠. 그런데 그게 아니었어요. 오후에는 학원 스케줄 때문에 병원에 못 오는 거예요. 어쩌다 늦게까지 남아 있으면 밤 10시쯤 병원 앞 도로가 꽉 막혀요. 학원 끝나는 시간에 맞춰 애들을 실러 온 학부모들 차죠.

여기서 끝이 아니에요. 자정이 되면 또 한 차례 차들이 늘어서요. 그 시간에 집에 가서 씻고 나면 얼추 새벽 1시일 테고, 다음날 학교에 가려면 아침 6시에는 일어나야 되는데, 숙제할 시간이라도 있는지 모르겠더군요. 이런 빡빡한 스케줄을 소화하느라 아이들이 숨이나 제대로 쉴 수 있겠어요? 나중에 알고 보니 숙제는 학교에서 수업 시간에 한다더군요.

진료를 해보면 강박증 수준을 넘어 심각한 증세를 보이는 학생들도 있어요. 크게 두 부류로 나뉘는데, 분열증 쪽으로 가거나 심한 우울증 쪽으로 가요. 분열증은 이미 그 아이가 병의 소인을 갖고 있는 경우가 대부분이에요. 한 아이에게 정신분열증이 생겼는데, 물론 소인을 가지고 있었지만, 병이 유발된 시점이 유명한 어학원을 다니고 난 뒤부터였어요. 숙제가 많은데다 공부로 스트레스를 받아서 유발된 거지요.

기왕에 분열증 소인을 가지고 있다면 늦게 발병하는 게 좋아요. 청소년기에 이성 교제도 해보고, 친구들과 복잡 미묘한 관계도 겪어보고, 사회에 나가서 다른 사람들도 많이 사귀고……. 그러면 그 아이가 많은 것을 누릴 수 있잖아요. 그런데 지나친 사교육으로 발병을 앞당겨버린 거죠.

이에 반해 우울증은 심리적인 요인이 많아요. 아이들에게 인정받고 싶은데 인정받을 길이 공부밖에 없으니까 성적이 떨어지면 낙담하게 되죠. 그러다 보면 심한 우울증이 생겨요. 증세가 심하면 충동적이 되는데 그런 아이가 자살 시도를 해요. 외고에서 투신자살한 친구가 있었잖아요. 그 친구는 이미 우울증이 심각했다고 보면 돼요.

얌전하게 학교를 잘 다녀서 선생님이나 부모님이 눈치 채지 못했던 거죠. 정말 죽겠다는 절박한 심정으로 뛰어내린 거예요. 투신자살이 자살 시도 중에는 가장 흔하죠. 두 번째는 목매는 것, 세 번째는 손목 긋기, 맨 마지막이 약을 먹는 거죠. 임상적으로는 그래요. '정신적인 부검'은 해보지 않았지만요. 정신적인 부검이란 그 사람이 왜 죽었을까, 어느 시점에서 심리적 충격을 받았는지, 주변 사람들을 인터뷰하고 일기를 읽고 죽기 전 얼마의 시간을 재구성하는 과정을 말해요.

강남 애들의 문제는 부모와 밀접한 관련이 있어요. 두 그룹의 부모가 있는데, 한쪽은 너무 많이 개입해서 아이를 괴롭히고, 한쪽은 실제로 어려움이 닥치면 그냥 방치하는 쪽이에요. 부모들이 전문의와의 상담을 부정적으로 보는 까닭은, 애가 마음만 다잡으면 공부를 할 수 있다고 보기 때문이에요.

자식이 공부를 못하는 건 마음을 못 잡아서 그런다고 생각해요. 아이가 겪고 있는 어려움을 스스로 해결하도록 떠맡기고 있는 셈이죠. 해결 방안이라고 해봐야 좋은 과외선생을 붙여주거나 다른 학원을 알아보는 정도죠. 정작 아이가 무엇 때문에 힘들어하는지 진지하게 고민하지 않아요.

예전에는 지금보다 느리게 살았잖아요. 생각도 많이 하고 친구들과 이야기를 나누면서 고민도 해결하고 했지만, 지금은 그럴 시간조차 없어요. 아이들이 혼자 주도적으로 공부하도록 키우지 않았으면서 혼자 해결하라고 하는 것과 같죠. 그러면 아이가 무기력해지고, 스트레스가 쌓여서 우울해지기 쉬워요. 학업 스트레스로 자신감을 잃어가는 아이에게 정신력과 의지력이 약하다고 충고해요. 또 너한테 들인 돈이 얼마인데, 하면서 닦달을 해요.

아이들은 밖에서 누구한테 맞고 들어와도 부모에게 그런 말을 하지 못해요. 부모가 듣기 싫은 소리를 할 게 뻔하거든요. 한 아이가 중학교 때 왕따를 당했어요. 따돌림을 당한 아이들은 자기가 피해자라고 생각하지 않아요. 자기가 뭘 잘못했거나 못나서 그렇다고 생각하죠. 그래서 부모가 비난하는 것과 애들이 비난하는 것을 구분을 못해요.

아이들이 비난한 것처럼 부모도 그럴 거다, 하고 생각해요. 나한테 문제가 있는 거야! 어차피 해결될 일도 아니고, 집에 가서 입을 열어봤자 뭐해? 이렇게 생각하고 체념을 해요. 밖에서 놀림을 받고, 집에 들어와선 창피해서 입도 못 열고. 아이들의 자존감은 그만큼 낮아지는 거예요.

너희가 머리 기르면

나라 경제가 망한다

3

정연택(인천 학익고등학교 2학년)

　연택이의 말은 참 맛깔스럽고 생생하고 유머가 넘쳐서, 어찌 보면 슬픈 일인데도 인터뷰 내내 웃음이 끊이질 않았다. 학교생활의 소소한 일상에 숨은 인간적이지 못한 면들과 억압들을 연택이는 섬세하게 잘 짚어주었다.

　추워도 잠바를 못 입게 하는 학교, 주먹으로 내리 꽂히는 꿀밤, 뒤에서 문을 잠그는 강제 야간자율학습, 쉬는 시간마다 교무실에 서 있게 하는 체벌, 선생님마다 기준이 다른 머리의 길이, 이상한 것까지 점수가 매겨지는 벌점제도⋯⋯. 게다가 쿠폰을 만들어 아이들을 아주 평화적으로 다스리는(?) '똑똑한 담임' 얘기도 있다.

　연택이는 그런 방법이 직접적인 폭력보다는 낫지만, 여전히 괴롭히기는 마찬가지라고 한다. 선생들이 학생들을 통제하는 기발한 방법을 연구하는 동안, 아이들은 어떻게 하면 그 통제를 피해갈까 골똘히 궁리한다. 교실 안에서 벌어지는 두뇌게임! 이것이 학교생활의 숨겨진 이면이다.

　연택이는 누가 머리에 손을 대는 걸 정말 싫어한다. 두발단속에 대한 이야기를 들으면서 그동안 그 문제를 너무 쉽게 생각했다는 것을 깨달았다. 외모에 신경 쓰는 예민한 시기에 내 몸에 함부로 가해지는 제재에 반발하는 거라고만 생각했다. 그런데 그런 측면만 있는 게 아니었다.

경쟁은 학생들 사이만이 아니라 학교 간에도 나날이 치열해지고 있었다. 학생들을 상위권 대학으로 많이 보내기 위해 꺼내든 카드가 바로 두발 규제였다. 그동안 두발의 자유를 허용했던 많은 학교들이 다시 그것을 폐지하고 있었다. 아이들의 목소리에는 잘린 머리카락이 아니라, 자신을 통제하고 있는 입시 위주 시스템에 대한 전면적이고 본능적인 반항이 담겨 있었다.

아이들은 두발 규제를 두고 '발칙한 발랄함'으로 대꾸했다. 자신들의 머리를 자른 선생의 이름을 붙여서 그 머리 스타일을 유행시켰고, 도로 바닥에 래커로 '노 컷(no cut)'이라고 썼다. 아이들에게는 기존 질서에 주눅 들지 않은 내면적인 당당함이 있었다.

정연택
(인천 학익고등학교 2학년)

🎙 꿈 이야기부터 하는 게 좋을 것 같은데…….앞으로 뭐가 되고 싶어요?

보컬 트레이너 쪽으로 꿈을 키우고 싶어요. 가수를 단련시키는 사람이요. 어차피 음악 쪽으로 가면 갈 곳이 한정돼 있어요. 보컬 트레이너 아니면 가수. 박진영 씨처럼 되려면 가수나 보컬 트레이너로 활동하다 기획사 사장으로 빠지고 그러거든요. 저는 가수가 꿈이라기보다는 음악을 하고 싶은 거예요. 어릴 때부터 꿈이었고, 지금도 지키고 있죠.

🎙 음악을 하고 싶었던 어떤 계기가 있나요?

아버지가 라디오나 테이프로 늘 클래식을 들려주셨어요. 그때마다 연주를 하고 싶다는 생각이 들어서 학원에 다녔죠. 피아노에 드럼, 기타도 배워봤고……. 결국 맨 마지막에 하고 싶은 건 보컬이었어요.

📼 학교가 인문계잖아요. 입시에 맞춰 시스템이 돌아가는데, 음악 하는 연
택이가 그 안에서 뭘 하기가 쉽지 않았을 것 같은데?

처음에 담임선생님한테 가서 음악 하겠습니다, 라고 했다가 바로 무시
를 당했죠. 지금 장난하냐? 그래요. 제 꿈은 죽을 때까지 음악 하는 겁
니다. 그렇게 말하면, 인문계 고등학교에 왜 왔냐? 이런 식으로 말씀하
시고. 사람들은 누가 음악 한다고 하면 쟤는 꼴통이다, 공부를 못한다,
는 식으로 봐요. 늘 그런 대접을 받았어요. 너무 화가 나서 한마디 했
죠. 누가 공부로 전교 1등 할 때 전 음악으로 전교 1등 할 겁니다. 음악
공부를 그만큼 열심히 합니다. 선생님한테 이 정도로 얘기했어요.

📼 그 말을 듣고 선생님이 뭐라고 하세요?

화를 내시죠. 지금 대드냐? 이러시죠. 전 제 뜻을 말씀드린 겁니다, 이
렇게 말했어요. 어떤 선생님은 미안하다, 네 뜻을 잘 알겠다고 하는 분
도 있고, 어떤 선생님은 학생부로 따라와, 하기도 하고.

📼 따라가서 뭐 했어요?

벌 받았죠. 음악을 이해 못해요. 외국 같으면 예술가 대우를 받는데,
여기선 고등학생이 음악 한다고 하면 노는 애에 공부 못하는 놈으로
인식을 하니까 마음이 아프죠.

📼 많이 힘들었겠네요.

고등학교에 와서 음악을 시작하고 1년간은 무척 힘들었어요. 1학년 때
시작했는데 2학년 초반까지 힘들었죠. 그런데 대회에 나가서 상도 타

고 하니까 선생님들이 잘하는구나, 열심히 해봐라, 그러시죠. 그때부터 선생님들이 달리 보더라구요. 일단 과정보다는 결과를 중시하는 것 같아요. 결과가 있어야 학교에서도 그 사람을 인정해줘요.

🎙 **학교에서 과정보다 결과를 중시해요?**

공부는 모르겠는데 음악은 결과를 중요하게 봐요. 과정이 많이 힘들었어요. 음악도 공부만큼 해야 하니까요. 학교 끝나고 바로 학원 가서 새벽 한두 시에 와요. 그때까지 노래만 쭉 부르다 오는 거예요. 화성악 같은 거 배우고 집에 와서 숙제를 해요. 안 하면 혼나니까요. 숙제를 하다 보면 3시, 아침에 일어나면 7시죠. 학교 가서 또 공부하고. 늘 피곤에 절어 살았어요.

🎙 **음악 전공이 있는 학교로 진학하지 그랬어요?**

원래 고등학교를 딴 데로 가려고 했어요. 서울 쪽으로. 서울엔 실용음악과가 있는 학교가 많더라구요. 학교가 멀다는 이유로 부모님이 반대하셨고, 교장선생님이 원서를 안 써주셨어요. 실업계는 부모님이 싫다고 하시고. 어른들이 실업계에 편견이 많으세요. 애들 질이 안 좋다, 거기 가면 절대로 성공 못한다. 부모님 때문에 인문계로 왔고, 여기서 음악을 선택했어요. 쉬운 길을 두고 빙 둘러온 거죠.

🎙 **부모님이 처음부터 음악 하는 걸 지지해주셨어요?**

처음엔 안 그랬죠. 음악 한다고 했을 때 아빠는 공부를 했으면 좋겠다고 하셨어요. 제가 자꾸 음악을 하겠다고 조르니까 그래 한번 해봐라, 대신 음악은 네가 학교에서, 인천에서, 전국에서 상위권에 못 들면 성공 못한다. 이렇게 말씀하셔서 열심히 하겠습니다, 했죠. 그만큼 자신이 있었어요.

📼 학교가 인천이잖아요. 분위기는 어때요?
애들이 아직 입시에 대한 압박감이 별로 없는 것 같아요. 몇몇 상위권을 빼고는요. 학교에서도 상위권만 가르치려고 하는 것 같고. 상위권 애들은 따로 공부를 시켜요. 반을 따로 만들어서 야간자율학습 같은 걸 시키죠. 예전에 선배님들이 서울대 1차에 열 명이 붙은 적이 있는데, 나머지 학생들은 다 놀리고 그 열 명만 논술공부를 시키는 거예요. 제가 봤을 때는 너무 불공평했어요. 그럼 나머지는 뭐가 되죠?

📼 다른 학생들은 분위기가 어때요?
상위권 애들은 죽을 맛이죠. 이제 입시다, 큰일 났다, 더 열심히 해야겠다고 난리죠. 하지만 다른 애들은 신경 안 써요. 곧 방학이니 놀 생각만 하고 있죠. 우리 학교만 그런지 몰라도 입시에 대한 긴장감이 별로 없어요. 선생님들이 대학 이야기를 해도 상위권 애들한테 더 많이 하고, 보통 애들은 지나가다 한 번 해주고. 이런 식이니 압박감이 다른 거죠. 제 눈에는 불공평해요. 상위권 애들이 돈을 더 내는 것도 아니고, 걔네가 학교를 위해서 봉사활동을 하는 것도 아니잖아요. 그런데도 대우가 다르니까요.

📼 상위권 아이들을 보면 어때요?
반반이에요. 불쌍하기도 하고 부러울 때도 있고. 공부야 잘하면 좋죠. 그러면 뭐 해요? 곧 방학인데 못 놀잖아요. 학교에서 꽉 잡고 있으니까요. 압박하고. 걔네는 방학 때도 아침 7시까지 나와서 밤 10시까지 자습하고 가요.

🔲 학교에서 그렇게 시켜요?

그렇게 해야 상위권 대학 가죠. 어떻게든 좋은 대학에 보내려고 그러는 것 같아요. 실적 때문이기도 하고. 다른 학교도 마찬가지 아닌가요?

🔲 두발도 제한이 있어요?

제한이 있죠. 구레나룻 쪽 귀의 반을 가리지 마라, 앞머리는 눈썹을 덮지 마라, 뒷머리는 옷깃에 안 닿게 해라……. 이런 규제들이 있죠.

🔲 꼭 지켜야 해요?

알아서 잘라야죠. 안 그러면 선생님들이 때리진 않아도 말로 막 괴롭히니까. 애들 불러놓고 벌주고 그래요. 머리 긴 애들을 죄다 강당에 모아놓고 기합을 주죠. 한 시간 동안. 쪼그려 앉아서 걷기도 하고, 엎드려뻗쳐나 팔굽혀펴기 같은 걸 시켜요.

🔲 본인도 당해봤어요?

저도 당해봤죠. 기분이 엄청 나빴어요. 규정에 맞게 잘랐는데 벌을 받았으니까요. 선생님마다 기준이 달라요. 규정에 맞는데도 돌리는 선생님들이 있죠. 그때그때 달라요. 어떨 땐 걸리고 어떨 땐 안 걸리고.

🔲 부당하다고 말했나요?

그냥 조용히 있었죠. 그 자리에서 뭐라고 할 수 없잖아요. 말해봐야 대든다고 벌만 더 세게 받죠.

🔲 그렇게 벌 받고 오면 짜증 내고 그러지 않아요?

그런 애들도 있는데, 저는 벌 받고 와서 기분이 안 좋으면 집에서 그냥

음악과 공부, 둘 다 잘하기는 쉽지 않았다.
음악에 집중하다 보니 공부에 소홀해질 수밖에 없었다.
성적이 많이 떨어졌지만, 노래를 부르다 보면
언제 그랬냐는 듯 기분이 좋아졌다.
연택에게 음악은 인생의 모든 걸 걸고 싶은 무엇이다.

자요. 아니면 노래를 부르던가. 그러다 보면 기분이 풀려요. 전 부모님이랑 다퉈도 혼자 화장실 가서 노래 불러요.

🔊 학교에서 복장 단속은 안 해요?

음, 잠바 같은 건 못 입어요. 교복 위에 잠바를 입으면 빼앗겨요. 날이 좀 추워졌다 싶으면 잠바를 허용하는데, 그것도 색에 규정이 있어요. 어떤 건 입으면 뺏기고 어떤 건 입어도 괜찮고. 그걸 피하려고 애들이 아침 일찍 선생님들 없을 때 등교하거나, 아예 안 입고 가거나 하죠.

🔊 잠바까지 단속하면 답답하지 않아요?

많이 답답하죠. 왜 이걸 지켜야 하나? 그런 생각이 들어요. 추우면 입을 수 있잖아요. 왜 그걸 못 입게 하고, 단체복도 아닌데 색깔까지 맞춰야 한다는 게…….

🔊 그 일로 애들을 때린다던가 하는 건?

때릴 때도 있죠. 경우가 다 달라서 그렇지, 많긴 해요. 심하진 않는데 두발에 걸리면 종아리 한 대 맞고, 복장 걸리면 꿀밤 한 대 얻어맞고…… 그런 게 많죠.

🔊 애교 정도로?

애교라고 하기엔 좀 세고 체벌이라고 하기엔 약하고. 어중간해요. 꿀밤이 그냥 꿀밤이 아니라 주먹으로 찍는 거예요. 그냥 위에서 직선으로 딱 꽂아요. 맞으면 주먹만 한 혹이 나죠.

🔊 아주 센 거 아닌가? 위에서 주먹을 내리치면…….

그게 몽둥이로 얻어맞는 것보단 낫더라구요. 애들이 심한 짓을 했을 때 제대로 체벌하죠. 오토바이를 타고 학교에 왔다거나, 화장실에서 담배를 피우다 걸렸다거나. 담배 피우다 걸리면 바로 발차기예요. 발로 맞고 학생부로 끌려가서 몽둥이로 또 맞고.

발차기를 해요?
화장실 문을 딱 열면 애가 담배를 피우고 있잖아요. 그럼 바로 발차기죠.

경고도 하지 않고?
선생님이 하지 말랬지, 그러죠. 제가 봤을 땐 그 정도는 괜찮다고 생각해요. 심한 짓을 했으니 선생님들이 고쳐주려고 한 건 이해가 가는데, 복장 때문에 맞는 건 좀 억울하죠.

담배 피우다 맞는 것과 복장 때문에 맞는 게 다르다고 생각해요?
학교 화장실에서 담배를 피운 건 잘못이라고 봐요. 담배를 피우는 건 상관없는데, 제발 학교 밖에서 피웠으면 좋겠어요. 다른 애들한테 피해가 안 가게. 피해가 가니까 선생님들이 화를 내는 거죠.

그래도 몽둥이로 때리는 건 지나친 것 같아요.
좀 그런 면이 있죠. 환경이 그래요. 별것도 아닌 복장 문제로도 맞으니까.

오토바이를 타고 오는 애들도 있어요?
있긴 있죠. 근데 걔들은 잘 안 걸려요. 다들 자퇴를 했으니까요. 배달을 하다 걸린 애들은 있어요. 피자나 치킨 배달 같은 거. 원동기면허가 있으니까 몰 수 있어요. 학교에선 안 된다고 하지만.

🔲 그런 애들은 어떻게 해요?

이제 웬만해선 말을 안 해요. 집안 형편이 어려운 걸 아니까요.

🔲 야자(야간자율학습) 시간에 주로 뭘 해요?

그날 배운 거 복습 한번 해주고, 그 뒤로는 자기가 공부하고 싶은 걸 골라서 하죠. 웬만한 애들은…… 반 이상 자고, 반의반은 딴생각하고, 나머지만 공부하는 거죠. 4분의 1 정도 공부하겠네요.

🔲 자습 때 어떤 생각이 들어요?

애들도 말해요. 진짜 자습하기 싫다, 집에 가고 싶다고. 싫은 걸 억지로 하려니 얼마나 싫겠어요. 애들이 학원 간다 그러면 빼주긴 해요. 약간 뭐라고 그러면서. 좀 안 좋게 본다고 해야 하나? 선생님 말투가 평소와는 다르죠.

🔲 정말 자습하기 싫을 땐 어떻게 해요?

그럴 땐 도망가죠. 혼날 거 알면서. 엄마한테 거짓말 한 번 해달라고 하기도 하고. 집에 손님이 왔는데 우리 애가 꼭 있어야 된다, 그런 식으로. 제가 1학년 때 그랬어요. 엄마, 저 과외 한다고 하고 좀 빼주세요. 엄마도 아들 부탁 들어주느라 힘들죠.

🔲 그래도 어머니가 이해를 해주는 모양이네요.

다른 부모님보다는 절 많이 이해해주시는 편이죠. 힘들어서 자습을 빼고 싶다고 하면…… 그래, 오늘은 집에 와서 푹 쉬어라, 하면서 거짓말을 해주시죠. 우리 연택이 과외 해야 하니까 빼주세요. 선생님은 네, 알겠습니다, 하고 보내주시고.

학교생활에서 구속감을 가장 크게 느낄 때가 언제일까?
연택이는 야간자율학습을 첫손에 꼽는다.
말이 '자율'일 뿐, 보통 밤 10시까지 학교에 남아서 공부해야 한다.
선생님들이 아예 교실 문을 뒤에서 걸어 잠글 때도 있다.
아이들은 교실 안에서만 자유롭다.

🖭 어쨌거나 거짓말을 하고 빠지는 거네요. 그럴 때 기분이 어때요?

당시엔 기분이 좋죠. 근데 엄마가 죄책감이 심해요. 담임선생님한테 애를 맡겨놓고 거짓말을 한다고 만날 그러세요. 너 때문에 내가 이렇게까지 해야겠냐고. 미안하죠. 제가 봐달라고 하면 알았다, 하고 그냥 넘어가세요.

🖭 자습 시간에 선생님들한테 맞은 적은 없나요?

자습 시간에 떠들면 맞죠. 복도에 나가서 맞아요. 시끄럽게 떠들거나 이상한 소설책 같은 거 보다 들키면 바로 혼나고 책도 빼앗기죠. 교과서나 문제집 위주로 봐야 해요. 그래서 애들이 문학책을 좋아해요. 문학책에는 이야기가 많으니까요. 문학책을 일부러 학년별로 다 가지고 와요. 심심할 때 보려고. 그런 애들이 몇 명 있어요.

🖭 연택이는 그 시간에 뭘 했어요?

전 공부하는 척하면서 소설을 썼어요. 우주정복 같은 걸로. 막 게임이랑 《드래곤볼 Z》 같은 애니메이션이랑 섞어서 쓰면서 놀았어요. 자습 시간에 집중이 안 되니까.

🖭 아주 괴상한 소설이 되었겠네요(웃음).

(웃음) 작사도 했어요. 제가 부르기 쉽게 노래를 바꾸는 거죠. 가사나 음을 살짝 변형해서. 대신 음악은 안 들어요. 엠피스리 듣는 게 인생의 낙인데 그것마저 빼앗기면 무슨 재미로 살아요. 그걸 안 빼앗기려고 작사를 하거나 소설을 써요. 진짜 그렇게 해도 시간이 남아요. 그럴 때 공부를 하죠. 숙제를 하거나.

🖭 자습 시간이 강제잖아요. 아이들끼리 집단 탈출도 하고 그래요?

전 안 해봤지만, 다른 애들은 가끔 하죠. 어제랑 그제도 그런 일이 있었어요. 그저께는 1반 애들이 다 집에 갔어요. 선생님 몰래 문 잠그고. 어제는 9반 애들 아홉 명 정도가 도망쳤어요. 그래서 오늘 응징을 받았죠. 오늘 방학식이 있었는데, 4교시 내내 벌만 받았어요. 걔네가 벌을 좀 징하게 받았죠. 보통 방학식 날에는 영화 보는 걸로 수업을 때우거든요. 그 시간에 저는 잠을 잤는데, 아침에 벌 받던 애들이 3교시에도 계속 그러고 있더라고요. 이 추운 날 복도에서 땀을 뻘뻘 흘리면서. 오전 내내 그랬어요. 1반 애들은 반 전체가 튀어서 그랬는지 선생님도 포기하고 아무 말 안 했대요. 반장에 부반장까지 넘어갔으니……

🖭 연택이 반은 그런 일 없어요?

우리 반 애들이 도망을 잘 안 가는 이유가 있어요. 선생님이 평화적으로 일을 처리하거든요. 지각을 안 하거나 자습에 안 빠진 애들한테 쿠폰을 줘요. 그걸 다섯 장 모으면 자습을 한 번 빼주죠. 평화적이죠? 애들이 왜 바보 같냐면 그걸 모으려고 자습을 하고 있어요. 지각도 안 하고. 제가 봤을 때 선생님이 너무 머리를 잘 쓴 것 같아요. 자습을 열심히 안 해도 도망은 안 가니까요. 도망치면 여태까지 모은 쿠폰을 다 회수한다, 이런 식이거든요. 선생님이 겨울방학 끝나고 종업식 날 쿠폰이랑 맞바꿀 수 있는 걸 줄 거예요. 우리 반은 이제껏 한 번 빼고는 도망을 안 갔어요. 그 한 번이 쿠폰 만들기 전인데, 다 걸려서 응징당하고 한 달 내내 청소를 했죠. 쿠폰제를 실시한 후로는 애들이 많이 착해졌어요.

🖭 애들이 많이 착해져요?

네. 그 후로는 지각을 잘 안 해요. 어쩌다 지각을 자꾸 하는 애들은 그날 교실에서 보기 힘들어요. 교무실에 가 있거든요. 쉬는 시간, 점심 시간에 교무실로 불려가요. 가면 그냥 서 있게 해요. 그런데 그게 타격이 커요. 쉬는 시간에 아무것도 못하잖아요. 제가 보기에 그것만큼 심한 벌도 없어요. 때리지도 않고 드러내놓고 벌을 주지도 않지만. 선생님이 그렇게 똑똑하세요. 애들을 괴롭힐 줄 알죠(웃음). 힘들이지 않고 괴롭히는 법을 너무 잘 알아요.

🔲 **수업 시간 말고 쉬는 시간마다 그렇게 불러낸다는 말이죠?**

수업 시간에도 불러내면 저야 기쁘죠. 수업 안 듣고 거기 서 있으면 차라리 좋아요. 꾸벅꾸벅 졸면서 공부하기는 정말 싫거든요. 그런데 쉬는 시간에 잠을 못 자면 진짜 미쳐요. 수업 시간에 잡아가면 감사합니다, 하고 가겠는데 쉬는 시간엔 절대 안 돼요(웃음).

🔲 **그러면 애들이 다 당하는 거예요?**

방송을 하기도 해요. 선생님이 누구누구 지금 교무실로 와라, 그래요. 그럼 또 왜 부르지? 내가 잘못했나? 하고 가요. 그럼 걔는 쉬는 시간에 안 보여요. 종례시간이 돼야 보이고. 그리고 애들이 뭘 잘못하잖아요. 욕을 하거나 선생님한테 대들거나 하면 너 이리와, 하면서 그 자리에서 뽀뽀를 하려고 해요. 남학교에서 여선생님이 그러면 애들이 경악을 하죠. 결혼도 해서 나이가 좀 있으시니까. 6센티미터쯤 떨어져서 얼굴을 마주보고 계속 그러고 계세요. 차라리 뽀뽀를 당하는 게 낫죠. 선생님이 애들한테 좀 더 다가가고 싶은 마음에서 그러는 거겠죠. 벌주면 애들이 멀어지거든요.

🔲 **교무실에 서 있으면 무안할 것 같은데, 연택이도 당해본 적 있어요?**

8교시에 도망을 가서 한 번 그런 적이 있어요. 제가 공연을 가야 하는데, 학교에서 공문이 안 나오는 거예요. 그래서 그냥 갔다가 걸렸어요. 4교시까지 벌을 받았는데, 선생님이 장기자랑을 시키더라구요. 못하면 7교시까지 서 있는 거고, 하면 일찍 보내준대요. 그래서 노래를 불렀어요. 교무실에서 선생님들이 다 지켜보는 가운데 비트박스까지 했죠. 교무실에서 오늘 누가 노래 부른다, 하면 컴퓨터로 쪽지가 다 돌거든요. 그렇게 모인 선생님들 앞에서 노래를 하는 거죠. 벌 아닌 벌이에요. 다른 애들 지각해서 맞고 그럴 때 우리는 노래 부르고 있으니까. 그것도 벌은 벌이죠. 많이 창피하잖아요.

📟 장기가 없는 애들은 어떻게 해요?
7교시까지 잡혀 있어야 돼요. 어쩔 수 없죠. 공부만 한 애들은 장기가 별로 없잖아요. 불쌍해요.

📟 장기가 없는 애들은 쉬는 시간에 계속 서 있어야 해요?
네. 하지만 장기가 있는 애들…… 예를 들어 그림 그리는 애들은 교무실에서 선생님 초상화 같은 거 슥슥 그리고, 같이 걸리면 난 그림을 그릴 테니 넌 노래해, 이렇게 되는 거죠. 그래도 자주 걸리면 곤란해요. 더 할 게 없으니까요. 오늘은 춤추고 내일은 발라드 부르고 그 다음엔 또 딴 걸 해야죠.

📟 다른 반에서도 그런 걸 시켜요?
이게 유행을 타서 다른 반 선생님들도 다 써먹어요. 1반부터 12반까지 다 하죠. 체육 하는 애들은 텀블링 같은 거 막 하고, 구경하느라 모인 선생님들은 잘한다고 박수치고……. 진짜 그래요. 요리하는 애들은 요리도 해오고 그런다니까요.

📼 **선생님한테 요리도 해드려요?**

옆 반 학생 중에 누가 어제 새우튀김을 해왔다던데 너는 뭐 없냐? 그러면 아, 제가 내일 회 떠오겠습니다, 그래요. 걔는 회 전문이거든요. 이런 일이 되풀이돼요. 다른 반 선생님이 학생 앞에서 또 그런 얘길 하거든요. 누가 회 떠왔다던데 넌 뭐 없냐? 그럼 걔가 또 그러죠. 랍스타 해오겠습니다. 자꾸 불어나는 거예요. 음식을 모아놓고 식탁에서 같이 드시기도 해요. 누구네가 뭘 참 잘하네, 그러면서.

📼 **자율학습을 빼고, 이건 좀 아니다 싶은 게 또 있어요?**

당연히 두발 규제죠. 애들을 모아놓고 물어보세요. 자율학습과 두발 규제, 딱 이렇게 나올걸요. 우리도 사람인데 왜 머리를 맘대로 못 기를까? 이런 생각이 들면 학교가 싫어지죠. 만날 두발 자유를 외쳐봤자 먹히지도 않아요. 제가 학생회 소속이라서 잘 알아요.

📼 **학생회장이에요?**

학생회장은 아니고, 그냥 학생회 소속 임원이죠. 애들끼리 뭉쳐서 두발 자유 요구하자 그러면 선생님들이 아예 의견을 잘라버려요. 회의에서 그런 의견이 나오면 바로 없던 일이 되죠.

📼 **학생들이 의견을 냈는데도?**

네. 아예 없애버려요. 교감선생님이랑 교장선생님한테 가서 학생회에서 이런 의견이 나왔습니다, 어떻게 할까요? 하고 물어봐야 되는데, 아예 올리지도 않고 그냥 잘라버리는 거죠.

머리를 기른 학생은 나쁜 짓을 하고 다닌다,
머리에 신경 쓰느라 공부를 제대로 안 한다.
두발 규제의 근거로 선생님들이 내세운 주장을
아이들은 받아들일 수 없었다.
참다못한 몇 십 명의 학생들이
교육청으로 우르르 몰려갔고,
이 일로 학교에 큰 소란이 일었다.

💬 그렇게 마음대로 해도 돼요?

처음엔 저희도 몰랐죠. 건의를 했는데 위에서 안 들어준 걸로 알고 있었으니까요. 그냥 그렇게 있다가 애들이 머리 문제로 교육청을 찾아간 적이 있어요. 그것도 단체로! 시위 신고를 먼저 하고 갔어야 했는데, 말하자면 불법 시위가 돼버린 거죠. 그래서 난리가 났어요. 장학사님이 와서 얘길 한 거예요. 두발 규제를 없애자고 몇 번이라도 건의를 해봤냐? 네, 해봤습니다. 그런데 선생님이 안 들어주셨습니다. 애들이 참다 참다 안 되니까 그렇게 한 거죠. 제가 봐도 좀 심해요.

💬 이전에도 두발 문제로 충돌이 잦았나요?

진짜 많죠. 저도 학기 초에 머리 때문에 귀싸대기를 맞았어요. 학교 규정대로 머리를 자르고 다녔어요. 아니 더 짧았죠. 그런데 학생부 선생님이 새로 바뀐 뒤로는 애들이 규정에 맞게 잘라도 마음에 안 들면 무조건 혼내고, 다시 자르고 오라고 했어요. 돈 아깝죠, 이유 없이 혼나서 화나죠. 딱 그럴 때 제가 걸린 거예요.

💬 머리를 규정대로 잘랐는데도 잡혔군요.

네. 옆에 있는 친구가 너 그러다 빡빡이 되겠다고 해서 잠깐 웃었거든요. 선생님이 그걸 보고 나한테 코웃음 치는 거냐고, 비웃는 거냐고 하면서 손바닥으로 귀싸대기를 때리는 거예요. 전 일어나서 말로 하시라고, 계속 말로 하세요, 그랬죠. 그런데 또 때리고 해서 그냥 팔을 딱 잡아버렸죠. 그 일로 교무실에 불려가서 무릎 꿇고 있고, 너 반항하는 거냐고……. 그런 자잘한 충돌이 자주 있어요. 학생부랑은 늘 그렇죠. 이번 교육청 시위는 정말 컸어요. 불법 시위로 사회봉사도 나가고 했으니까. 장애인 요양원 같은 데 가서 할머니, 할아버지들 도와드렸죠.

📻 그런데도 두발 규제를 여전히 하고 있잖아요. 마음속에 응어리 같은 게
남아 있진 않나요?

반항심이 많이 들어요. 일단 애들이 중학교 때는 몰라요. 고등학교 오
니까 정치를 배우잖아요. 생각이 있는 거예요. 법에 나오는 신체의 자
유 같은 걸 내세워서 반항하는 거죠. 우리도 인권이 있는데 왜 시키는
대로 해야 되냐고. 저도 선생님이랑 말로 심하게 다툰 적이 있어요. 너
희는 두발 자유를 원할지 몰라도 부모님들은 그렇지 않다. 부모님은
보호자일 뿐이잖아요. 머리를 기르면 공부를 못한다느니, 나쁜 길로
빠진다느니…… 더 재미난 것은 너희가 머리 기르면 나라 경제가 안
좋아진다, 망한다, 그래요. 이런 얼토당토않은 말들이 너무 싫어요. 일
본과 미국이 규제를 하나요? 한 번이라도 편하게 머리를 기르게 해주
고 그런 말을 했으면 좋겠어요.

📻 두발 규제를 안 하면 나라 경제가 안 좋아져요? 참 재미난 논리네요.

우리나라 사람들이 맨 처음 머리를 자른 이유가 일본 때문이잖아요.
단발령. 왜 일본도 안 지키는 걸 우리가 지키느냐, 하고 막 따졌어요.
우리 선비들은 머리를 길러야 됐다, 부모님이 물려주신 걸 왜 자르냐,
그러면서요. 반항심이 많은 애들은 학생부에서 머리 자르라고 하면 이
발비를 달라고 해요. 그럼 자르고 오겠다고. 전 아무리 생각해도 두발
규제는 이해를 못하겠어요. 물어보면 선생님들도 머리를 단속하기 싫
대요. 귀찮고. 그런데 어쩔 수 없대요.

📻 왜 어쩔 수 없다고 해요?

학교 규율 때문이죠. 애들을 고분고분하게 만들고, 면학 분위기를 조
성하려면 어쩔 수 없대요. 선생님들 말로는 머리를 기르면 꼭 딴 짓을

하게 된다나요?

📼 머리를 자유롭게 기르게 하는 학교는 없어요?

그런 학교가 몇 군데 있기는 해요. 애들 질이 안 좋다는 소문이 많더라구요. 성적도 많이 떨어지고. 그런 점을 두발 규제의 근거로 내세우는 것 같아 속상해요. 제가 볼 때는 선입관이에요. 머리 기른 거 보면 단정하지 않으니까 나쁜 아이 같다, 공부 못하는 공고생이다, 이런 식으로 생각이 굳어진 거죠. 주변을 봐도 그래요. 중학교 애들이 저 학교는 두발 자유화래, 저 학교 가자, 이렇게 되면서 질이 안 좋은 애들이 자꾸 그 학교로 모이고, 그러다 보니 학교 수준은 떨어지고……. 그런 과정을 겪은 거죠.

📼 질이 안 좋다는 건 무슨 뜻이죠?

학생들 질이요? 그러니까 딱 봐서 안 좋아 보이는 거 있잖아요. 애들 괴롭힐 것 같고, 담배 피울 것 같고, 술도 마실 것 같은……. 그런 학생 취급을 받죠. 어른들이 그렇게 생각하세요.

📼 머리를 기른 학생은 모두 담배를 피우고 술을 마시나요? 술 마시고 담배를 피운다고 다 질이 나쁜 학생인가요?

그렇지 않죠. 근데 어른들은 그렇게 받아들여요.

📼 두발 규제를 자유롭게 풀어주면 질이 안 좋은 애들이 학교에 온다고 했잖아요. 그런데 연택이는 왜 머리를 기르려고 해요?

조인성이나 장동건은 얼굴이 되니까 머리가 짧아도 잘 어울리죠. 전 머리가 짧으면 깡패가 돼버려요. 진짜로. 이 머리를 빡빡 깎았다고 생각해보세요. 등치도 이만한데 얼마나 무섭겠어요. 그러니까 어쩔 수 없어요. 머리라도 길러서 가려야죠.

📼 지금 머리는 짧은데요?

삭발을 해서 그래요. 학교에서 하도 머리를 자르라고 해서 한번 당해보라는 심정으로 싹 잘랐어요. 내 무서운 모습을 보여주자, 그럼 앞으로 안 자르라고 하겠지! 학교에 가니까 미안하다는 선생님도 계시고, 예쁘게 잘랐네, 깔끔하네, 하는 분도 계시고…….

📼 학교에서 머리가 걸릴 때마다 벌과 벌점을 주는지 궁금해요.

우리 학교는 벌점을 주고 벌도 줘요. 벌점이 있으면 학교에서 상을 못 받아요. 줄 상도 안 줘요. 벌점이 많으면 봉사를 다녀야 해요. 양로원이나 요양원 같은 곳으로. 벌점도 제가 봤을 땐 노예제도예요. 뭔가 마음에 안 든다 싶으면 너, 벌점 맞을래? 하는 식으로 협박을 하시죠.

📼 벌점은 어떤 경우에 주나요?

어느 학교나 그렇듯이 벌점 항목은 잔뜩 있어요. 그에 반해 상점(賞點)은 손톱만큼 있죠(웃음). 벌점은 복장, 두발, 지각, 수업 태도 등이 있어요. 복장만 해도 넥타이, 겉옷, 셔츠, 액세서리 착용 유무, 신발 규제 등이 있죠. 수업 태도는 선생님 기분에 좌지우지되기 쉬워요. 하지만 상점은 별로 없어요. 지갑을 주워서 학생부에 주거나……. 실은 이것도 주인을 못 찾으면 점수가 안 나와요……. 청소하는 모습을 선생님이 봤다거나……. 뭐, 거의 실현되기 힘든 것들이죠.

📼 상점을 받은 사례는 없나요?

"저희는 좀 강해요. 창문을 깨거나 화장실 문을 부수거나 하죠.
창문을 깨고 도망가면 누가 그랬는지 아무도 몰라요.
그 다음은 학교 주변에 글을 쓰죠. 도로 바닥 같은 데 '노 컷!'이라고."

벌점을 받는 건 자주 봐도, 상점을 받는 건 한두 번 될까 그래요. 그래서 애들이 일부러 머리를 굴리기도 해요. 친구한테 지갑을 잃어버린 척하라고 해놓고 학생부에 지갑을 가져가요. 그럼 방송이 나오죠. 지갑 잃어버린 분 학생부로 오세요. 그럼 딱 나타나요. 지갑 잃어버렸는데요, 하면서. 어디서 잃어버렸어? 급식소요. 어디서 주웠다고? 급식소요. 아, 그렇구나 하면서 지갑을 주운 친구에게 상점을 주죠. 진짜 그렇게 해요. 모범상을 타면 내신에 1점이 들어가니까.

📼 **내신에 점수가 반영된다고요?**
학교에서 주는 상은 다 들어가요. 1점 정도. 벌점은 내신에는 안 들어가는데, 15점이 넘으면 사회봉사를 해야 돼요. 그런데 학생부 기록에 사회봉사, 정학이 있으면 그게 대학 갈 때 데미지가 커요. 그거 하나로 등락이 결정되기도 하죠.

📼 **두발 자유를 보장하라고 빨간 래커로 쓴 글을 본 것 같은데…….**
저희는 좀 강해요. 창문을 깨거나 화장실 문을 부수거나 하죠. 창문을 깨고 도망가면 누가 그랬는지 아무도 몰라요. 그 다음은 학교 주변에 글을 쓰죠. 도로 바닥 같은 데 '노 컷!'이라고.

📼 **나중에 밝혀지면 어쩌려고?**
머리 단속에 걸려서 벌 받는 애가 한둘이 아니잖아요. 당시에 100명이 넘는 애들이 있었는데, 그중에 누가 그랬는지 어떻게 알아요. 아니 더 되죠. 한 반에 20명만 잡아도 200인데. 거의 전교생이죠.

📼 **대부분 단속에 걸리는군요.**

경고를 해도 이제는 안 잘라요. 제가 말씀드렸잖아요. 최대한 버틴다고. 몇 명 빼고는 전체가 다 걸려요. 공부밖에 모르는 애들, 늘 짧은 머리를 좋아하는 애들이 있어요. 그런 애들은 안 걸려요. 중학교 때는 '바리깡'으로 밀었거든요. 그것도 한가운데를. 머리 민 선생님 이름을 따서 '이종원 컷'이라고 불렀죠. 우리 자르지 말고 간직할까? 그래서 옆에만 기르고. 근데 어떤 선생님은 머리를 잘 자르셨어요. 진짜 가위로 예쁘게. 그런 분에겐 저도 당해보고 싶더라구요(웃음).

📼 **머리를 자를 때마다 그 선생님 스타일이 나왔군요.**

고등학교에 올라오니까 그런 게 없어지고 그냥 벌로 때우더라구요. 안 자르면 벌 받고. 개중에는 집안이 어려워서 이발비가 없는 애들이 있어요. 정말로. 그래서 주구장창 벌만 받아요. 나중에 선생님이 알고 돈을 주시기도 하죠. 제가 봤을 땐 고등학교에서 제일 힘든 건 두발 규제, 야간자율학습, 입시에 따른 압박감 같아요. 중학교 때는 잘 몰랐어요. 이젠 대학 안 가면 낙오자가 되는 걸 아니까요. 부모님도 그렇게 말하고, 선생님들도 대학 못 가면 제대로 된 직업을 가질 수가 없다고 하고.

시험 기간에는 〈100분 토론〉도 재미있잖아요

권민정 (한성여자중학교 3학년)

4

민정이는 감성이 풍부하고 자유로운 아이이다. 민정이 방에는 옥상에 넌 빨래처럼 폴라로이드 사진들이 죽 매달려 있었다. 또 사진에는 '엄마, 사랑해요' 같은 간단한 메모들이 적혀 있었다. 민정이가 다니는 한성여중은 일반 학교임에도 대안교육을 실천하고 있었다.

나는 그 학교 교무실에서 대안교육에 대해 많은 고민을 하고 있는 고춘식 선생님을 만난 적이 있다. 선생님은 한성여중 교장으로 재직하다 평교사로 내려와 학생들을 가르치고 있었다. 민정이의 말 중에 공부 잘하는 아이들과 못하는 아이들이 한데 섞여 서로 도우면서 배우는 '협력학습'이란 말이 오래 기억에 남았다. 민정이의 자유로운 감성은 타고난 면도 있겠지만, 이런 학교 분위기에서 받은 영향도 무시할 순 없을 것이다.

하지만 이곳도 경쟁 위주의 교육 시스템에서 자유로울 수는 없었다. 인문학적인 시도를 많이 하는 한성여중은 대학 진학에 사활을 건 다른 학교 학생들로부터 '경쟁력 없는 학교'로 인식되었고, 욕도 많이 먹었다. 결국 한성여중에 새 교장이 부임하면서 2008년에는 두발 자유화가 폐지되었고 축제의 규모도 크게 줄어들었다.

대한민국 10대를 인터뷰하다

미적인 감각이 있는 민정이는 큐레이터가 꿈이다. 하지만 민정이는 시험 기간이 되면 매우 예민해진다. 너무 예민해져서 귀신을 볼 때도 있다고 해서 놀란 적이 있다. 시험에 대한 두려움과 심적인 부담이 '귀신'으로 형상화되어 나타나는 것이다. 또 시험지가 유출되어 시험이 연기되었으면 좋겠다는 엉뚱한 상상도 한다. 회피의 감정이 심해져 시험 기간만 되면 평소에는 지루하고 따분한 〈100분 토론〉도 재미있다고 할 정도였다.

미국에서는 대학에 가려면 수학능력시험(SAT)을 보는데, 원하는 만큼 시험을 보고 그중 잘 나온 점수로 대학에 지원할 수 있어 한국처럼 부담이 심하지 않다고 한다. 시험 부담을 줄이기 위해 우리나라에 SAT 시험 체계를 적용하는 것은 무리겠지만, 천편일률적인 시험의 형태를 바꿀 필요는 있어 보인다.

아이들의 정서를 고려한 건강한 시험제도가 정착되면 얼마나 좋을까? 공부가 도리어 자신의 행복을 방해하고 있다고 생각하는 민정이에게 자신의 풍부한 감성대로 생활할 수 있는 여건이 얼른 만들어졌으면 하는 바람을 가져본다.

권민정
(한성여자중학교 3학년)

🔲 민정이는 밤을 좋아한다고 했죠?

밤이 정말 좋아요. 서울에선 별을 잘 볼 수 없잖아요. 초등학교 5학년 때인가, 강원도를 갔는데 별이 막 빛나는 거예요. 금방이라도 쏟아질 것처럼 별이 많아서……. 그때부터 밤이 좋아졌어요.

🔲 밤이 그렇게 좋아요?

밤에도 색이 있어요. 보통은 검게 보이잖아요. 그런데 자세히 들여다 보면 그 안에 보라색, 남색, 검은색이 섞여 있어요. 신비로워요. 우주의 색 같죠.

🎙 민정이는 꿈이 뭐예요?

큐레이터요.

🎙 언제부터 큐레이터가 되고 싶었어요?

예전에는 미술을 그렇게 좋아하지 않았어요. 그런데 중학교 올라와서 미술시간에 미술사에 대해 배웠는데 너무 재밌는 거예요. 미술 작품 보는 것도 좋고, 전시회 기획하는 것도 재밌고. 그래서 큐레이터가 되고 싶어졌어요.

🎙 생각이 바뀐 건가요? 원래 꿈은 달랐어요?

그전에는 꿈이 없었어요. 별 생각이 없었는데, 미술시간에 화가에 대해 발표할 때 키스 해링(Keith Haring)을 했거든요. 낙서 같은 그림을 그리는 미국의 그래피티 아티스트인데, 애들이 좋아할 것 같은 그림이 되게 많았어요. 그 사람 그림이 예쁘고 정말 좋았어요. 근데 일찍 죽었어요. 서른한 살에 에이즈 합병증으로.

🎙 키스 해링이면 바스키아랑 함께 작업했던 화가죠?

네, 앤디 워홀이랑 다 아는 사람이죠. 키스 해링을 하겠다고 하니까 학교에서 배운 화가들보다 최근 사람이라 선생님이 처음에는 망설이셨어요. 제가 해보면 안 될까요? 그렇게 허락을 맡고 하게 됐는데, 해보니 너무 재밌는 거예요.

🎙 민정이 정서랑 딱 맞았어요?

네. 그때 내가 좋아하는 화가들의 작품을 전시해보고 싶다는 생각이 강하게 들었어요.

📟 민정이는 운이 좋았네요. 미술시간에 그렇게 화가를 조사해서 발표하는 수업이 드문 걸로 알고 있는데…….

그것만이 아니죠. 다른 학교에 비해서 실험도 많이 해요.

📟 어떤 실험이요?

생물선생님이 돼지 신경을 구해 와서 그것도 보고, 소 눈이나 쥐를 해부하기도 했어요. 또 가정시간에도 실습을 많이 하죠.

📟 어떤 실습을 해요?

파전을 굽기도 하고, 만두도 해먹고, 바지도 만들고…….

📟 바지도 만들었어요?

체육복으로 바지를 만들었는데, 저는 잘못 만들어서 완전히 망쳤어요 (웃음). 그리고 우리 학교는 축제를 많이 해요.

📟 축제가 활성화되어 있어요?

우리 학교가 문화학교로 지정되어 있어요. 그래서 축제를 많이 하는 편이죠. 선생님이 아니라 학생들 주도로 축제를 진행해요. 학생회가 직접 프로그램을 짜고, 연극이나 콩트를 준비해요. 동아리에서 공연도 하고 전시회도 열구요.

📟 민정이는 어떤 동아리에서 활동하고 있어요?

독서토론반이요. 저희는 축제 때 책으로 하는 간단한 게임이나 도서 전시를 했어요. 벽에 전지를 붙여놓고 한 문장을 써놓으면 사람들이 이어서 한 문장씩 소설을 써나가는 이벤트도 했어요. 북카페도 운영하구요.

민정이는 독서를 좋아한다. 책을 읽으면 마음이 편해지고 생각할 것도 많아진다. 글을 통해 작가의 체험을 간접적으로 경험하는 것도 즐겁다. 다만 수업 방식에 따라 조금씩 다르지만, 교실에서 이뤄지는 수업은 지루하기만 하다. 교과서가 좀 더 재미있게 나오면 얼마나 좋을까?

📠 보통 영화를 좋아하잖아요. 독서토론반은 아이들이 잘 들어가지 않을 것 같은데…….

학교에서 방학 때마다 책 열 권 읽기 도전을 해요. 다 읽은 사람한테 동아리 가입을 권해요. 저도 열 권을 다 읽고 가입했어요. 동아리에서 책을 읽고 나서 토론을 하는데, 정말 좋아요. 가끔 힘들 때도 있지만 재밌어요. 책을 읽다 보면 깊이 빨려 들어가죠.

📠 여기는 학교 차원에서 동아리나 축제 활동을 많이 지원하지만, 다른 학교는 공부를 많이 시키잖아요. 그 점에 대해서는 어떻게 생각해요?

당장은 좋은 경험을 하는 것 같은데, 나중에 고등학교에 올라가서는 걱정이 되겠죠. 다른 학교 애들이 말하는 걸 들으면 수학도 진도를 거의 다 나가서 고등학교 과정을 선생님이 봐주고 그런대요. 그런데 우리 학교는 외부 강사가 와서 금연 캠페인 같은 걸 하잖아요. 다른 학교는 고등학교 공부를 준비하는데 우리는 이런 강의를 듣고 있어도 되나, 그런 생각이 들어요. 근데 다른 학교 애들이 공부에 찌들어 있는 모습을 보면 안쓰러워요. 우리는 다른 경험을 많이 하니까요. 그 점은 좋아요.

📠 주로 어떤 분들이 와서 강의를 해요?

변호사가 와서 저작권법 강의를 했어요. 불법으로 다운받는 문제에 대해서 이야기했죠. 금연 캠페인은 담배가 안 좋다면서 담배 피운 사람의 폐를 만져보게 하고. 탤런트가 와서 연예계 얘기를 한 적도 있죠.

📠 강의가 재미있겠는데요?

듣는 애들은 열심히 듣는데, 고등학교 진학과 관련이 없다 보니 떠드는 애들도 있어요. 많이는 아니지만 자는 애들도 있고요.

🔊 다른 학교보다 공부를 덜 한다는 말인가요?
네.

🔊 다른 아이들 생각은 어때요?
진짜 공부 잘하는 애들은 학원에서 다 하니까 상관없고, 중상위권 애들은 우리 학교 이래도 되냐고, 다른 학교 애들 공부할 때 우리는 놀아서 어떻게 하냐고 그러죠. 보통은 이런 걸 좋아해요. 솔직히 공부하는 것보다 낫다고 생각해요.

🔊 다른 학교에 비해서 분위기가 자유로운 것 같아요. 친구들 표정도 밝은 것 같고.
그렇죠. 다른 학교 애들 보면 인상이 무서울 때가 많아요. 그런데 우리 학교 애들은, 다들 친해서 그런 것일 수도 있는데, 처음 보는 애들도 인상이 달라요. 보면 알 수 있죠. 다른 학교 애들은 딱 보면 좀 사나워요. 공부만 하는 애들은 성격이 날카로운 데가 있거든요. 근데 우리 학교 애들은 착한 면이 많은 것 같아요.

🔊 친구들끼리 사이도 좋아 보이는데요.
겉으로 보면 그런데 자세히 보면 안 그래요. 애들이 그룹별로 나뉘어 있거든요. 다른 학교 애들도 그러지 않나요?

🔊 그룹별로 어떻게 나뉜다는 소리죠?
학기 초에 친해진 애들끼리 뭉쳐 다니는 거요. 공부 잘하는 애들은 개들끼리 뭉치고, 놀기 좋아하는 애들은 걔들끼리 뭉치고. 하지만 그런 걸로 애들이 싸우거나 하진 않아요. 체육대회 하면 단합도 잘되고, 누구를 왕따시키거나 하는 일은 별로 없는 것 같아요. 우리 학년에선 그래요.

🎙 **왜 그런 분위기가 만들어지는 것 같아요?**

글쎄요, 다른 학교에선 애들이 경쟁하고 그러는데, 우리 학교는 그런 게 좀 덜 하잖아요. 물론 시험으로 잘하는 애들과 못하는 애들이 나뉘긴 해도, 그렇게 경쟁이 심하진 않아요. 또 학생 수가 다른 학교는 400명 정도 되는데, 우리 학교는 260명 정도로 적어요. 그래서 애들이 많이 친한 것 같아요.

🎙 **공부도 서로 모여서 같이 하고 그래요?**

선생님마다 달라요. 책상이 조별로 나뉘어 있잖아요. 원래는 출석 번호대로 앉다가 성적에 맞게 잘하는 애랑 못하는 애랑 섞어서 앉히기 시작했죠. 서로 힘을 합쳐서 수행평가를 하고, 공부 잘하는 애가 못하는 애를 도울 수 있게 하다 보니 저절로 그렇게 된 거죠. 모르는 게 있으면 옆 친구한테 묻게 되고, 그럼 옆에서 이건 이렇게 한다고 가르쳐주게 되잖아요. 야, 너 잘하니까 도와줘! 이게 아니라 같은 조니까 자연스럽게 서로 알려주게 되는 것 같아요.

🎙 **다른 데서는 노트도 잘 안 빌려준다던데…….**

우리 학교는 달라요. 3교시에 노트 검사가 있다고 하면 아침부터 애들이 노트를 빌리기 시작하죠. 그럼 알았다고, 내꺼 보고 쓰라고 빌려주고, 그게 너무 길다 싶으면 다른 친구 노트 빌리고. 다 돌려봐요.

📟 그런데 다른 학교에서는 한성여중을 나쁘게 이야기한다면서요?

주변에 있는 다른 학교 애들이 그런 글을 올리나 봐요. 한성여중이랑 다른 여중 중에 어디가 나아요? 초등학교 졸업을 앞둔 애가 이런 글을 올리면 한성 애들은 공부 못한다는 식으로 답변을 올리고. 그래서 이미지가 안 좋아요. 공부를 하려면 다른 학교를 가고, 중학교 3년을 놀면서 다니려면 한성 가세요. 이런 식이죠.

📟 어떻게 이미지가 안 좋은데요?

부모님들은 애들 공부시키는 걸 좋아하잖아요. 공부 시간에 왜 외부 강사를 쓰냐고 하시니까. 그 시간에 노는 걸로 보는 거죠. 우리 학교에 1년에 한 번씩 진로체험이란 걸 해요. 자기가 원하는 직업을 미리 체험해보는 건데, 그런 걸 뭐 하러 하냐고, 그 시간에 문제라도 하나 더 풀게 하라고 하죠. 학교 이미지가 좋지는 않은 것 같아요.

📟 민정이는 진로체험을 어떻게 생각해요?

꼭 나쁜 것만은 아니죠. 고등학교에 가면 그런 걸 해볼 시간이 거의 없잖아요. 물론 고등학교 공부를 미리 해두면 좋겠지만, 그런 체험을 어디 가서 쉽게 해볼 수 있는 것도 아니고, 그날 하루만 준비해서 해보는 건데 너무 안 좋게들 생각하시는 것 같아요.

📟 이번 기말고사가 중학교에서 본 마지막 시험인 거죠?

네. 이번에 내신 성적이 나왔는데 도덕이나 예체능, 기술, 가정 같은 건 점수가 잘 나왔는데 가장 중요한 과목인 국영수가 안 좋게 나와서 고민이에요.

사랑하는
〈울엄마♥〉 07.08.09

민정이는 자기 때문에 엄마가 힘들어하는 걸 잘 안다.
그런데도 시험 때만 되면 신경이 곤두서는 걸 어쩔 수 없다.
아침에 엄마가 차려주는 반찬도 다 마음에 안 든다.
공연히 트집을 잡아 엄마에게 대든다.
나쁘다는 걸 알면서도 기어이 화를 내고야 만다.

🔊 평소 과외를 했다면서요?

열심히 한다고 했는데, 막상 시험 때가 되면 제가 긴장을 많이 해서요. 수학 문제를 풀 때도 매번 시간이 모자라서 못 풀고, 긴장해서 영어 독해도 늦어지고…….

🔊 시험 볼 때 긴장을 많이 해요?

신경이 예민해지는 편이에요.

🔊 언제부터 그랬어요?

초등학교 때는 시험 과목이 많지 않아서 괜찮았는데, 중학교 들어오면서부터는…….

🔊 다른 학교보다 상대적으로 자유로운 편인데도 시험 스트레스를 많이 받나 봐요?

네. 스트레스가 심했어요.

🔊 시험 때는 자기도 모르게 기분이 변해요?

네. 엄마가 만날 내가 고3 엄마냐고 푸념을 해요. 그리고 제가 좀 겁이 많아요. 밤샐 때 꼭 엄마가 제 방에서 주무셔야 해요. 방에 침대 없이 매트리스만 깔려 있는데, 엄마가 무릎이 안 좋으셔서 일어나기 힘들어하세요. 방바닥에서 일어나는 거랑 같거든요. 그래도 어쩔 수 없어요. 엄마가 제 뒤에서 자고 있어야 집중할 수 있거든요. 안 그러면 무서워서 공부가 안 돼요.

🔊 뭐가 그렇게 겁이 났어요?

제가 귀신 같은 걸 되게 무서워해요.

📼 시험 볼 때 왜 귀신 생각을 해요? 다른 땐 안 그러잖아요.

시험 기간에는 〈100분 토론〉도 재미있죠(웃음). 공부에 신경을 집중해야 하는데 그러질 못하고 자꾸 다른 데 신경 쓰게 돼요. 밤이 깊었는데 귀신 생각밖에 안 나고…….

📼 다른 생각을 자꾸 하다 귀신 생각에 이른 건가요?

네.

📼 시험공부가 그렇게 싫어요? 시험을 안 치렀으면 좋겠어요?

정말 힘들어요. 학교 컴퓨터가 해킹을 당해서 시험 문제가 유출됐으면 좋겠다, 그럼 재시험을 볼 텐데. 이런 생각까지 해요. 밤을 같이 새는 애들끼리 새벽에 문자를 주고받아요. 이번에 시험지가 유출됐으면 좋겠다고 문자를 해요. 내가 컴퓨터를 정말 잘 다루면 학교 교무실 컴퓨터를 해킹할 텐데……. 이러고 있고. 전산 오류로 학교 시험 무효 처리. 이런 거 생각하고.

📼 그런 걸 간절히 바라요?

네. 다시 시험을 보면 더 잘할 수 있을 것 같아요.

📼 다른 때는 귀신 생각이 안 나요?

음, 시험 기간에는 유난히 더 그렇죠.

📼 시험 치는 동안 너무 긴장해서 자는 친구는 봤어도 귀신은……. 정말

귀신을 봤어요? 한 번이라도?

네. 가끔 몸이 이상하게 느껴져요. 제 방에서 가위에 눌린 적이 하도 많아서……. 그래서 더 무서워요. 원래 무서웠던 게…….

🔊 시험 기간에 더 예민해진다는 소리죠?

네, 진짜 예민해져요. 나보다 친구들이 시험을 잘 보면 안 되고……. 못된 심보이긴 한데 그런 강박관념이 있어요. 원래 그렇지 않았는데 엄마 때문에 더 그런 것 같아요. 왠지 그래요. 실은 엄마 핑계를 대고 싶은 건지도 모르지만…….

🔊 시험 볼 때는 누구나 예민하고 불안하죠. 그런 강박도 있고. 사람에 따라 겉으로 드러나는 부분에 차이가 있어 그렇지.

그래도 1학년 때는 그렇게 심하지 않았어요. 2학년 올라와서 심해진 것 같아요. 선생님이 사회 서술형을 예상 문제로 내주셨어요. 거기서 나온다고. 서술형을 공부해서 달달 외웠는데, 진짜 머릿속이 하얘지면서 싹 사라지는 거예요. 그래서 서술형도 다 못 쓰고. 그 후로 계속 이걸 망치면 엄마가 뭐라 하는데…… 이걸 망치면 쟤보다 점수가 낮아지는데…… 그런 생각 때문에 더 화도 나구요.

🔊 아, 그래요?

2학년 때 갑자기 성적이 떨어졌어요.

🔊 갑자기 성적이 내려갔어요?

집에 원래 케이블을 안 달았는데, 케이블을 단 뒤로는 학교 끝나고 집에 와서 교복도 안 갈아입고 소파에 누워서 텔레비전을 보고 그랬거든요. 공부 안 하고 시험 기간에도 그냥 텔레비전 보고. 그때 성적이 엄청 안 좋게 나왔어요. 그래서 아빠가 텔레비전 선을 가위로 잘라버렸죠. 선을 잘라도 컴퓨터로 다시 보면 되는데…….

🔲 그 뒤로 시험 볼 때마다 긴장감이 심해졌어요?
네. 잘 봐야 된다, 이런 생각을 하다 보니…….

🔲 공부를 열심히 했는데도 성적이 안 나왔어요?
새벽까지 밤을 샜어요. 물론 벼락치기이긴 하죠. 그렇게 열심히 했는데도 성적이 안 나오면 제가 더 속상하잖아요. 시험 성적을 나쁘게 받는 것도 저니까. 근데 엄마가 뭐라고 하면 스트레스를 더 받아요. 딸이라 걱정돼서 하는 말인데도. 엄마가 좀 말이 많으세요. 그런 데서 받는 스트레스가 심해요.

🔲 시험을 망친 날은 기분이 어때요?
잔다고 방에 들어가서 계속 운 적도 있어요. 너무 속상해서.

🔲 운 적도 있어요?
네. 그러다 잠이 들죠. 시험이 정오에 끝나면 집에 와서 5시까지 잠을 자거나 쉬어요. 전날 밤을 샜으니까. 그런데 못 일어나고 그냥 잔 적도 있어요. 엄마는 몰라서 안 깨우고, 공부는 하나도 못하고. 그날은 시험을 망쳐서 속상해서 막 울고…….

🔲 아주 힘들었겠네요.
네.

📼 앞서 밤을 좋아한다고 했는데, 시험 기간만 되면 밤이 무서워서 어떡해요?

빨리 시간이 흘러서 어른이 됐으면 좋겠어요. 그럼 시험을 안 봐도 되잖아요. 근데 현실은 그렇지 않죠. 제가 지금 중학교를 마무리하는 시기잖아요. 이전보다 더 불안해졌어요.

📼 이전보다 더 불안해져요?

쓸데없는, 이상한 생각들이 자꾸 들어요. 주로 공부에 관한 건데, 이렇게 해도 되나 싶기도 하고……. 정말 친한 친구가 외고 준비를 하고 있어요. 걔가 공부하는 걸 보니 상상이 가더라구요. 전국에서 엄청 많은 애들이 외고에 가려고 공부하고 있고, 그런 애들이 떨어지면 인문계로 오잖아요. 나는 걔네 밑에 등수를 채워주러 간다는 생각이 자꾸 들어서…….

📼 외고를 준비한 친구라뇨?

아, 그 친구가 오늘 시험을 봤어요.

📼 같은 학교예요?

네. 평소에도 새벽 3시에 문자를 보내면 공부하고 있다고 답장이 와요. 요새는 더 열심히 하느라 답장도 안 해요. 제가 문자를 보내는 새벽에도 늘 공부하고 있죠.

📼 새벽 3시에요?

네.

📼 민정이는 새벽 3시까지 안 자고 뭐 했어요?

컴퓨터 하고 영화 봤어요.

📼 혼자서 영화 봐요?

네.

📼 그럼 아침에 일어나기 힘들 텐데.

그래서 학교 끝나고 오면 만날 낮잠 자고, 미술학원 갈 때랑 과외 할 때 일어나서…….

📼 민정이는 영화 보고 친구는 새벽 3시까지 공부하고?

그것 때문에 되게 불안해요. 영화 볼 때는 괜찮은데 보고 나서 자려고 침대에 누우면 잠이 안 오죠.

📼 그 친구를 생각하면 잠이 안 와요?

네. 불안해서. 3학년 1학기 때도 그런 적이 있어요.

📼 왜 불안했을까?

잘 모르겠어요. 서울에 있는 고등학교에 가려고 지방에서 전학을 온 애들이 많았거든요. 등수를 올리기는 더 어려워지는데 공부는 더 안 되고……. 그래서 스트레스를 엄청 받았어요. 생각하는 것마다 모두 스트레스였던 것 같아요.

📼 지방에 있는 애들이 이 학교로 와요?

지방은 비평준화라서 고등학교 갈 때도 시험을 쳐요. 그걸 피해서 서울로 올라오는 애들이 있어요. 우리 반에도 두세 명.

📼 한 반에 그 정도?

민정이는 새벽 3시까지 인터넷을 하면서 놀 때가 많다.
그러면서 그 시간에 공부를 못하는 걸 두고 초초해한다.
공부가 중요하다고 보는 엄마 눈에
만날 놀기만 하는 애로 비칠까 봐 걱정이다.
그런데 막상 공부를 하려고 들면
자신의 행복이 방해를 받는 것 같아 기분이 나빠진다.

네. 지금도 학기가 거의 끝나 가는데 서울에 있는 고등학교에 가려고 많이들 와요. 한 반에 한 명씩 더 늘었죠.

💿 요즘은 어떻게 지내요?

늘 계획은 거창하게 세우는데, 내일부터 하면 되지 하고 자꾸 미뤄요. 고쳐야 되는데 그게 잘 안 돼요. 학교 끝나면 일단 낮잠을 안 자고, 오후 5시까지 학교에서 배운 국어를 복습하고, 5시부터 6시까지 저녁을 먹고, 7시부터 10시까지 과외 들으러 가고, 10시부터 새벽 2시까지 다른 공부를 하다가 자야지. 생각은 이렇게 하는데 결국 과외 끝나면 컴퓨터 앞에 앉아 있고…….

💿 과외 하고 와서 새벽 2시까지 공부해요? 너무 무리하는 거 아니에요?

다른 친구들은 새벽 3, 4시까지 해요. 그런 친구들이 많아요.

💿 학교 공부에 과외를 10시까지 하고, 미술학원도 다니고. 민정이 나름으로 많이 노력하는 것 같은데…….

화요일과 목요일에는 미술학원에 가고 월·수·금은 과외를 해요. 미술학원은 저녁 7시에 가서 10시에 마쳐요. 힘들죠. 솔직히 공부하기 힘들어요. 그런데도 친구들에 비하면 적은 편이라 불안해요.

💿 컴퓨터 많이 해요?

네, 많이 해요.

💿 어떤 걸 주로 해요?

미니홈피 하고 영화도 많이 보고. 이곳저곳 돌아다니면서 인기 검색어를 누르다 보면 끝이 없어요. 연예인 기사만 해도 얼마나 많은데요. 차라리 티브이가 낫죠. 표시를 해두고 재밌는 영화만 보고 끄면 되는데, 인터넷은 그런 게 없잖아요. 이것도 보고 저것도 보고…… 그러다 보면 끝이 없죠. 그게 안 좋은 것 같아요. 한 시간이 두 시간 되고, 두 시간이 세 시간 되고……. 계속 늘어나요.

📼 어떻게 보면 그리 나쁜 일도 아니잖아요.
제 시간을 쓸데없이 낭비하는 거잖아요. 그런 것 같아요.

📼 낭비일 수도 있지만, 민정이에게 휴식일 수도 있죠.
그럴 수도 있죠.

📼 그 시간에 공부를 하는 게 나아요, 아니면 영화를 보는 게 나아요? 어느 쪽이 더 가치 있다고 느껴져요?
지금이 중요하다고 보면 영화를 보는 게 낫겠죠. 일단은 행복하니까요. 하지만 미래를 생각하면 그 시간에 공부를 하는 게 낫죠. 제가 생각은 그렇게 하는데 실행에 못 옮겨서…….

📼 하고 싶은 대로 해도 되는데, 공부를 해야 한다는 강박관념 때문에 자꾸 죄의식을 느끼는 건가요?
맞아요. 제가 즉흥적인 편이에요. 오늘 영화 보고 싶다, 그러면 영화관 가서 보고 오고. 그런 거 되게 좋아해요. 어디 가고 싶으면 그날 꼭 거기 가야 되고. 그래서 엄마가 되게 싫어해요. 공부에 방해가 되니까요. 공부에 우선을 두고 있지 않으니 제가 잘못하고 있다는 생각은 들어요. 공부가 중요하다고 보는 엄마 눈에는 만날 놀기만 하는 애로 보이겠죠. 그런데 막상 공부를 하려면 제 행복이 방해를 받는 것 같아요.

📷 민정이는 책도 읽고 영화도 보면서 생각을 많이 하잖아요. 인생에서 뭐
　가 더 도움이 될 것 같아요?
생각하는 거요.

📷 공부보다는 책 읽고 영화 보고 이런 게 도움이 된다는 말인가요?
네.

📷 대학에 큐레이터과는 있어요?
동덕여대에 있어요. 전 큐레이터가 되고 싶기 때문에 서양화과나 동양
화과는 안 갈 생각이에요. 가도 예술학과에 가야죠.

📷 예술학과에 가려면 실기를 봐야 하나요?
그래서 미술을 배우는 거예요. 근데 실기보다는 수능 점수가 더 중요
해요. 그래서 엄마가 고등학교 때부터 미술을 해도 될 것 같은데 왜 벌
써 시작했냐고 그러세요.

📷 음, 예술학과 쪽을 원하는군요.
수능 성적에 맞춰서 학교는 좋은데 과가 다른 곳은 가고 싶지 않아요.
예술 하는 사람은 자기 전공에서 열심히 하는 게 최고죠. 수학 전공이
아닌데 수학 점수 잘 받아서 뭐 하게요? 그런 건 시간 낭비라고 생각해
요. 자기가 잘하는 일에 쓸 시간을 쪼개서 다른 공부에 쓰고 있잖아요.
더 열심히 할 것도 반반 나눠서 하면 이도 저도 아닌 것처럼 돼요. 공부
에 집중하는 것도 아니고 전공에 집중하는 것도 아니고. 되게 애매해요.

💬 민정이가 보기에 큐레이터가 되려면 어떤 것들이 필요한 것 같아요?

잘은 몰라도, 일단 사회적인 분위기를 잘 읽어야 되지 않을까 싶어요. 또 우리나라 작가들만 상대하는 게 아니니까 외국어도 해야 하고. 생각해보면 두루두루 잘해야 될 것 같아요. 미술은 일단 그림 보는 법은 기본으로 알아야 하고……. 어차피 전시회 기획을 전담한다고 해도 분야가 나눠져 있어서 그림 따로, 설명하는 분 따로, 전시회장 꾸미는 분이 다 따로 있으니까…… 총괄해서 지휘하는 사람이 큐레이터이긴 한데……. 그런 것도 알아두면 좋겠죠. 다 잘하면 좋으니까.

💬 한국에서는 드문 직업 같은데요?

우리나라는 큐레이터 대우가 안 좋아요. 솔직히 저는 미술이 사회에 큰 영향을 미친다고 생각하는데, 우리나라에선 별로 조명을 못 받고 있어요. 또 대기업에서 미술관을 운영해도 기업이 힘들면 미술관부터 닫아버리고……. 외국은 다르잖아요. 미술관 운영도 그렇고, 기업 이미지를 위해서도 미술 쪽을 많이 지원하는데, 우리나라는 그렇지 않은 것 같아요.

💬 어떤 그림을 그리고 싶어요?

그림 그리는 일 자체가 너무 좋아요. 그림을 그리다 보면 마음이 편안해져요.

💬 민정이는 감성이 풍부해서 좋은 그림도 그리고 전시회도 열 수 있을 거예요.

저도 그랬으면 좋겠어요.

시험은 아이들에게
긍정적인 영향을 미쳐야 합니다

성열관(경희대 교수, 교육과정)

시험은 어떤 형태로든 아이들에게 스트레스를 줍니다. 문제는 그 스트레스를 최소화하는 데 있어요. 시험은 아이들에게 '긍정적인 영향'을 미칠 수 있어야 합니다. 그런 의미에서 지금 시행되고 있는 한국식 시험제도는 아주 위험한 형태로 볼 수 있어요.

미국은 시험 자체가 그리 많지 않습니다. 시험 준비를 위해 날마다 공부하는 일은 없습니다. 그런데 한국은 중간, 기말고사, 일제고사를 보고, 학년에 따라선 학업성취도 평가 등 많게는 1년에 일고여덟 번의 시험을 치릅니다. 중간 중간 수행평가까지 합하면 학생들이 계속되는 시험 스트레스에 노출돼 있다고 봐야죠.

게다가 단순한 기준으로 점수를 매긴 다음에 성적을 공개해서 학생들 간에, 학교 간에 서로 경쟁을 유도하는 구도로 가면 그 스트레스를 감당하기가 힘들어요. 많은 것을 다양하고 풍요롭게 받아들이고 성숙해야 할 아이들의 내면이 파괴될 수밖에 없는 거죠.

특히 일제고사는 아이들에게는 최악의 시험입니다. 정부가 미국 낙제학생 방지법(No Child Left Behind)의 영향을 받아 일제고사를 실시한 걸로 알고 있습니다. 미국에서 낙제학생방지법이 제정되면서 학업 성취도를 비교 확인하는 표준시험이 실시되었는데, 이를 본떠 한국식 일제고사를 시행하고 있는 셈이죠.

미국은 기본적으로 등수를 매기는 석차 산출이 없는 나라입니다. 그런 나라를 모델로 해서 석차를 내는 것도 모자라, 그것을 공개하는 것은 기본부터 잘못 적용한 겁니다. 또 미국은 토론, 프로젝트, 문제 해결 방식이 일상적으로 많이 활용되고 있는 나라입니다. 이를 교과서 위주의 암기식, 주입식, 일제식 수업 방식에서 벗어나야 한다고 꾸준히 제기되고 있는 한국 상황에 곧바로 적용하는 것은 문제가 많습니다.

비유를 하자면, 미국에서 저혈압 약을 들여와서 한국에서 고혈압 약으로 둔갑시키는 것과 같습니다. 낙제학생방지법에 의한 시험 자체를 이미 미국 교육계 내에서 회의적으로 보는 연구가 많이 보고되고 있습니다. 시험에 나오는 내용만을 집중적으로 가르쳐 다양한 교육의 가치를 외면하고 단순한 지식과 사고 기술만 가르치게 될까 봐 염려가 됩니다. 성적을 높이기 위한 비교육적인 편법이 동원될까 봐 마음이 놓이지 않습니다.

시험의 목적은 우열을 가리는 데 있는 것이 아니라, 그 결과에 따라 기초 학력에 도달하지 못한 학생에게 어떤 지원을 해줄지 충분한 계획을 세우는 데 있습니다. 그런 아이들에 대한 개입 전략과 재정 지원을 병행하지 않는 한 스스로의 교육 목적을 방기한 것이 됩니다.

전 세계에 150여 나라가 있지만, 우리 교육에 대해 많은 것을 성찰할 수 있게 하는 나라로 핀란드를 들 수 있습니다. 핀란드에서는 시험을 쳐도 석차를 매기지 않습니다. 아이들이 '등수'라는 말을 모르는 게 핀란드 교육입니다. 교사가 수업 운영권을 가지고 하나의 획일화된 교과서가 아니라 직접 준비한 다양한 내용을 바탕으로 아이들 개성에 맞게 가르칩니다.

수업 방식도 아이들이 몸으로 체험할 수 있는 방식과 참여형 토론으로 이루어집니다. 예를 들면 사회 수업으로 아이들에게 '다문화 축제'를 직접 기획하게 한다든지, 생물시간에 물고기를 직접 관찰하고 다루게 한다든지……. 이런 수업에서 다양한 개성과 창의력을 가진 학생들이 나올 수 있습니다.

시험은 아이들이 수업 내용을 이해했나, 못했나를 확인하는 차원에서 교사가 직접 출제합니다. 시험 목적도 한국과는 다릅니다. 다른 아이들과 비교하기 위해서가 아니라 나의 부족한 부분을 채우기 위해 시험을 봅니다. 다시 말해, 핀란드는 다른 사람과 경쟁하기 위해 시험을 치는 게 아니라, 스스로를 평가하기 위해서 시험을 보는 거죠.

다른 사람과 경쟁을 시작하면 교육은 위험해집니다. 교육은 평등과 연대의 원리에 기반한 협력이 중심이 되어야 합니다. 이런 평등과 연대에 기반한 핀란드 교육은 최상위권 학생에게만 수혜가 몰리는 한국과는 달리 자원이 골고루 배분되어 학생들 간, 학교 간 수준 차이가 크지 않습니다. 그렇기 때문에 자신이 하고 싶은 것을 하고, 자신이 가고 싶은 학교를 아무 곳이나 자유롭게 갈 수 있죠. 특정 학교에 가려고 목을 맬 필요가 없는 것입니다.

현 교육 정책에서 가장 잘못하고 있는 부분이 '입시 경쟁' 강화입니다. 이제 초등학교 고학년부터 입시 경쟁에 뛰어들고 있습니다. 참으로 불행한 일입니다. 대입 시험이 불가피하더라도 초등학교에서 중고등학교 초기까지는 창의력을 기르게 하고, 적성과 진로를 찾도록 도와야 합니다.

대학 입시로 아이들을 괴롭히며 진을 다 빼놓으면 정작 대학에 와서는 능동적으로 자기 영역을 탐구할 힘을 상실하게 됩니다. 이는 아이들 개인으로나 국가적으로나 모두에게 불행한 일입니다.

불 다 끄고

닷새 동안 실컷 잤으면 좋겠어요

5

박상현 (중대부속고등학교 1학년)

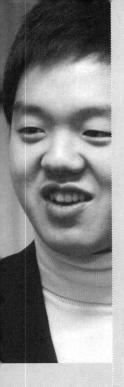

　　상현이는 타워팰리스에 산다. 초등학교 때는 캐나다로 유학을 떠난 경험이 있다. 또 엄마가 짜준 프로그램대로 다른 친구들이랑 팀을 이뤄 학원에 다닌 적도 있다. 다니는 학원도 많다. 수학, 국어, 영어, 과학…… 강남이란 공간에 있으면 학원을 다닐 수밖에 없는 분위기에 휩쓸리게 된다. 상현이는 빡빡한 일정대로 살다 보니 자신만의 시간을 갖기 힘들다고 솔직히 고백한다.

　　이런 힘든 과정에서도 상현이는 자신의 생각을 가지려고 노력한다. 공부만 해서는 갖기 힘든 반성적인 사유 능력도 지니고 있다. 그 점이 좋았다. 태풍이 휘몰아치는 바다 한가운데 있는 상현이는 피 터지게 싸우면서 남을 밟고 올라가는 경쟁이 무섭다고 한다. 그런 경쟁을 견디기 힘들지만, 다른 한편으로는 대학 진학이라는 목표에 심리적인 자극이 된다고도 한다.

　　함께 공부했던 친한 친구가 성적이 잘 나오자 그 친구가 미워서 한동안 말을 안 한 적도 있다. 열등감과 경쟁심으로 마음이 불편했다고 털어놓는다. 상현이는 열심히 공부하면서도 자기가 왜 그렇게 해야 하는지 뚜렷이 알지 못한다. "왜 내가 공부를 해야 하는지에 대한 근본적인 해답을 찾을 수 없어 불안하다"고 한다. 그러면서도 상현이는 자신의 인생에서 가장 소

　　　　　　　　　　　　　　　　　대한민국 10대를 인터뷰하다

중한 고등학교 3년을 희생해서라도 공부만 할 생각을 갖고 있다.

이성 문제도 상현이에게는 이분법적으로 분리되어 있다. 이성을 잘 사귀는 것도 인생과 교육의 한 부분인데, 그 모든 것을 희생하면서 공부만 하는 게 과연 가치가 있는 것일까, 하는 물음에 상현이는 그렇다고 답했다. 왜냐고? 그것이 우리의 현실이니까.

현실을 살짝 바꿔주면 다른 것을 희생하지 않고도 많은 것을 누릴 수 있지 않을까? 현실과 내면의 목소리 사이에서 끊임없이 방황하면서 현실에 적응해가는 상현이에게 내면의 참된 목소리를 찾아가는 삶이 기다리고 있기를 기원한다.

박상현
(중대부속고등학교 1학년)

🎙 상현이는 강남에서 계속 살았어요?

죽 여기 살았어요. 초등학교 4학년 때 캐나다로 유학을 갔다가 6학년
말에 한국으로 돌아온 적은 있어요. 대치중학교를 나와 지금은 중대부
고에 다니고 있죠.

🎙 강남 어디에 살아요?

도곡동역 근처요.

🎙 타워팰리스?

네.

🎙 유학하면서 느낀 점이 많았을 것 같은데?

그때 조기유학이 유행이었어요. 제가 다녀온 시기가 붐이 일 때가 아니었나 싶어요. 부모님에게 고마운 점이 있어요. 제가 어린 나이에 갔는데 부모님이 매일 단어를 외우라고 시키셨거든요. 그게 참 도움이 된 것 같아요. 보통 애들은 홈스테이를 하거나 기숙사에 들어가는데, 솔직히 스스로 책임지고 열심히 하기가 어렵죠. 자기가 낯선 환경에 적응하고 열심히 사는 모습을 보여줘야 해요. 저 같은 경우는 너무 어려서 부모님이 강제로 시키셨어요. 그래서 많이 짜증도 내고 했는데, 지금 생각하면 정말 고마운 일이죠. 부모님이 공부를 많이 시키셨어요.

🎙 부모님과 같이 간 거예요?

아버지는 한국에 계셨죠. 기러기 아빠.

🎙 상현이는 꿈이 있어요?

어릴 땐 단순해서 그랬는지 몰라도 대통령이나 경찰관이 되고 싶었어요. 크면서 구체적으로 정해야 한다고 생각하니 좀 어려워요. 부모님 전공이 상경계열이라 회계사가 되고 싶긴 한데, 제 적성을 보면 그것도 어려울 것 같아요. 글쎄요, 아직 확실히 정하지 못했어요. 진로 문제로 선생님과 상담도 하고 싶고, 애들과 이야기를 많이 하기도 해요. 일단 기본 방향은 어문계열이나 상경계열 쪽으로 잡고 있어요.

🎙 상경계열이면?

경영, 경제, 무역학과 쪽이요.

🎙 어릴 때부터 그쪽 일을 하고 싶었어요?

아무래도 아버지가 그쪽 분야라서요. 아버지가 회계사세요. 집안 분위기가 그래서 그쪽 영향을 많이 받은 것 같은데, 막상 생각해보면 경제 쪽에 큰 흥미는 없는 것 같아요. 오히려 어문계열이나 문화, 사회 쪽이 더 가슴을 뛰게 하는 것 같아요.

🔲 **어문계열이라면 어느 쪽으로?**
구체적으로 국문학과 아니면 일본어학과요. 아무래도 외국어 쪽이 좋겠죠. 요즘은 국제화 시대니까요. 어문계열로 가서 다른 나라 말을 하나 더 복수전공하는 것도 괜찮지 않을까 싶어요.

🔲 **국문학은 의외네요. 왜 갑자기 그게 튀어나왔을까요?**
글쎄요. 많은 사람들이 국문학을 지루하고 고리타분하다고 생각하는데, 저는 책을 읽으면서 우리 문학에 대해서 뭔가 흥미가 생겼어요. 무엇보다 재미가 있고요.

🔲 **한국문학 쪽으로 어떤 책을 읽었어요?**
주로 고전이죠. 《홍길동전》,《옹고집전》,《춘향전》 같은. 《삼대》 같은 건 좀 어려운데, 그래도 많이 읽고 생각하고 있어요.

🔲 **그런 고전들을 읽어요?**
네. 읽어도 다 이해는 못해요. 대충 흐름만 알지. 계속 읽어야죠.

🔲 **재밌어서 스스로 찾아 읽은 거예요? 아니면 수업 시간이나 학원에서……**
그게 참 중요한 것 같아요. 전 스스로 찾아서 봤거든요. 《한국고전문학백서》 같은 거 있잖아요. 그런 책에서 봤어요. 대부분 학교에서 독서평가 같은 걸로 시켜서 읽을 때가 많은데, 제 생각엔 그렇게 보면 재미가 덜할 것 같아요. 다행인 게 제가 먼저 찾아서 봤거든요. 그게 도움이 된 것 같아요. 많이 본 건 아니구요.

📼 찾아서 본 이유가 있을 것 같은데…….
아, 제가 논술 수업을 좀 받았거든요. 첫 번째 이유는 논술 수업 같아요. 두 번째는 독서 습관이구요. 제가 컴퓨터 게임을 별로 안 하거든요. 책 읽고 운동하고 그러는데, 나이가 들면 애들이 읽는 책은 안 보게 되잖아요. 그래서 다른 종류의 책을 찾다 보니…….

📼 다른 종류의 책?
주로 문학을 즐겨 읽었어요. 그리고 정치 얘기? 이건 오버지만 《군주론》 같은 책도 읽었어요.

📼 그런 다양한 책들 중 하나가 『군주론』인가요?
네. 오래되긴 했는데 《죄와 벌》도 있고, 《데미안》도 있고. 혹시 박민규 작가가 쓴 《삼미 슈퍼스타즈의 마지막 팬클럽》이라는 책 아세요? 그것도 아주 재밌게 읽었죠.

📼 학교 공부만 한 게 아니라 여러 가지 책을 읽었네요.
그렇긴 한데, 고등학교에 올라와서 시간에 쫓기다 보니 책을 볼 시간이 있어야죠. 중학교 때랑 비교해서 독서 시간이 많이 줄었어요. 지금은 주말이나, 시험 끝나고 여유가 있을 때나 봐요.

📼 시간이 부족해요?

처음엔 집에서 혼자 공부할 생각이었다.
자기가 편한 방식으로 공부해야 능률도 오르고 성적도 좋아진다고 생각했다.
하지만 뭔가 불안했다. 친구들은 다들 학원에서 배우는데,
나만 혼자 공부하면 뒤처질 것 같은 생각이 들었다.
그래서 '조류'에 휩쓸린 거다.

중학교에 비하면 많이 부족하죠. 아무래도 좀 힘들어요.

📟 왜 힘든 것 같아요? 학원 때문에?

학원은 중학교 때부터 다녔어요. 요즘도 많이 다니지만. 저도 그 조류에 휩쓸린 거죠. 처음에는 혼자서 하려고 했는데, 그렇게 공부하자니 두려웠어요. 나는 혼자 하는데 딴 애들은 학원에 가서 더 중요한 걸 배우는 게 아닐까, 시험에 나오는 걸 하나라도 더 배우는 게 아닐까, 그런 생각이 들었어요. 그럼 저만 억울하잖아요. 돈이 많이 들지만 학원에 다니기로 했어요. 그게 도움이 됐죠.

📟 뭐가 그렇게 두려웠어요?

애들한테 너 어제 뭐 했어? 그러면 학원에 간 이야기를 해요. 학교에서 배운 내용을 복습하고, 모르는 건 자세히 알려주는 것 같더라구요. 보충 교육을 하는 셈이죠. 자습보다는 그 편이 나아 보였어요.

📟 학원 다니는 애들은 서로 이야기가 통하는데, 상현이는 하나라도 더 알
      지 못해서 불안했어요?

네. 저도 그런 조바심이 난 거예요. 하나라도 더 배우고 싶고. 또 학원이라는 게 너무 안 가면 애들이 무시하는 그런 경향이 조금은 있는 것 같아요. 왕따는 아닌데 이상하게 보더라구요. 학원은 사교육이잖아요. 자기가 알아서 선택해서 다니는 건데, 난 학원 안 다니고 집에서 혼자 공부해, 그러면 이상한 애로 보더라구요.

📟 학원을 중학교부터 다녔으면?

오래됐죠. 삼사 년 정도? 학원이라는 게 끊으면 안 되는데 자꾸 주위에

휩쓸려서 저기 학원이 좋다더라, 하면 그리로 옮기게 되고……. 왔다 갔다 하다 보니 학원에 대한 신뢰가 무너졌어요. 중학교 2학년 때 잠시 학원을 끊었다가 조바심이 나서 또 다니기 시작하고……. 이런 악순환이 있어요. 지금은 잘 다니고 있지만.

🔲 학원에 다니지 않으면 왜 조바심이 날까요?

글쎄요. 이건 변명이 아닌데요, 애들이 학원에서 또 다른 공동체를 만드는 것 같아요. 뭐랄까, 학원을 안 가고 공부를 잘한다, 그러면 쟤는 독종이다, 특별하다…… 그런 말들이 돌아요. 원래 그러면 안 되는데 저는 못 당하겠더라구요. 너 학원 안 다녀? 공부 좀 한다며? 그런 소리를 들으면 스스로 내가 좀 이상한가? 하는 생각이 많이 들었어요. 굳은 의지만 있으면 혼자 알아서 잘했을 텐데, 의지가 부족하다 보니 스스로 마음을 다잡지 못한 것 같아요.

🔲 친구들의 그런 말이 마음에 남았어요?

네. 감정적이라서 그런 말에 신경을 많이 쓰는 편이거든요. 생각을 많이 했어요. 학원도 결국 학교에서 배운 걸 복습하는 건데 스스로 하면 더 낫지 않을까? 그러다 생각이 점점 바뀌는 거죠. 처음엔 그래, 나 혼자서 할 수 있어! 그러다가 애들이 말하면 아니야, 아니야 하다가 나도 학원에 다니면 도움이 될 것 같다는 쪽으로 돌아서요. 최면에 걸린 듯 그렇게 돼요.

🔲 지금 학원을 몇 개나 다녀요?

수학 국어 영어 과학, 이렇게 네 개요. 저는 인문계라서 이제 과학은 끊고, 이번 방학에 논술을 할까 싶어요. 사실 저는 팀을 꾸려서 학원에 갔어요. 우리 학교 애들로 된 팀이었는데, 그런 것도 학원에 다니게 하는 풍조를 만드는 것 같아요. 팀이라는 게 성적을 바탕으로 애들끼리 경쟁을 시키는 건데, 그걸 이겨내기가 참 힘들어요. 걔네보다 조금 더 잘해서, 좀 더 나은 모습을 보여서 높이 올라가야 되는데, 경쟁에서 제가 좀 밀리는 부분도 있고……. 본의 아니게 저랑 친한 친구들과 그러는 게 마음이 편치 않아요. 경쟁이 너무 심해진 것 같아서.

🔲 **같이 공부하는데도 경쟁심이 생겨요?**
네. 친해지면 그만큼 눈치도 많이 보게 돼요. 서로 믿지 못하게 되는 거죠. 그렇게 되는 것 같아요.

🔲 **처음에는 점수가 비슷하다가도 나중에는 차이가 날 수 있겠네요.**
점수가 비슷한 애들끼리 팀을 꾸리는 거죠. 좀 잘하는 애들은 키우고, 못하는 애들은 자르고. 정말…… 무섭죠. 그래서 애들끼리 피 터지게 하고, 속이고, 경쟁하는 거죠. 많이 힘들어요. 그런 방식이.

🔲 **학원 갈 때 팀을 꾸린다고 했는데, 그 팀은 누가 짜는 거예요?**
어머니들끼리 한 거죠. 아는 분들끼리.

🔲 **처음부터 마음 맞는 친구들끼리 한 게 아니라?**
그렇게도 하는데, 그렇게 하면 애들이 공부를 안 하게 돼요. 서로 친하니까. 한 명이 잘한다 싶으면 야, 쟤 좀 내버려둬, 저 혼자 공부하게, 그래요. 다 같이 떨어지면 우리 좀 쉬었다 하자, 그렇게 되는 것 같아요. 처음에 한 팀을 열두 명으로 꾸렸는데, 한 명 정도만 친구고 나머지는 처음 보는 애들이었어요. 부모님들이 일부러 환경을 그렇게 만든 것 같아요. 서로 모르는 애들끼리 경쟁시키려고.

🔲 모두 같은 학교에 다녀요?

학교는 같은데, 반은 다 다르죠.

🔲 쉽지 않겠네요.

걔들이 다 잘한다고 해서 부담이 됐죠. 학교는 예절교육도 하고, 체육
도 하고, 공부도 하는 그런 교육을 시키는데 학원은 입시교육만 시키
잖아요. 부모님한테 성적을 통보하고. 이 과목 열심히 해라, 매사에 간
섭하고. 그래서 제가 좀 불안을 느끼고 걱정하는 것 같아요. 나름 최선
을 다 하고 있다고 생각하는데, 부모님이나 선생님은 그 이상을 원하
니까요. 그래서 많이 힘들어요.

🔲 학원은 과목마다 다 따로 다니는 거죠?

네.

🔲 하루에 몇 시간씩 공부해요?

예를 들어 수학 같으면 기본 수업 두 시간에, 자습 시간이라고 해서 문
제 푸는 시간 세 시간을 더해 다섯 시간쯤 해요. 일주일에 두 번, 한 달
이면 사십 시간이죠. 국어 같은 경우는 문제 풀이 같은 건 없고, 생각
하고 집에서 숙제를 해야 해서 기본적으로 두 시간 하구요, 영어도 두
시간 정도 하는데 시작하기 한 시간 전에 가서 예비시험을 봐요. 그것
도 날마다. 시험에 대비한다고는 하는데, 그게 저는 힘든 것 같아요.

🔲 과학은요?

과학학원의 수업은 입시에 맞춰져 있다. 그래서 재미가 없다.
실험 수업은 초등학생이나 하는 걸까?
상현이는 중학교 때 창의력 학원을 다녔지만,
내신에 도움이 안 된다는 이유로 어머니가 그만두게 했다.
그런 학원이 논술에 더 도움이 되는데, 어른들 눈에는 그렇지 않은가 보다.

과학이 많이 힘들었죠. 과학학원이 하루 다섯 시간씩 하니까요. 다섯 시간이 넘죠. 아까 말씀드렸다시피 인문계열이라 많이 힘들더라구요. 같이 하는 친구들 중에 이과 애들은 재미있어하고 열심히 하는데, 저는 집중이 잘 안 되더라구요. 그냥 하라는 대로 고분고분 따라했어요.

📼 학원에서 과학 수업은 어떻게 진행해요?

지금 고등학교 1학년 과정은 공통과학을 배우고 있어요. 물리 화학 생물 지학, 네 개를 배우는데 한 번 갈 때마다 물리 한 단원, 화학 한 단원…… 이런 식으로 수업해요. 한 달 만에 공통과학 한 단원을 끝내는 거죠. 물리를 어려워하는 애들이 많아요. 저도 싫어했구요. 화학이나 생물을 좋아했는데 그것도 갈수록 어려워지더라구요. 지학은 외우는 게 너무 많아서 소모성 공부 같아요.

📼 만만치 않네요. 학원 일과가 어떻게 돼요?

요일마다 달라요. 오늘 같은 경우는 저녁 8시에 가서 새벽 1시에 끝나고, 금요일은 네 시간 수업을 해요. 학원 수업이 없는 요일도 있구요. 그리고 주말은 황금타임이죠. 애들이 주말에 학교를 안 가고 쉬니까 학원은 이때다 하고 애들을 공부시켜요.

📼 학원 안 갈 때는 뭐 하고 지내요?

아까 말씀드렸다시피 취미가 독서예요. 책도 읽고 운동도 하고. 요즘은 부모님이랑 대화를 하는 것 같아요. 일단 인문계로 정했고, 앞으로 세세한 걸 정해야 되는데 대화가 부족한 것 같아서요. 지쳐서 그런 건 아닌데, 이젠 대화를 많이 해야겠어요.

📼 학교는 몇 시에 끝나요?

월요일 하루만 6교시를 해요. 3시 10분에 끝나죠. 화·수·목·금·토요일은 4시 반에 끝나고요. 그중 토요일은 재량휴업일이 두 번 있어요. 그러니까 학교 안 가고 노는 토요일이요. 하루는 C.A.(Club Activity, 토요일 재량활동) 시간이죠. 저는 음악감상부에 있어요. 나머지 하루는 정확히 무슨 날인지는 모르겠는데 봉사활동을 해요. 그날은 나와서 공부하고 책 보고 봉사하고 집에 가요.

📼 개인 시간을 내기가 쉽지 않아 보이네요.

그것도 참 어려운 문제죠. 개인 시간을 갖고 스스로 적성을 찾고 진로를 고민해야 하는데, 자꾸 학교에서 선생님들이 너는 여기 가야 한다, 저렇게 해야 돼, 이렇게 주입식 교육을 하니까요. 그런 것도 필요하지만, 제가 보기엔 스스로 생각하는 시간을 갖는 게 무엇보다 중요한 것 같아요.

📼 혼자만의 시간이 필요하다고 느껴요?

이런 말 하면 너무 진지해 보일지 모르지만, 저는 사색하는 시간을 갖고 있어요. 그게 어렵지 않거든요. 평소 생각지 못했던 것들, 그런 걸 생각하는 게 사색 아닌가요? 근데 뭐…… 고등학생이 된 후로는 그런 시간이 얼마나 될까, 싶어요. 두 시간이 채 안 되니까요. 그냥 쫓기는 거죠. 제풀에 지치는 것 같아요. 저뿐만 아니라 모든 애들이 그럴 거예요. 앞으로 어떻게 해야 하나, 걱정도 되고…….

📼 뭔가에 쫓기는 느낌이 들어요?

네. 2007년도 수능에서 등급제 도입으로 혼선이 많았잖아요. 우리 때도 적용이 된다고 하니 걱정도 되고. 또 이제 겨울방학이잖아요. 학원 스케줄도 걱정이에요. 방학 기간에 해보고 싶은 것들이 있는데, 많이 쫓기는 것 같아요. 스케줄이 빡빡해서.

악몽 같은 걸 꾼 적이 있어요?

악몽은 아닌데 잠을 편히 못 자죠. 일어나도 몸이 뻐근하고 기분이 조금 우울할 때가 많아요. 앞으로 2년이나 남았으니 이겨내는 법을 찾아야죠.

밤에 아이들 대부분이 학원에 다니나요?

대부분 그렇겠죠. 두세 명만 독학을 한다거나 여행을 가고……. 여가를 즐기는 애들이 거의 없어요. 여가라는 게 여유가 있어야 하잖아요. 쫓기고 지치다 보니 그런 여가를 즐기려는 마음이 없는 것 같아요.

반에 친한 친구가 있어요?

제가 많이 부족하지만 친구가 여럿 있어요. 자랑은 아닌데 주변에 있는 친구들이 공부를 아주 열심히 해요. 제가 말을 많이 안 하고 진지한 편이라 그런지 몰라도 이상하게 주변 친구들이 공부를 열심히 하더라구요. 저도 막 쫓기는 것 같아요. 근데 그런 친구들이 좋은 게 저를 막 닦달하는 것 같아요. 말로는 아니지만 심리적으로 그런 게 저한테 도움이 많이 돼요. 경쟁자이면서 친구죠.

공부하는 데 자극이 돼서 좋다는 말인가요?

사촌형이나 누나들이 그런 얘기를 해요. 공부하라고 닦달하는 데 좋은 친구가 어디 있어? 그런데 제가 고등학교에 다녀 보니 그런 친구가 있더라구요. 알력이나 질투심 같은 게 있어야 공부를 열심히 하는 것 같아요. 친구를 잘 만나야 해요.

📻 서로 자극을 주고 하는 게 좋아요?

늘 좋은 건 아니죠. 그것 때문에 많이 싸우기도 하니까. 점수 차이가 많이 나면 그래요. 또 학교에서 선생님들 신뢰를 얻으려고 애들끼리 자극이 돼서 쓸데없는 눈치도 보는 것 같아요. 제가 사람을 많이 안 믿는 것 같기도 하고요. 고등학교 들어와서 의심이 는 것 같아요.

📻 선생님들 신뢰라는 게 무슨 말이죠?

제가 보기엔 선생님들이 아이들마다 등급을 매기는 것 같아요. 얘는 A 등급이다, 공부도 잘하고 발표도 잘하고 선생님 말도 잘 듣고 애들과도 잘 지내는 모범생이다, 이렇게요. 그런 걸 친구들이 보고 반응하는 거죠. A B C 세 친구가 있다고 해요. 선생님들이 A에게 잘해주면 B랑 C는 서로 A를 싫어하는 거예요. 싫어한다기보다 시기하는 거죠. 그렇게 질투하는 일이 빈번하게 있어요.

📻 선생님들이 등급을 매기는 것 같아요?

그런 티를 내는 선생님들이 많죠. 대놓고는 아니더라도. 얘가 평판이 좋다거나 내가 보기엔 좋은 아이다, 그러면 아무래도 수행평가에 도움이 되지 않을까 싶어서 아이들이 서로 치열해지는 거죠.

📻 수행평가 때문에 더 심해지는군요.

네. 수행평가가 없고 오히려 지필평가로 보면 애들 간의 알력이 좀 줄지 않을까 싶어요. 저는 수행평가가 큰 영향을 미친다고 생각해요.

성적 때문에 친한 친구 사이에 불화가 생긴다.
나보다 시험을 잘 본 친구가 이유 없이 싫어지는 것이다.
성적으로 등급을 나누고, 우열을 가리는 제도가
아이들의 마음마저 갈라놓고 있다. 상현이는 이런 현실을 감당하기가 힘들다.
등급제가 어서 없어졌으면 싶다.

☒ 친구들 간에 드러나게 싸운 적은 없나요?

수행평가 때문에요? 남자애들은 거의 없어요. 그렇게 드러내게 되면 애들이 더 싫어하거든요. 아예 말을 안 해버리니까. 근데 제가 듣기론 여자애들이 그런 종류의 싸움을 많이 한다고 하더라구요. 여학생들이 말이 많은 편이니까요.

☒ 어떤 종류의 싸움?

예를 들어 주변의 친한 친구가 자기랑 비슷하고 애들이 보기에도 별 차이가 없는데, 나보다 점수가 높게 나오면 그 친구한테 막 따지고 선생님도 찾아가서 따져요. 선생님이 애가 너보다 나으니까 점수를 더 받은 거라고 하면 걔도 할 말이 없죠. 그러면 갈등이 더 깊어져요. 그런 게 정말 안 좋은 것 같아요. 원래 친구라는 게 오래가고 기억에 남아야 하는 건데, 그런 일로 서로 상처를 받으면 안 좋잖아요.

☒ 등급제도가 없어졌으면 좋겠어요?

등급을 내려면 제대로 된 문제를 내야 하는데, 별로 중요하지 않은 문제들 있잖아요. 교과서 구석에 숨어 있는 걸 문제로 내고, 수행평가에서 점수를 깎고……. 학생이 잘못해서 깎일 때도 있지만 선생님들이 고의로 깎을 때도 있거든요.

☒ 등급 차이를 내려고 별로 중요하지 않은 문제를 내요?

네. 변별력을 알아보려고 하는 건 알겠는데, 기준이 좀 왔다 갔다 해요. 문제 수준이 안정적이지 못한 것 같아요.

☒ 어디에 맞춰서 공부를 해야 할지 모르겠군요.

맞아요. 올해 수능을 본 고3들이 죽음의 트라이앵글, 그러니까 수능·내신·논술에 매달렸다고 하는데, 저도 그 전철을 밟아야 할 것 같아요. 근본적으로 수능은 사고력을 테스트하는 거잖아요. 내신도 사고력을 테스트하지만 기본적으로 수능을 대비하는 연장선에 있다고 보거든요. 그런 내신을 별개의 기준으로 내세워서 점수를 매기고 대학에 보내는 기준으로 삼는다는 게 많이 힘든 것 같아요. 어떤 걸 공부해야 할지 잘 모르겠어요. 내신을 깊이 있게 공부하면 수능 공부가 된다는 말씀을 자주 하시는데, 제가 보기엔 그렇지 않거든요. 내신과 수능은 정말 많이 다른 것 같아요.

📷 상현이가 보기엔 어떻게 달라요?

글쎄요, 수능 문제는 많은 생각이 필요한 것 같아요. 사고력도 증진되는 것 같고. 물론 내신도 사고력을 요구하죠. 근데 힘들어요. 암기도 있고 수행평가도 있고. 그러니까 지치는 것 같아요. 두 가지를 동시에 하려니 힘이 들어요.

📷 반 친구들과 어디 놀러 간다든지, 집에 초대해서 뭘 한다든지, 하는 일은 없나요?

생일파티나 송별회 같은 걸 하긴 하는데, 부모님들이 그런 걸 안 좋아하죠. 그 집 애는 공부는 안 하고 생일파티나 하나 보다……. 그래서 잘 안 하게 되는 것 같아요.

📷 학교에서 시간을 보내는 것처럼 학원에서도 많은 시간을 보내잖아요. 학원 친구들은 어때요?

학원 친구들은 대부분 학교 친구죠. 다른 학교 애들도 학원에서 같이 보내다 보니 많이 친해요. 근데 학원이라는 게 자주 바뀌잖아요. 그래서 학원 친구를 2년 넘게 사귄 적이 없는 것 같아요. 2년도 긴 편이죠. 요즘은 시험 단위로 학원이 바뀌니까. 학원에 남은 친구들도 별로 없구요.

📟 시험 단위로 학원이 바뀌어요?

시험 점수가 안 나오면 학원을 막 바꾸는 거죠. 스스로 불안해서 그래요. 학원 선생님이 못 가르쳐서가 아니라 내가 안 해서, 이번에 뭐가 부족해서 점수가 낮게 나왔다는 생각은 안 해요. 많은 학생들이 저 학원은 강사 실력이 부족하다, 저 학원은 공부할 분위기가 안 돼 있다, 이렇게 돌려 생각하는 거죠.

📟 조금 전에 한 질문의 보충인데, 성적 때문에 친한 친구를 미워해본 적 있어요?

살짝 미워했죠. 그 친구 성적이 엄청 잘 나왔거든요. 그러면 안 되는데 제가 2주 정도 말을 안 했어요. 수치심에 열등감이 들면서 짜증이 났거든요. 나도 열심히 했는데……. 하지만 그게 좋지 않다는 걸 알고 나중에는 말했어요. 실은 네 점수가 잘 나와서 불편해서 그랬다, 정말 미안하다고. 그러면서 다시 친해졌죠. 그 후로는 제가 많이 너그러워진 것 같아요. 시험 잘 본 애가 있으면 열심히 한 결과겠지, 하고 생각해요.

📟 지금 가장 하고 싶은 일이 있다면?

불 다 끄고 닷새 동안 실컷 잤으면 좋겠어요. 여행도 가고 싶고. 유럽으로 여행을 가거나, 그냥 책을 읽으면서 혼자 시간을 보내고 싶어요. 부모님을 싫어해서도 아니고 갈등을 일으켜서도 아닌데, 그냥 혼자 시간을 보내고 싶어요.

🔲 **휴식을 원하는군요.**

쉬는 걸 싫어할 애가 어디 있겠어요. 공부를 좋아하는 애라면 몰라도. 대부분 공부를 싫어하지 않나요? 저도 즐겨 하는 편은 아니죠. 해야 되니까 하는 거지. 나중에 그만큼 얻을 수 있으니까요.

🔲 **공부한 만큼 뭘 얻을 수 있을 것 같아요?**

돈이나 명예요. 내가 원한 꿈도 이룰 수 있고. 다들 생각하는 게 그거죠. 제가 생각하는 직업…… 회계사나 세일즈 매니저가 될 수 있을 것 같아요. 그런데 요즘 들어 그런 믿음이 많이 깨졌어요. 학력 위조 같은 사건 때문에요. 학력이나 성적을 위조하면 된다는 애들이 있거든요. 물론 농담으로 하는 말이죠. 애들도 학력을 중시해요. 사회에서 학력을 중시한다는 걸 잘 아니까.

🔲 **애들이 학력을 중시해요?**

학력은 수단이죠. 이루고 싶은 목적을 위한 수단. 더 좋은 학교에 진학하려면 공부를 많이 하는 게 상식이잖아요. 근데 많은 애들이 좋은 대학에 가면 그 졸업장을 따서 네임밸류(name value)를 산다고 생각해요. 그건 바람직하지 않죠.

🔲 **그럼 상현이는 왜 공부를 열심히 하는 것 같아요?**

나 스스로 많이 하는 질문이에요. 왜 그렇게 공부를 열심히 하니? 좋은 대학에 가려고 공부한다면 뭔가 부족하잖아요. 확실한 목표가 있고, 확실한 꿈을 이루려고 공부해야 하는데, 그렇지 않은 것 같거든요. 저

상현이는 학교에서 상위 7, 8프로 안에 든다.
공부를 잘하는 편이다. 그러다가도 성적이 확 떨어질 때가 있다.
그럴 땐 속도 많이 상하고, 부모님께 죄송하고, 짜증도 난다.
그래도 긍정적인 생각을 하려고 노력한다.
기죽지 말고 더 열심히 하자!

도 두려워요. 맹목적으로 공부만 한다고 언제까지 효과가 있는 건 아니잖아요. 분명히 한계가 있을 거라구요. 그런 생각을 많이 했어요. 그렇게 공부해서 난 뭘 이루고 싶은가? 고민은 많이 하는데 아직 답을 못 찾고 있어요.

📻 강남 친구들은 열심히 하잖아요. 경쟁도 심하고. 그러니까 어떤 느낌이 들어요?

짜증도 많이 나고 불안하죠. 공부를 해야 할 이유도 못 찾았는데, 주변에서는 공부를 해야 하는 상황으로 몰아가니까요. 저로서는 다급하고 많이 불안해요. 그런 상황에 내가 공부를 해야 하나, 공부를 왜 해야 하나? 요즘 들어 이런 질문을 많이 해요.

📻 캐나다와 한국은 수업 방식이 많이 다르잖아요. 지금도 캐나다에 있었다면 어땠을 것 같아요?

나라마다 교육에 장단점이 있는 것 같아요. 외국의 수업은 말을 많이 하고 글도 많이 써요. 한국은 이론 교육을 하고 지필 시험으로 평가하고……. 그런 데서 많은 차이가 있죠. 외국은 애들 인식부터가 달라요. 걔네는 성적을 학교생활의 일부라고 생각해요. 그런데 한국 학생들은 그게 전부잖아요. 걔들은 학교 다니면서 자유롭게 하고 싶은 거 하고, 글쓰기 같은 창의력 교육은 알아서 해주니까 편하죠. 부담이 적어서 청소년기를 행복하게 보내는 것 같아요. 한국 학생들은 힘들게 보내는 편이구요.

📻 여자친구는 있어요?

잘생겨야 여자친구가 있죠. 저는 잘생기진 않아서(웃음). 그런 이유도 있고, 이성 교제를 하면 학업에 도움이 안 되는 것 같아요. 아무래도 이성 교제는 즐기는 거니까요. 여가 같은. 여자친구는 나중에 대학 가서 사귀는 게 좋을 것 같아요.

🗨 이성 교제가 여가 같아요?

여가죠. 어떤 애들은 여자친구가 성적만큼 중요하대요. 제가 보기엔 바람직하지 않은 것 같아요. 이성 교제는 어느 정도 절제해야 하고, 심하다 싶으면 그만둬야 한다고 생각해요.

🗨 그렇게 말하는 친구도 있어요? 성적만큼 중요하다고?

거의 없죠. 이성 교제는 정말 좋아하는 게 아니면 안 하는 게 좋은 것 같아요.

🗨 십대는 인생에서 정말 중요한 시기잖아요. 공부만이 아니라 여러 가지로. 저도 중학교 때는 여자친구를 사귀고 싶었어요. 이성 친구가 있는 애들을 부러워하기도 했구요. 없는 게 많이 창피했죠. 근데 고등학교 들어와서는 입시 준비 때문에 이성 교제에 대한 걸 잊게 되더라구요. 적어도 저는 이성 교제가 바람직하지 않다고 생각해요. 여자친구가 있으면…… 힘들어요.

🗨 고등학교 3년 동안 공부를 하기로 작심한 것 같아요. 이런저런 경험도 하면서 생각의 깊이를 쌓아가는 시간이 필요하지 않을까요? 공부만 하는 삶을 선택하면 문제가 있지 않을까요?

글쎄요, 많은 경험이 자산이 된다고 하셨는데 저한텐 그게 공부인 거죠. 저한텐 입시 공부도 중요해요. 여가가 아니라 공부를 해야죠.

📼 방금 공부의 목적이 돈과 명예, 성취감에 있다고 했잖아요. 그런 것들은 중심을 지향하는 거잖아요. 그걸 버리면 어떻게 될까요?

불가능하지만, 그렇게 되면 편하겠죠. 애들이 자기가 하고 싶은 공부를 하니까 사회적으로 상당한 이익이죠. 사람들이 정말 보람을 갖고 하고 싶은 일을 하고, 남의 시선에 얽매이지 않는다면 좋겠지만, 아직 우리 사회가 그렇지 않잖아요.

📼 내가 만나본 아이들 중에는 돈이나 명예가 아니라, 남을 돌보면서 사는 게 꿈이라는 친구도 있거든요.

그런 봉사심이 투철한 친구들이 있죠. 저도 지금 서클에 들었는데 혹시 해비타트(Habitat)라고 아세요? 사랑의 집짓기 운동이요. 제가 학교생활이 무미건조해서 보람 있는 일을 하려고 거기 들었거든요. 그런데 많은 애들이 봉사를 중요하게 생각하는 것 같지는 않아요. 해마다 의무봉사 시간이 있으니까 그걸 채우려고 형식적으로 참여하는 거죠. 어려운 현장에 찾아가서 일하는 걸 보면 존경심이 들긴 해요. 근데 저는 그게 많이 불편하고, 사람을 대하는 게 어색하진 않은데 좀 힘들어서…….

📼 어떤 면이 힘들어요?

그냥…….

📼 사랑의 집짓기에 동참해봤어요?

네, 태백에서요. 해비타트가 지금 태백에서 활동하고 있거든요. 저도 두 달 전에 다녀왔어요.

📼 집도 지어봤어요?

아니요. 저는 학생이라서 많은 건 안 하구요, 기본적인 교육을 받았죠. 스탬프 수료증을 받아야 되거든요. 그래서 그거 받으려고 봉사하고 있어요. 집은 아직 못 지어봤고. 자재 나르고 하는 걸 제가 지금 교육받고 있거든요.

📼 시간이 없는데 그건 어떻게?

아, 그건 학교 C.A.로 간주돼요. 그 시간이 나와요. 수업 시간의 일부로 학교에서 공식적으로 허락을 해준 거죠. 어떻게 보면 학교 수업에 포함되니까 열심히 하는 거죠.

📼 같이 가는 친구가 있어요?

네. 저랑 친한 친구들 대부분이 그 단체에 들었어요. 친한 친구끼리 다녀서 많이 편해요.

📼 그 친구들을 교실에서 봤을 때랑 그곳에서 봤을 때, 차이가 있나요?

많이 다르죠. 교실에선 많이 지쳐 있고 싸우기도 하지만, 거기 가면 많이 감동받는 것 같아요. 집을 지어서 사람들이 행복하게 사는 걸 보면 보람을 느끼죠. 그래서 더 열심히 하게 되는 것 같아요. 확실히 학교보다는 거기 있을 때 대하기가 편해요.

📼 서로 경쟁하지 않아 그런가요?

경쟁이 없는 면도 있지만, 본인 스스로 행복해서 그런 것 같아요.

📼 학교를 안 다니는 다른 친구들을 만나본 적은 없어요? 대안학교 친구들이나.

그런 학생들 보면 저는 정말 무서웠어요. 정말 저 애들은 어떤 자신감을 갖고 학교를 안 다니나. 이런 말 하면 좀 그런데, 저는 그 애들이 이상한 애들인 줄 알았어요. 비행청소년 아니면 소년소녀가장. 그 애들을 보는 시선이 안 좋았는데 이번에 해비타트 봉사를 하면서 알게 됐어요. 그 애들이랑 같이 했는데 저희랑 다를 게 없더라구요. 다른 점이 있다면 자기 생각이 아주 뚜렷하고, 저희랑 사고방식이 많이 달랐어요. 성적에 대한 사고방식도 다르고.

🔊 **그동안 몰랐어요?**

처음엔 경계를 조금 했는데 같이 하다 보니 특이한 애들이 아니었어요. 인문계 애들이랑 똑같구나. 그 애들이 우리보다 더 많이 깨어 있는 것 같아요. 그러니까 우리는 막 공부하자 그러는데, 걔들은 스스로 하고 싶은 걸 찾아서 하고, 자기가 뭘 하고 싶은지 알고 있는 것 같았어요. 저도 그게 부러웠어요. 하고 싶은 걸 찾아서 하는 게 좀 많이 부러웠어요.

🔊 **해비타트 말고 다른 동아리 활동은 안 해요?**

저는 동아리에 들지 않았어요. 거기 들면 학업에 지장이 있어서.

🔊 **일할 때는 행복했어요?**

네. 많은 사람들에게 도움에 된다는 점에서 행복했어요. 보람 있고.

🔊 **보통 봉사활동이 점수에 들어가잖아요. 거기에 대해서는 어떻게 생각해요?**

학교에 봉사활동을 했다는 확인서를 제출해서 점수로 받아야 해요. 봉사마저 점수로 계산되는 걸 보면 가끔 전쟁이다, 싶을 때가 있어요. 내가 하는 사소한 일도 평가를 받고 점수로 환산되니까요.

📟 조금 어려운 질문일 수도 있는데, 강남이 교육 환경이 좋다고 부러워하
　　는 친구들이 있거든요. 그런 건 어떻게 생각해요?
강남에 학원이 많고 애들이 공부를 많이 한다고 해서 강북 애들보다
머리가 좋은 것도 아니고…… 다 비슷하거든요. 제가 보기엔 학원 수
가 조금 더 많은 걸 빼고는 차이가 없어요.

📟 그런 생각이 들었어요? 학원 수가 많으면 자기가 원할 때 바로 채워줄
　　수 있는…….
공부하는 욕구를 채워주니까 실력이 향상되는 거겠죠.

📟 상현이는 좀 다르긴 하지만, 그런 면에서 만족감 같은 걸 느껴본 적은
　　없어요?
학원에 다니면 난 더 교육을 받으니까 쟤보다 나은 성적을 받을 수 있
을 거야, 하는 안도감을 많이 느끼죠. 스스로 공부해야 하는 건데 학원
에 많이 의지하게 되고, 또 스스로 안 하게 되는 면이 있어요.

📟 학교에서 공부하고, 학원에서 공부하고, 집에 가서 또 공부하고?
집에 오면 지쳐서 힘들어요. 학원에서 많이 했으니까 지금은 안 해도
될 거야, 이런 생각이 들죠. 스스로 하는 공부 양이 많이 줄었어요.

📟 어머니가 교육열이 높은 편인가요?
많이 높아지셨죠. 공부는 자기 재량에 따라 다르니까 노력한 만큼 나
올 거야, 하시더니 이젠 막 시켜요. 열심히 하라면서. 아무래도 이 지

역에 그런 감정들이 있나 봐요.

🎙 어머니가 적극적으로 시켜요?

네. 집에서 다른 학원에 다니는 친구 어머님이랑 통화도 하시고. 절 많이 도와주세요. 제가 힘들어하면 괜찮아, 조금만 참으면 돼, 하면서 용기도 북돋아주시죠. 때로는 혼을 내기도 하고.

🎙 혼나기도 했어요?

그럼요. 시험을 못 보면 혼나죠. 화를 내면서 대들다 야단을 맞은 적도 있어요. 학년이 올라가면서 화를 자주 내게 되더라구요. 많이 예민해지고.

🎙 어머니가 주로 어떤 일로 화를 내세요?

집에서 잠만 자거나, 학원을 빠지고 딴 데 가거나, 성적이 떨어지거나……. 대부분 성적에 관한 거죠. 성적 때문에 불화나 싸움이 생겨요. 그럴 때 예민해지고 신경질도 많이 내게 되죠.

🎙 학원 빠지고 어디 간 적도 있어요?

네. 너무 힘이 들어서 게임하러 놀러 갔죠. 친구 집은 아니고 피시방으로.

🎙 그렇게 하고 나면 마음이 편해져요?

더 안 좋은 것 같아요. 그 순간은 재밌지만 앞으로는 힘들잖아요. 피시방에서 나올 때는 두렵기도 하고, 후회감도 들고, 내가 왜 이랬나 싶기도 하고……. 물론 게임을 더 하고 싶기도 해요.

📻 학원은 어머니 혼자서 정해요? 아니면 상의를 해서 정해요?

대부분 어머니가 일방적으로 정해요. 주위에 있는 좋은 학원을 알아내서 어머니한테 말씀드리면 어머니가 알아서 해주기도 하고요.

📻 학원 분위기는 어때요?

학원마다 다른데, 보통은 열심히 하려고 하는데 나중에 가면 애들이 풀어져요. 저도 그런 경향이 있어요. 시간이 지나면 풀어져서 공부가 잘 안 돼요. 그래서 여가 시간을 가지고 싶은데 뜻대로 안 돼요.

📻 혼자 여가 시간을 가지고 싶은데 어머니가 공부하라고 하나요?

네. 요즘 들어 더 그래요. 절 위한 거라고 말씀은 그렇게 하시죠. 하지만 게임도 하고 싶고, 자고 싶고, 책도 읽고 싶고, 아무 생각 없이 걷고도 싶고…….

📻 그냥 걷고 싶을 때도 있어요?

앞에 양재천이 있으니까요. 좋은 공기를 마시면서 그냥 걷고 싶을 때가 있어요. 그래도 공부하라고 하면 하는 수없이 그렇게 해요.

📻 가출을 한 적은 없어요?

소리를 지른 적은 있어요. 소리를 지르면서 뛰쳐나갔죠. 가출은 아니고 그냥 밤늦도록 집에 안 들어갔어요. 부모님이 많이 걱정하셨죠. 저도 그때 일을 후회해요. 제가 좀 소리를 많이 지르고 심하게 반항했거든요. 그 후로는 안 그러려고 노력해요.

📻 무슨 일로 그렇게 화가 났어요?

그때는 누나랑 마찰이 있었거든요. 사소한 일이었는데 생각이 안 나네요. 여튼 정말 작은 일이었어요. 어머니가 너도 이제 다 컸으니 누나를 배려해라, 그렇게 말씀하셨는데 무시하고 소리를 질렀죠. 감정 조절이 안 됐어요.

🔲 강남은 틀에 짜여서 공부 중심으로 움직이잖아요. 그래서 부딪히는 부분들이 많을 것 같아요. 학원에서 대들거나 맞은 적은 없어요?

제가 애들 때리는 학원을 다니다가 그만뒀어요. 맞아서 아프기도 했지만, 그보다는 수치심이 들더라구요. 맞는 이유를 알면서도 맞는 게 왠지 부끄럽고 열등감이 들어서 그만뒀죠. 그 학원은 정말 안 좋은 것 같아요. 때려야 공부를 잘하는 애들이 있기는 하지만, 맞으면 반항심이 생기고 더 짜증이 나는 것 같아요.

🔲 뭘 가르치는 수업이었죠?

그게 과학이었나 그래요. 객관식 시험을 보고 95점 이상이 아니면 점당 한 대씩, 이렇게 수업을 했어요. 늘 다섯 대 이상 맞은 것 같아요. 아주 세게 때렸죠.

🔲 자주 맞았나요?

심하면 한 달에 두세 번. 그렇게 자주 맞진 않았지만, 맞으면 기분이 안 좋잖아요.

🔲 본인이 학원에 안 가겠다고 했나요?

그땐 제가 많이 짜증이 나서 진지하게 말씀드렸죠. 정말 이건 옳은 방법이 아니다, 힘들어서 더는 못 참겠다고 어머니한테 말씀드렸더니 알 정말 공부할 의지가 없는 애들이 많이 맞죠. 책가방 운전수 같은 애들.
그런 애들은 열 몇 대, 스물 몇 대씩 맞아요. 제가 물어봤죠.
힘들지 않냐고. 그렇게 맞으려면 체력도 좋고 수치심도 견뎌야 하니까요.
자기도 힘든데 엄마가 다니라고 해서 참고 다닌대요. 그렇대요.

기초
수학의 정석
洪性大 著

수학 I

아서 해주셨어요.

📼 그럼 팀을 짜서 들어간 나머지 애들은요?
그 아이들과는 관계를 끊고 저는 다른 학원으로 갔어요.

📼 다른 학원에도 맞는 애들이 많겠네요?
정말 공부할 의지가 없는 애들이 많이 맞죠. 책가방 운전수 같은 애들.
그런 애들은 열 몇 대, 스물 몇 대씩 맞아요. 제가 물어봤죠. 힘들지 않
냐고. 그렇게 맞으려면 체력도 좋고 수치심도 견뎌야 하니까요. 자기
도 힘든데 엄마가 다니라고 해서 참고 다닌대요. 그렇대요.

📼 성적 때문에 부모님한테 맞은 적은 없어요?
부모님은 안 때리시는데, 다른 부모님들이 그러는 건…… 많이 봤어
요. 우리 반에도 그런 애가 있어요. 때린다고 성적이 잘 나오는 건 아
니잖아요. 맞는 애만 괴롭죠. 그래서 저는 나중에 제 자식은 안 때리려
구요.

📼 어떻게 때렸대요?
세게 때리기도 하고 심한 말도 많이 들었나 봐요. 그러니까 애가……
안 그래도 시험을 못 봐서 짜증이 많이 나는데, 그렇게 구박을 하니까
더 힘들어하는 것 같아요.

📼 학교에서 유학 가는 애들도 있죠? 몇 명 정도 나가요?
중학교 때 많이 나가는 걸로 알아요. 듣기로는 우리가 졸업할 때 서른
명인가 외국으로 빠졌다고.

🔲 지금 유학을 떠나고 싶은 생각은 없어요?

그 생각을 많이 했죠. 부모님한테 말씀드리기도 했고. 정말 힘들다고, 다시 가고 싶다고, 말씀드렸더니 부모님이 그러세요. 어차피 힘든 건 마찬가지라고. 공부엔 왕도가 없다고. 여기서 하나 거기서 하나 본인이 열심히 하지 않으면 어디나 똑같다고.

🔲 유학을 떠났다 돌아오는 경우도 있다고 들었는데요.

네. 우리 반에도 한 명 있어요. 네덜란드에 가 있던 친구인데, 그 친구도 제가 받았던 교육을 받았나 봐요. 정형화된 교육이 아니라 자율주의. 그래서 그 친구가 좀 당황해하는 것 같았어요. 처음 왔을 때도 그렇고, 시험공부 할 때도 갈팡질팡하는 것 같고.

🔲 음, 마지막으로 하고 싶은 말이 있나요?

글쎄요, 1년간 부모님한테 너무 죄송했구요, 담임선생님한테도 죄송했습니다. 앞으론 공부 열심히 해야겠죠?

청소년기를 행복하게 보낸 힘으로
어떻게든 세상을 살아갈 수 있지 않을까요?

김서희(강남 거주 학부모)

큰딸이 강남에 있는 Y중학교를 2학년까지 다녔어요. 어릴 때부터 책을 참 좋아했고, 성적도 초등학교 때까진 1등을 놓치지 않던 아이였어요. 6학년 때 주위에 있는 엄마들이 선행학습을 시키더라구요. 그래서 아이한테 "너도 선행학습 할래?" 했더니, "6학년 것도 진도가 많이 남았는데 무슨 중학교 걸 벌써 해? 그냥 6학년 것만 할래" 그러더군요.

보고 싶은 책이 있으면 보라고 했어요. 제 나름으로 아이에 대한 자신감이 있었거든요. 그런데 중학교 올라가서 어느 날 아이가 막 울면서 오더군요. 사회 시간에 선생님이 질문을 하는데 자기는 6학년 정도 수준으로 책에서 배운 내용밖에 모르는데, 다른 애들은 중3, 고등학교 수준으로 대답을 하더래요.

또 초등학교 때부터 알고 지낸 남자아이가 내 딸에게 "수학 어디까지 나갔어?" 하고 물었대요. "아무것도 안 나갔는데" 그랬더니 어떡하려고 그러냐면서 자기는 《수학정석》을 한대요. "너 그렇게 공부하면 서울에 있는 대학도 못 들어가."

그래서 딸아이가 다른 친구에게 물었더니 정말 《수학정석》을 배웠다고 해요. 또 어떤 친구는 딸에게 "너 왜 그렇게 망가졌냐?" 그랬대요. 집에 온 딸이 울면서 "엄마, 때려서라도 공부를 시키지 그랬어?"라고 하더군요. 그래서 제가 안 되겠다 싶어서 대치동 학원을 알아보고 과외도 시키고 그랬어요.

대치동 학원을 도는데 정말 무서운 거예요. 보통 엄마들이 내신 준비하느라 종합반에 보내고, 대학 준비를 생각해서 국·영·수·과학을 따로 보내요. 학교 숙제에 학원 숙제까지 엄청 많은 거예요. 영어 같은 경우는 듣기, 말하기, 쓰기, 독해 분야가 있는데 다 숙제가 있어요. 애들이 밤 12시, 1시까지 숙제를 해야 했어요.

강남에 H학원이라고 유명한 학원이 있는데, 애들이 숙제를 다 할 때까지 12시가 됐든 1시가 됐든 집으로 안 보낸대요. 시험을 보면 틀린 개수대로 애들을 때린대요. 엄마들이 희한한 게 학교에서 교사가 애를 때리면 난리가 나잖아요. 학원에서 때리면 별 말 없어요. 손아래 동서도 애가 학원에서 열여섯 대나 맞았대요. 내가 "애를 때리는 데 보내?" 그랬더니 "그래야 공부를 하죠. 다음에 안 맞을려고." 이렇게 말하는 거예요.

D학원 같은 경우는 예전에 건물 벽에 크게 플래카드를 붙여놓았는데 '자물쇠학원'이라고 씌어 있어요. 거기는 정말 애들이 공부하면 밖에서 자물쇠를 잠근대요. 그걸 자랑스럽게 플래카드에 써서 붙여놨어요. 저녁이 되면 학원 앞에 셔틀버스가 쫙 깔려요. 부모들이 그런 곳에 애들을 더 보낸다는 소리죠. 애들 심정이 어떻겠어요? 그렇게 안 하면 대학 못 갈 것 같으니까 참고 하는 거예요.

애들이 학원에 가는데 만날 "엄마, 열심히 할게요" 이러지 않잖아요. 애들도 하다 보면 지치기도 하고 하기 싫을 때도 있고, 다른 일을 하고 싶을 때도 있잖아요. 그런데 상황이 그렇다 보니 "너 숙제했어? 너 왜 공부 안 해! 비싼 돈 들여서 가르치는데 지금 뭐 하는 거야!" 이렇게 애들을 닦달하게 되는 거예요.

그러다 보면 서로 부딪치고 싸우게 되죠. 또 학교 끝나면 바로 학원으로 애를 실어 날라야 하지, 중간에 차 안에서 밥 먹여야지, 부모 노릇이 너무 힘이 드는 거예요. 내 인생을 이렇게 보내야 하나, 하는 마음은 둘째 치고 애들을 학대하는 느낌이 들어서 견딜 수가 없었어요. 동물원 짐승처럼 애들을 사육하는 셈이잖아요.

하지만 그렇게 안 하면 안 될 것 같고……. 정말 갈등이 많았어요. 길을 걸을 때도 내가 어떻게 해야 올바른 선택을 할 수 있나, 날마다 고민했어요. 차라리 모든 걸 결정하는 신이 있어서 어떤 계시라도 내려줬으면 좋겠다는 생각마저 들었으니까요.

딸은 딸아이대로 고민이 많았어요. 공부하기 힘든 건 그렇다 쳐도 애들이 서로를 괴롭히는 거예요. 한번은 반에서 '다구리'가 있었다고 하더라구요. 다구리가 뭐냐 하면 애 하나를 여럿이서 말로 공격하는 거예요. 딸이 보기에는 당하는 애가 억울한 것 같은데 "야, 얘한테 그러지마"라고 할 용기가 안 났대요. 그 애 편에 서면 자기도 당할까 봐 두려웠대요. 전날까지 서로 이야기하고 친했던 친구들인데, 그 일로 마음의 선이 그어진 거예요. 그때부터 우리 딸이 학교에 나가기 싫다고 하더라구요.

아이들 스트레스가 너무 심하다 보니 다른 애들을 괴롭히면서 푼다고 생각해요. 애들끼리 서로 학대해요. '왕따'도 학대의 하나라고 생각해요. 우리가 클 때 보았던 왕따랑은 차원이 달라요. 괴롭히면서 즐거워해요. 그것도 습관이에요. 한 아이를 먹잇감으로 삼아서 계속 밟는 거예요.

제가 강남 학교 상담을 지원해서 자원교사로 일하고 있어요. 애들이 인간적인 대접을 못 받고 있어요. 학원 선생들도 얼마나 심하게 애들을 대하는데요. 성적 올리는 기계로 본다니까요. 중간, 기말고사 끝나면 성적이 잘 나온 애들이 다닌 학원으로 다들 몰려가요. 학원도 먹고살아야 해서 그렇게 세게 해요. 학교 시험지까지 빼돌리면서.

상담 받으러 와서 1시간 동안 상담실에 가만히 앉아 있다 돌아가는 애도 있어요. 중1인데 공부를 잘하는 아이였어요. 이름만 대면 알 만한 아파트에 살았죠. 아빠가 의사이고 엄마도 전문직이에요. 학원을 그만두고 싶은데 엄마가 안 된다고 했대요. 스트레스를 받으니까 그렇게 쉬었다 가는 거예요. 나중에 그 애가 친구들과 어울려서 초등학생 돈을 빼앗았어요. 괴롭히는 애들을 만나보면 대부분 평범해요.

또 아이들이 욕을 엄청 해요. 해도 너무 심하게 하죠. 인터넷에 댓글도 엄청 심하게 달아요. 괴롭힘을 당한 아이들이 전학을 가면 인터넷에 올려요. 왕따에 재수 없는 애라고. 그러면 그 애가 또 그 학교를 못 다니는 거예요. 지나다가 몸을 스치기라도 하면 "아, 더러워" 그러면서 몸에 닿은 부분을 턴대요. 앞에 나서서 하는 애들은 몇 안 되고, 대부분 평범한 애들이 대놓고 못하니까 뒤에서 괴롭히는 거예요.

어떤 애는 '너 같은 애, 죽어야 해. 넌 쓰레기야' 이런 글을 적은 쪽지를 가방에 넣고 가기도 해요. 가만히 앉아 있는 애 뒤통수에 물건을 던지기도 하고, 교복을 찢기도 하고, 물건을 훔치기도 해요. 당하는 애들은 심증은 가도 물증이 없어서 잡아내질 못해요. 영악한 애들은 집 평수를 가지고 애를 무시하고 놀려요. 자기가 누리고 사는 부에 대한 특권의식이 있는 거죠.

상담을 하다 보면 그런 생각이 들어요. 사고를 친 애들은 늘 긴장해서 관심을 갖고 지켜보지만, 조용히 있는 아이들은 늘 순번에서 뒤로 밀려나요. 제대로 챙겨주지 못한다는 뜻이죠. 얼마 전 여고생 아이 하나가 자살을 했는데, 성적도 좋고 얌전한 학생이었대요. 혼자 속으로 끙끙 앓다가 어느 날 도저히 참을 수 없어서 뛰어내린 거죠.

딸아이를 더는 일반 학교에 보낼 수 없을 것 같아서, 단단히 결심을 하고 대안학교 설명회를 들으러 갔어요. 이 학교를 다니면 대학은 몰라도, 적어도 청소년 시절을 행복하게 보내겠구나, 하는 생각이 들더군요. 청소년기를 행복하게 보낸 힘으로 어떻게든 세상을 살아갈 수 있지는 않을까, 생각했어요.

처음에는 남편이 반대를 했어요. 그러더니 마지막에 그러더군요. "당신이 책임질래? 훗날 더 말리지 않았냐고 말 안 할 자신 있어?" 그래서 제가 책임진다고 했어요. 그리고 나서 대안학교에 보냈죠.

딸애가 정말 밝아지고 긍정적으로 변했어요. 거기서는 인간적으로 존중받는다는 느낌이 든대요. 남동생이 있는데, 그 애도 대안학교에 보내려고 했어요. 남편이 아들은 안 된다면서 일반 학교에 보내려고 했죠. 그런데 딸애가 나서서 아빠에게 진지하게 말했어요. "제가 대안학교를 좀 더 일찍 들어왔으면 얼마나 좋았을까요." 정말 그렇게 생각한대요.

자존감이 있는 애들은 어려운 일도 잘 헤쳐갈 수 있어요. 공부 잘하는 아이들이 자존감을 가지고 있을까요? 그렇지 않아요. 그러기가 쉽지 않거든요. 더 잘하는 애들한테 만날 비교당하고 열등감에 빠지니까요. 부모들도 엄청나요. 친구 엄마들끼리는 물론이고, 자기 동서에게도 정보를 안 준대요. 철저하게 이기적으로 변한 거죠.

저는 청소년들이 학교에서 공부뿐 아니라 인생도 함께 배워야 한다고 생각해요. 자신을 사랑하는 법, 더불어 사는 법, 남을 배려하는 법, 규칙을 지키는 법 등 인생에서 기본이 되는 것들을 함께 배우는 거죠. 현실이 그렇지 못해서 너무 안타까워요.

무엇이든 집중할 수 있는 힘, ──

스핀이 생긴 것 같아요

6

오제하(춘천전인자람중학교, 대안학교)

　나는 제하를 춘천시 봉산면에 있는 전인자람학교에서 처음 만났다. 자람학교는 산 밑에 있는 아담한 터에 둥지를 틀고 있었다. 내가 방문한 날, 아이들은 그동안 생활하면서 배운 결과물을 발표하고 있었다. 스스로 만든 동영상과 여행하면서 직접 쓴 일기를 보여주었다. 그런 모습은 다른 학교에서 쉽게 볼 수 없는 밝고 당찬 것들이었다.

　제하는 사려 깊은 아이였다. 대안학교도 스스로 선택해서 들어왔다. 몽골에서 나무를 심고, 자전거를 타고 제주도를 여행하는 등 많은 것들을 풍요롭게 겪으면서 지내고 있었다. 많은 아이들이 제하처럼 살았으면 좋겠다는 생각이 들었다. 앞으로 남은 기나긴 시간 중에서 십대만큼은 마음껏 뛰어놀고 부딪히고 갈등하면서 보내기를 바랐다.

　제하는 대안학교에 들어온 첫해에 축구와 농구만 하면서 보냈다. 그때 얻은 것이 비온 뒤에 불어난 계곡물처럼 한꺼번에 몰려왔다. 그것은 집중력의 힘, '스핀'이었다. 자신이 하고 싶은 일이 있으면 집중해서 해낼 수 있는 힘을 얻은 것이다. '스핀'이란 말이 나는 정말 신기했다. 제하 말을 들으면서 교육은 어떻게 해야 되는지 스스로에게 되묻게 되었다.

　그날 나는 공부보다는 일을 즐기면서 하는, 다른 사람들과 더불어 함께하는 마음을 더 가치 있게 여기는 아이들을 많이 만났다. 특히 일반 학교를 다니다 온 수연이는 연극치료사가 꿈인데, 장애인들과 함께 했던 산행에 대해 좋은 이야기를 많이 해주었다.

　사람들은 대안학교에 다니는 아이들이 나중에 사회에 나가서 적응이 어렵지 않을까, 걱정한다. 나는 대안학교를 나온 제하가 '광폭한' 경쟁 사회에 들어간다 하더라고 잘 견뎌낼 수 있으리라는 믿음을 얻었다. 제하 안에는 '스핀'이 있으니까.

오제하
(춘천전인자람중학교, 대안학교)

제하는 스스로 대안학교에 간다고 했다면서요. 그 말을 처음 들은 부모
님 반응이 어땠어요?

부모님 의견은 반반이었어요. 초등학교 졸업하고 대안학교에 가겠다고
했을 때 아빠가 반대했어요. 이렇게 말씀하셨죠. 경쟁도 해봐야 한다.
대안학교에 가면 현실적으로 대학에 가기가 어렵다. 대안학교 졸업하
고 험한 세상에 나왔을 때 적응하기가 힘들지 않겠냐? 대안학교라는
건 한 번 들어가면 나오기 힘든 늪 같은 거다. 뭐, 그런 식으로 말씀하
셨어요. 엄마는 반대로, 내가 하고 싶은 대로 하라고 하셨고. 그러다 어
차피 내 인생이니까 내가 책임지는 걸로 하고 대안학교에 지원했어요.

📟 대안학교 선택이 쉬운 일이 아니었을 텐데…….

사실 뭘 이루겠다는 큰 뜻이 있어서 온 건 아니에요. 자유롭고 싶어서 왔죠. 처음에는 그냥 벗어나고 싶었어요. 무슨 대단한 꿈 같은 걸 그려 놓고 온 게 아니라, 정말 이 학교에 들어가고 싶어서 왔어요. 마음에서 우러나서 그랬어요. 운명이랄까. 물론 운명은 자신이 만들어가는 거지만요. 제가 대안학교에 갔을 때랑, 일반 학교에 갔을 때 모습을 상상한 적이 있어요. 일반 학교가 현실적인 길이지만, 이런 교육을 받아보고 싶다는 생각이 더 컸어요. 그래서 이곳에 지원하게 됐죠.

📟 일반 학교에 가면 자유롭지 못할 것 같다는 생각이 들었나요?

일반 중학교에 가본 적이 있는데, 감옥 같다는 생각이 먼저 들었어요. 제가 좀 자유를 추구하는 스타일이라서…….

📟 그 학교가 동네에 있는 학교였어요?

네. 동네에 있는 중학교였죠. 전인학교에 온 뒤로도 일반 학교에 간 적이 있어요. 근데 진짜 감옥 같더라구요. 물론 그런 학교를 경험해도 재미는 있겠죠.

📟 어떤 면이 감옥 같았어요?

안에 들어갔을 때 숨통이 조이는 느낌 있잖아요. 그런 느낌이 들었어요. 학교 구조도 영화 같은 데 나오는 교도소 같고. 말이 학교지, 공부라는 노동을 하러 오는 곳 같았어요. 그런 면에서 저는 정말 행복한 것 같아요.

📟 전인학교에 와서 주로 뭘 했어요?

1학년 때 아빠는 저한테 계속 공부를 하라고 했어요. 처음엔 공부가 안 되더라구요. 그래서 그냥 놀았어요. 만날 운동하고. 거의 운동밖에 안 했어요.

☎ 1학년 때 운동밖에 안 했어요? 무슨 운동을 그렇게 했는데요?

축구랑 농구. 운동을 너무 해서 그런지 몰라도, 단체로 병원에서 건강 검진을 받은 적이 있는데, 혈압이 되게 낮게 나오더라구요(웃음).

☎ (웃음) 너무 많이 해서요?

네.

☎ 운동하면서 어땠어요?

운동할 때는 되게 즐겁고 신나고 그랬는데, 운동하고 나서 밤이 되면 마음이 불안했어요. 공부하기로 한 지 벌써 몇 달이 지났는데……. 어떻게 해야 하나? 공부를 해야겠다고 생각하면서도 안 한 거죠.

☎ 그래도 잃은 게 있으면 얻은 게 있을 것 같은데.

체력, 관계의 힘 같은 걸 얻었죠. 운동을 하다 보면 사람들 사이의 끈끈함 같은 걸 느끼잖아요. 거기다…… 약간의 단순한 철학?

☎ 단순한 철학?

예를 들어 인생은 '필(feel)'이랑 '스핀(spin)'으로 돌아간다던지 하는. 그게 무슨 말이냐 하면, 필은 감각을 뜻하고, 스핀은…… 예를 들어 내가 뭘 하겠다고 하면 그런 힘이 어디서부터 밀려오기 시작하고, 그러면 그걸 막을 수는 없다는 거죠. 지리산 같은 데 가면 비가 그친 뒤

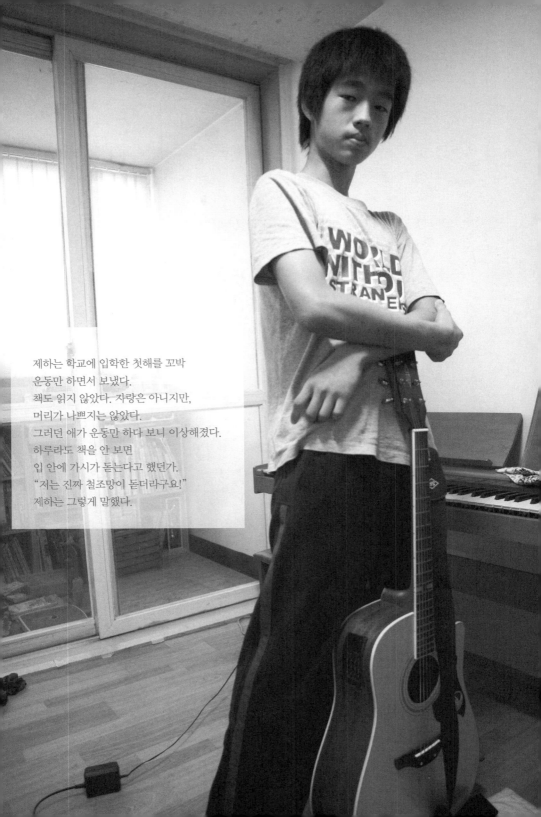

제하는 학교에 입학한 첫해를 꼬박
운동만 하면서 보냈다.
책도 읽지 않았다. 자랑은 아니지만,
머리가 나쁘지는 않았다.
그러던 애가 운동만 하다 보니 이상해졌다.
하루라도 책을 안 보면
입 안에 가시가 돋는다고 했던가.
"저는 진짜 철조망이 돋더라구요!"
제하는 그렇게 말했다.

에 계곡물이 불어서 엄청나게 내려오잖아요. 그런 건 막을 수 없어요.

💬 와, 운동하면서 그런 감각을 얻었단 말인가요?
네. 지금도 실은 공부도 하지만 운동도 많이 해요.

💬 그 '스핀'이라는 게 아주 참신하게 들려요. 그런 감정을 일상에서 느낀
   적은 없어요?
뭘 해야겠다, 이렇게 생각하면…… 그러니까 제가 공부를 안 하다가
해야겠다고 마음 먹으면 집중도 잘되고, 뭘 할 때마다 어디서 그런 힘
이 튀어나오는 것 같아요.

💬 마음속으로 정말 이걸 하고 싶다고 딱 정하면, 집중해서 할 수 있는 힘
   이 생긴단 말이죠?
네. 마음속에서 막 그런 일이 일어나는 것 같아요. 초인적인 힘이랄까.
그런 게 나오는 것 같아요. 이걸 해야겠다고 마음만 먹으면 초인적인
힘이 나오고, 그런 힘이 길러지는 것 같아요.

💬 1년 동안 운동을 하면서 얻은 소득이네요.
맞아요. 약간 무식한 방법이지만.

💬 운동하면서 얻은 게 또 있어요?
축구나 농구나 다 공을 갖고 하는 운동이잖아요. 제가 운동하면서 느
낀 게 사람들이 보통 이겨야겠다는 생각을 갖고 하잖아요. 일반 학교
에서도 학생들끼리 경쟁하면서 이겨야 된다, 그런 생각에 묶여 살아
요. 저도 운동을 하면서 처음에는 그랬는데, 점점 즐겨야겠다는 쪽으

로 생각이 바뀌더라구요. 그러면서 운동이 아주 자유롭게 느껴지기 시작했어요. 승부보다 즐기는 게 중요하잖아요. 이겨도 기쁘지 않으면 무슨 의미가 있겠어요?

📼 아, 그런 마음이 들었군요. 그럼 같이 운동한 친구들을 바라보는 시선도 변했을 것 같은데.

우리끼리 운동하다 보니 자연스럽게 친해졌어요. 뭐랄까, 친구들끼리 운동하다 보면 서로 돈을 빌려주면서 신뢰를 얻는 게 아니라, 자연스럽게 서로 좋아하는 마음이 생긴다고 할까. 서로 아끼는 그런 감정이요. 운동하면 다 이기고 싶었는데, 이제는 져도 기분이 나빠지거나 하지 않아요. 기분 좋게 박수를 쳐줄 수 있는 여유가 생긴 것 같아요. 사실 친구끼리는 운동으로 경쟁을 안 하죠.

📼 그럼 뭘 놓고 경쟁해요?

우리끼리 경쟁하는 경우가…… 먹을 게 앞에 있을 때죠. 정말 진지하게 먹을 걸 두고 목숨을 걸어요(웃음). 그리고 일반 학교에서는 주로 실력으로 경쟁하는데, 우리는 단순하게 경쟁해요. 어떤 선생님이 좋다 싶으면 서로 그 선생님한테 안기려고 달려들고.

📼 (웃음) 사회에서 얘기하는 경쟁과는 많이 다르네요.

정말 행복한 경쟁이죠.

📼 이 학교에 와서 여러 프로그램을 통해 많이 배운 것 같은데, 그중에 특별히 생각나는 거라도?

몽골이요. 우리 학교가 몽골에 간 적이 있어요. 몽골에 가서 사람들을 만났는데, 거기 친구들이 참 순박하고 좋았어요.

🔲 몽골에 왜 갔어요?

'나무심기 프로젝트'로 갔죠. '바가노르'라고 사막화된 구(區)가 있어
요. 거기 가서 친구들을 만났어요. 처음엔 말도 못했는데 우리 학교 애
들이 적응력 하나는 빠르거든요. 말이 안 통해도 막 보디랭귀지하면
서…… 사람들을 잘 사귀죠.

🔲 몽골 친구들은 어땠어요?

야성적인 친구들이었어요. 한국에서 보기 힘든 스타일이었는데, 일단
호감이 가더라구요. 한국 친구들은 이것저것 재고 따지는 고정관념이
있어요. 사람 사귈 때 좋은 쪽이 아니라 싫은 쪽에 기준을 더 많이 잡
고 있는 것 같아요. 난 이런 애가 싫다는 식으로. 그런데 몽골 친구들
은 정말 괜찮았어요. 열린 마음으로 우리를 대했으니까요. 넓은 초원
에 와서 다른 나라 친구들을 만나는 게 정말 즐거웠어요.

🔲 넓은 초원이요?

네, 엄청 넓었어요. 너무 넓어서 가늠할 수 없을 만큼. 끝을 볼 수 없었
으니까요.

🔲 몽골 친구들하고 뭐 하고 지냈어요?

나무도 심고, 밥도 같이 먹고, 농구도 했죠. 되게 잘하더라구요.

🔲 1학년 때 갈고닦은 농구 실력을 발휘했겠네요?(웃음)

그럼요(웃음).

📼 몽골에서 만난 사람들 중에 특별히 기억에 남는 사람 있어요?

제가 몽골에서 좀 아팠어요. 외국에 가면 아프고 그러잖아요. 수도 쪽에서 남부로 가는 기차 안이었는데, 몽골이 땅덩어리가 넓어서 아주 오랜 시간을 달렸어요. 한 열일곱 시간? 거기 숙박용 객실을 여럿이 썼어요. 다른 사람이랑 같이 객실을 쓰면 약간 부담이 되잖아요. 근데 그분들은 너무 좋았어요. 모두 세 명이었는데 한 명은 어린애고 나머지 두 분은 삼사십대로 보이는 여성분이었어요.

📼 그래서요?

제가 안 아플 때는 남자들이랑 얘기를 많이 하지만, 아프면 여자들이랑 말을 많이 하거든요. 그래서 그분들이랑 얘길 나누게 됐죠. 다른 나라에서 온 외국인을 그렇게 잘 대해준 게 너무 고맙더라구요. 그분 남편 이름밖에 생각이 안 나요. 톰슨 바야구인가? 몽골의 수도 울란바토르에서 장군이래요.

📼 몽골에 다녀온 뒤로 마음이 어땠어요? 변화 같은 게 생겼나요?

몽골에 가기 전만 해도 모든 일에 완벽주의라고 해야 할까요. 완벽주의까지는 아니어도 잘해야 한다는 생각에 깊이 빠져 있었던 것 같아요. 초등학교 6학년 때까지 일반 학교를 다니면서 생긴 습관일 수 있는데, 여하튼 제가 아프면 한국인 망신을 시킨다는 생각으로 스스로 억누르고 그랬던 것 같아요. 지나치게 자제한다고 할까요. 그런 것 때문에 제가 속병에 걸려서 더 아팠던 것 같아요. 아픈 것도 드러내놓고 즐겨야 하는데, 그러지 못했다는 생각이 들더라구요. 몽골에 다녀온 뒤로는 생활이 더 즐거워진 것 같아요.

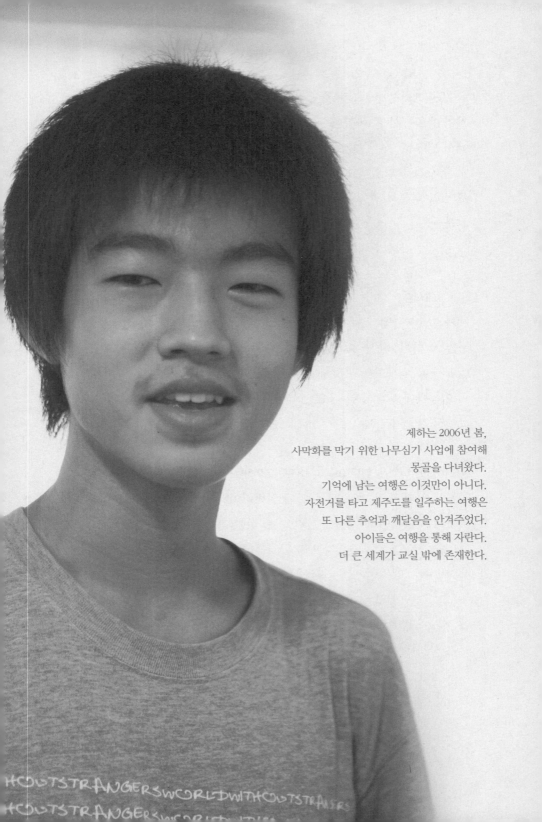

제하는 2006년 봄,
사막화를 막기 위한 나무심기 사업에 참여해
몽골을 다녀왔다.
기억에 남는 여행은 이것만이 아니다.
자전거를 타고 제주도를 일주하는 여행은
또 다른 추억과 깨달음을 안겨주었다.
아이들은 여행을 통해 자란다.
더 큰 세계가 교실 밖에 존재한다.

📟 다른 프로젝트로 넘어가죠. 제주도로 여행을 다녀왔다면서요?

'예자람 지구사랑 프로젝트'로 진행된 제주도 자전거 일주 여행이었어요. 자전거를 타고 240킬로미터를 달렸죠. 비도 맞고 넘어지기도 하고 햇볕에 그을리기도 하면서요.

📟 어떻게 진행했어요?

일반 학교에 학생회장이나 반장이 있다면 우리 학교에는 '이끔이'가 있어요. 앞에서 이끈다고 해서 붙은 이름이죠. 제가 제주도 프로젝트 때 이끔이였어요. 뭘 하는지도 모르고 순간적으로 '필'이 꽂혀서 지원하게 됐죠.

📟 힘든 점은 없었어요?

우리 학교가 여러모로 다 좋은데, 학생들이 약간 산만한 게 있어요. 자전거를 타면서 그런 성격이 나오더라구요. 잘 타는 애들은 실력을 보여주고 싶으니까 앞으로 치고 나가면서 대열을 망가뜨리고. 그럴 때가 있었어요. 또 이끔이로서 너무 많은 생각을 한꺼번에 해서 그랬는지 몰라도 판단력이 좀 흐려졌어요. 그래서 이 길로 가야 하는데 막 저 길로 간다든지, 하는 실수를 했죠. 그냥 내가 여기 와 있다는 걸 직시한 뒤로는…… 그렇게 감에 맡겨버린 뒤로는 일이 술술 풀린 것 같아요.

📟 여기 있다는 걸 직시하고 감에 맡겨요?

제 판단에 왜 자꾸 오차가 생기는지 깊이 생각해봤죠. 직관적으로 판단하는 게 옳았는데, 그걸 믿지 못하고 행동하지 않았다는 점을 깨달았어요. 일반 학교에 다녔더라면 이런 문제를 깨닫는 데 시간이 더 많이 걸렸겠죠. 그렇게 헤매면서 자전거를 타고 뺑뺑이를 돌다 보니 어느새 제자리로 돌아와 있더라구요(웃음).

많은 걸 느꼈겠네요.

함께하는 게 무엇인지도 깨달았어요. 일을 하다 보면 누구 한 명이 주목을 받고, 나머지 애들은 들러리 취급을 당하기 쉽잖아요. 사실 그런 일이 많이 일어나잖아요. 제주도에 가서…… 처음에는 잘 안 됐는데, 시간이 갈수록 그런 생각을 허물 수 있었던 것 같아요. 나 혼자 잘나면 되지, 하는 생각들이 옅어졌다고 할까요. 더불어 사는 삶에 대해 깊이 생각하게 된 것 같아요.

어떤 한 사람이 빛나는 게 아니라, 다 같이 빛나는 그런 관계를 만들어 줬다는 뜻인가요?

네. 그런 걸 알게 됐죠. 제주도 가서.

언젠가 자전거로 제주도를 여행한 적이 있는데 정말 힘들더라구요. 다리가 풀리고 난리도 아니었죠. 여행하면서 고통스럽진 않았어요?

학교 다니면서 신체적으로 고통스러웠던 적은 마라톤 할 때 빼곤 없었어요. 승부욕이 생겨서 무리를 하는 바람에……. 그러다 보니 마라톤이 고통을 즐기는 운동이라는 걸 알게 됐어요. 우리 학교 애들이 자기도 모르게 체력이 엄청 좋아지는 것 같아요. 어떨 때 보면 정말 체육중학교 같다니까요.

몸이 약하거나 그런 친구들도 학교에 많이 와요?

몸이 약한 친구들도 많이 오는데, 그 친구들도 나중에는 괴물이 돼요(웃음).

여기 온 학생들 중 일부는 감성이 예민하다던지 해서 일반 학교에 적응하지 못한 친구들이에요. 제가 입학한 해에도 대안학교라는 것 때문에 온 애들이 있었어요. 면접에서 탈락하기도 하지만, 본모습을 안 보이다가도 학교에 들어오자마자 난 원래 이런 놈이다, 하면서 행패를 부리고 다니는 일도 많았죠. 폭력 사건도 있었고 흡연 사건도 있었고.

⚏ 학교가 시끌시끌했겠네요.

그런 애들도 스스로 뭔가를 느끼면서부터 딱 두 갈래로 나뉘는 것 같아요. 내가 여기서 적응해서 배운 대로 실천하는 사람이 되겠다는 쪽과, 행패 부릴 것 다 부리다가 제 문제점을 자각하지 못하고 학교를 떠나는 경우. 이렇게 둘로 나뉘는데, 거의 첫 번째가 많아요.

⚏ 처음에 들어와서 행패 부리던 애들도 웬만큼 적응을 한다는 말이죠?

행패라기보다는 자기 안에 있는 문제들을 가리는 경우 있잖아요. 그게 빨리 나타날 땐 오히려 도와주기 쉬운 것 같아요. 학교에 갓 들어온 신입생들이 문제를 더 많이 일으키는 건 사실인데, 학교 오기 전부터 있었던 문제점들이 하나둘 나타나는 거라고 봐요. 한창 문제가 많다가도 좋아지기 시작하면 금방 바뀌더라구요. 저도 그랬고.

⚏ 그런 걸 처음에는 어떻게 받아들였어요?

처음엔 저도 표면적으로만 봤어요. 누가 날 치고 가면 쟤는 마음속에 갈등이 있구나, 하고 생각했어요. 마음속에 그런 갈등이 생겼을 때 진짜 자기 마음이 이기면 자기 삶을 경영할 수 있겠지만, 그런 갈등을 이기지 못했을 때 보이는 모습들은 보기가 못마땅했어요. 그 시기에는 욕도 하고 심지어는 내가 왜 이런 학교를 지원했을까, 하고 후회도 했죠. 그런데 다니다 보면 점점 좋아지고, 하나씩 변화된 모습들을 보면 되게 흐뭇해요. 우리 학교는 돕는 학교 같아요.

🎙 친구들이 거친 애들도 있고, 우울한 애들도 있었단 말이죠? 그 아이들이 왜 아프다고 생각해요?

결국에는 제 자신이랑 싸우는 과정 같아요. 우리 학교에서 쓰는 말 중에 '스승'이라는 말이 있어요. 티셔츠도 있어요. (손가락으로 허공에 쓰며) 스승이라고 이렇게 되어 있어요. 그러니까 '스승'이라는 단어를 모양 그대로 해석하면, 밑에 동그라미를 자기 몸의 원점, 근원자로 봐요. 이 근원자가 점점 커가다가 가운데 'ㅡ' 있잖아요. 여기가 장애물이에요. 이 부분에 걸렸을 때를 임계점이라고 하는데, 이 임계점을 저도 겪어봐서 아는데 진짜 별생각이 다 들어요. 정신적으로도 괴롭고.

🎙 재미있는 해석이네요.

별생각이 다 들다가도 거기서 그걸 이기면 위로 올라가는…… 임계점을 돌파하고 시옷(ㅅ)자 모양이 되는 것 같아요. 그래서 아픈 학생들을 보면, 그게 다 자기랑 싸우는 과정인 것 같아요. 솔직히 우리 학교에 오면 누구나 한 번씩은 아프거든요.

🎙 제하도 그런 아픔을 이겨냈군요.

네. 임계점을 넘어서면 뭔가가 내 안에서 자라난 느낌을 강하게 받아요.

🎙 그런 마음이 아픈 아이들이 들어오면 어떻게 도와줘요?

우리끼리, 그러니까 동기들끼리는 별로 힘들 게 없어요. 다들 비슷한

제하도 그런 임계점에 다다랐다.
몽골에 갔을 때도 그랬고, 제주도에 갔을 때도 그랬다.
하지만 그 힘든 시기를 견디고 나면 엄청난 성취감을 느꼈다고 한다.
힘들게 태어난 아기가 세상을 향해 첫울음을 터뜨릴 때처럼.
이제 아기에게는 무럭무럭 자랄 일만 남았다.

과정을 거쳤으니까요. 근데 신입생이나 편입생을 도와야 할 필요가 있다고 느낄 때는 우리끼리 얘길 하든지, 아니면 '통털어내기'라는 걸 해요.

📟 통털어내기요?

사람을 사귀다 보면 마음에 안 드는 점도 있고 불편한 점도 있잖아요. 하지만 스스로 이런 문제를 자각하는 데는 한계가 있고, 다른 사람 눈에는 보이는 문제점도 제 눈에는 안 보일 수가 있거든요. 그래서 서로 욕하고 비판하고 그러는 게 아니라 한 자리에 모여서 객관적으로 조언하는 거예요. 서로 이런 건 도왔으면 좋겠다, 이런 점은 힘들었다……이렇게 마음속에 담은 얘기들을 털어내는 거죠. 그런 자리에서 애들이 많이 울어요. 울고 싶어서 우는 게 아니라 그냥 너무 기뻐서, 감동스러워서 우는 것 같아요. 마음에서 저절로 우러나는 울음 있잖아요.

📟 그걸 어떻게 하는데요?

다들 모여서요. 그 반의 이끔이나 선생님이 사회를 보고, 빙 둘러앉아서 그냥 편하게 마음에 있는 얘기를 해요. 큰 문제가 있을 때 주로 하죠. 애들끼리 큰 문제가 있을 때.

📟 그럴 때 제하는 어떻게 말해서 도움을 주나요?

너무 직설적으로 말하면 알아듣기는 편해도 상처를 받을 수 있어요. 반대로 그 친구가 화를 내면서 덤빌 수도 있죠. 서로 화를 내기 시작하면 통털어내기 자리가 국회 싸움판으로 변질될 수 있어요. 그래서 그냥 에둘러서 편하게 말해요. 그 친구를 존중해주면서. 그게 규칙이에요. 존중하는 거요.

🔲 그 친구를 존중해주면서 솔직하게 말하도록 이끌어주는 편이군요.

네.

🔲 제하는 앞으로 뭐가 되고 싶어요? 꿈 같은 거.

꿈이 구체적으로 있는 건 아니구요……. 일단 세상을 행복하게 만들고 싶어요. 텔레비전에서도 많이 봤고 몽골에서도 많이 봤는데, 정말 어렵게 사는 사람들이 있어요. 그런 책도 있잖아요. 어떤 마을에 100명이 있으면, 그중 10퍼센트는 엄청 잘살고 나머지 90퍼센트는 가난하게 살고. 세상을 많이 돌아다니진 않았지만, 행복하게 사는 사람들도 많고 자기 인생을 얼마나 행복하게 만들 수 있느냐가 중요하겠지만, 그래도 세상이 잘사는 사람이랑 못사는 사람으로 나뉜다는 게 너무 불공평한 것 같아요. 내가 커서 다 이루진 못하더라도 이런 걸 바꿔 나가야 하지 않을까, 하는 생각을 해요. 내가 만족할 수 있을 만큼 세상을 행복하게 만들 수 있는 그런 일을 하고 싶다는 꿈을 갖고 있죠.

🔲 구체적으로 생각해본 직업은 없어요?

아, 최근에 라디오 들으면서 매력적으로 느낀 직업이 성우예요. 제가 워낙 장래 희망에 대한 변천사가 많아서……. 지금은 성우 같은 것도 한번 해보고 싶어요. 어떻게 될지는 모르겠지만.

🔲 꿈에 대한 변천사를 들을 수 있을까요?

제가 어릴 때 영화를 많이 봤어요. 애들 꿈이 보통 경찰, 군인 이런 건데 저는 꿈이 황제였거든요. 왕이 되는 게 장래 희망이었어요. 왕이 되면 편할 것 같았거든요. 명령하고 시키는 걸 좋아한 게 아니라 생활이 편할 것 같았어요. 일을 안 해도 되고, 사과나 딸기를 가져오라고 하면 알아서 대령하고. 그런 게 너무 재밌을 것 같았거든요. 지금 생각해도 어이가 없네요(웃음).

📺 그러다 꿈이 뭐로 바뀌었나요?

일곱 살 지나서 텔레비전을 보는데…… 그때 백수가 막 뜨고 있었거든요. 백수라는 직업은 없지만 되게 재밌게 사는구나, 그래서 백수가 장래 희망이었어요. 한참 백수로 가다가…… 그 다음에 품은 꿈이 영화배우였어요. 영화배우는 매력적이진 않았고, 잠깐 스쳐가는 장래 희망이었죠. 그 다음에는…… 뭐, 별거 다 있었어요. 농구 선수, 축구 선수…… 월드컵 때 선수들이 실축하는 걸 보고 내가 나가서 대신 뛰어야겠다는 생각을 했으니까요. 그러다 한동안 전인교사를 꿈꾸다가…… 이제 성우로 바뀐 거죠. 엄청 많은데 기억이 가물가물하네요. 특별한 건 황제, 백수 같은 거죠.

📺 아버지 말로는 절대음감을 갖고 있다던데요?

제가 일곱 살 때 엄마가 피아노 학원에 가라고 해서…… 그때 제가 학원 가고 하는 걸 되게 싫어했거든요. 어쩌다 피아노 학원에 가게 됐는데, 실은 학원을 제대로 안 다녔어요. 자주 빠졌으니까요. 여튼 피아노 학원에 다니면서 유일하게 얻은 감각이 음감 같아요. 그때는 음악을 들으면 도레미파솔라시도 이런 것밖에 못 맞혔는데, 나중에 그런 능력을 자연스럽게 기르면서 음악을 듣고 내 마음대로 칠 수 있는 능력이 생긴 것 같아요.

📺 그런 능력이 여기 와서 더 좋아졌나요?

네, 엄청 좋아졌죠. 대안학교 오기 전에는 훌륭하다고 할 정도는 아니었거든요. 감각이 정말 좋아졌어요. 많이 는 것 같아요.

🔲 여기서 뭘 했는데요?
뭐, 그냥…… 실험정신을 가지고 피아노를 계속 친 것 같아요.

🔲 여기 와서 피아노를 쳤어요?
네. 피아노 치는 남자를 보면 여자들이 막 관심을 갖고 그러잖아요. 여기서 피아노 치면서 누나들이랑 친해지고…… 그렇게 피아노 치면서 좋아진 것 같아요.

🔲 좋아하는 가수 있어요?
좋아하는 가수는…… 일단 제가 옛날 노래를 많이 들어서 김광석이나 그런 가수들을 좋아했는데, 최근에는 외국 팝가수나 로커를 좋아해요. 린킨파크(Linkin Park)나 엘르가든(Ellegarden) 같은.

🔲 제하는 꿈이 자유롭잖아요. 하지만 아버님 생각은 다른 것 같거든요. 지난번에 들어보니 수학을 좀 했으면 좋겠다고 하시던데, 어쨌거나 그런 꿈을 이루려면 현실적인 과정들을 거쳐야 하잖아요. 그 점에 대해서는 어떻게 생각해요?
전적으로 동의해요. 사실 우리나라는 뭘 잘하니? 하고 필요한 걸 묻는 게 아니라, 넌 어느 대학 나왔니? 하고 먼저 묻잖아요. 저도 지금은 공부할 시기에 공부한다고 해서 나쁠 건 없으니까, 그냥 공부도 할 만큼은 해보고 싶어요. 운동할 때처럼만 하면 공부도 잘할 수 있을 것 같아요. 다만 아직은 공부에 그렇게 매달리고 싶진 않아요. 그래도 공부를 해야겠다는 생각은 하고 있죠.

엄연히 존재하는 현실과 이상 사이에서 제하는 고민이 많다.
졸업을 앞두고 있는 제하에게는 두 가지 길이 놓여 있다.
대안고등학교를 찾아서 가야 할까?
아니면 일반 고등학교로 진학해야 할까?
제하는 두 가지 선택을 놓고 여전히 고민 중이다.

🗩 현실적인 여건들은 인정을 한다는 말이죠?

네. 너무 이런 행복에 빠져 있다가 세상에 나가서 그 암울함에 상처를 받을 순 없으니까요.

🗩 일반 학교를 다닐 생각은 있어요?

저도 아직 결단을 못 내리고 있어요. 여기 있는 대안고등학교로 가야 할지, 일반 고등학교로 가야 할지 고민이에요. 대안학교라는 게 정말 자유롭거든요. 자율적이고. 문제는 너무 많은 자유가 주어지다 보면 현실에서 도피하는 면이 있는 것 같아요. 그래서 일반 고등학교에 가서 공부를 해보는 것도 괜찮을 것 같고, 아니면 전인고등학교에 가서 대안학교의 전통을 잇다가 공부할 때 열심히 해서 수능을 본다던가, 둘 중 하나를 선택해야 할 것 같은데…….

🗩 아직 결정을 못 내렸군요.

제가 아는 친구가 여기 학교로 들어왔다 나갔거든요. 지금 일반 학교에 다니고 있는데 적응이 쉽지 않은 것 같아요. 일반 학교에 있다가 일반 학교로 가면 바로 적응이 되지만, 대안학교에 다니다가 일반 학교로 가면 많이 힘들 것 같아요. 편한 방석에 앉던 애들이 가시방석에 앉는 느낌이겠죠.

🗩 일반 학교에 가면 많이 힘들 것 같아요?

잘할 수 있다는 자신감은 있어요. 일반 학교 가서 친구를 사귀고 하는 일은 문제가 안 되는데, 여기로 다시 돌아오고 싶을 것 같아요. 제가 지금 누리고 있는 행복을 잃고 싶지 않고, 여기서도 잘할 수 있지 않을까? 하는 생각도 들어요. 만약 제가 여기 학교를 다니면서 현실적으로 성공한다면, 일반 학교에 가서 성공한 것보다 몇 배는 기쁠 것 같아요.

📟 그 성공이라는 게 대학 진학을 말하나요?
대학은 현실적인 과정 중 하나일 뿐이죠. 제가 인생을 다 살고 나서 눈을 감고 지난날을 돌아봤을 때 대안학교 시절이 정말 행복했던 시절로 기억됐으면 좋겠어요. 상처가 되지 않고.

사회가 위기일수록
그만큼 아이들도 깊은 상처를 받고 들어와요

고재식(춘천전인자람학교 교장)

칼날 같은 긴장감을 매일 안고 삽니다. 아이들의 미래 때문에요. 아이들이 대안학교를 나와도 갈 수 있는 곳이 없어요. 그런 아이들을 받아주는 사회적인 시스템이 전무해요. 다양한 아이들을 흡수할 수 있는 체계가 있어야 하는데, 현실은 너무 냉혹하죠. 그 아이들을 어디로 보낼 것인지…… 생각만 해도 식은땀이 납니다. 대안교육을 받은 아이들의 내적인 힘에 의지할 수밖에 없는 상황이에요.

사회가 피폐하고 공교육이 파괴될수록 아이들도 그만큼 깊은 상처를 안고 대안학교로 들어와요. 해가 갈수록 아이들의 상태가 나빠지고 있어요. 자발적으로 대안학교를 선택해서 오는 친구도 있지만, 일반 학교에서 여러 가지 상처를 받고 온 친구도 많이 있어요. 그런 친구들은 자기 보호가 강하고 다른 아이들을 배척해요. 때로는 물리적인 폭력을 가하기도 하고요.

불안해하면서 의심의 눈길을 거두지 못해요. 그러다 보니 다른 아이들을 포용하는 일이 쉽지 않죠. 어떤 아이들은 증오와 원망이 가득해요. 그만큼 상처가 깊다는 뜻입니다. 처음에는 그런 마음들이 독기를 품은 사나운 모습으로 드러나요. 그러다가 교육을 받으면서 점점 마음이 순화되고 평정을 되찾습니다. 아이들 본연의 밝고 자발적인 삶을 살게 되지요.

경제적인 어려움도 무시할 수 없습니다. 사회단체나 국가에서 지원이 없으니까요. 이 모든 짐을 대안학교에 아이를 보낸 부모가 짊어져야 해요. 사정이 이렇다 보니 경제적인 어려움으로 아이들이 또다시 상처를 받고 발길을 돌리게 됩니다. 대안학교가 돈이 있는 아이들만 받는 시스템이 돼버려요. 고학력 출신의 부모를 둔 아이나 사회운동을 했던 부모의 아이들, 또는 강남 아이들이 대부분입니다.

일반 학교에 적응하지 못하는 아이들이나 기존 교육을 받기를 원치 않는 아이들에 대한 국가의 지원이 절실합니다. 중학교까지는 의무교육인데 그 혜택을 받지 못하는 아이들이 다른 교육을 받을 수 있도록 경제적인 지원을 해야 해요.

일반 학교에서 의무교육을 받은 아이에게 드는 비용만큼은 대안학교에 다니는 아이들에게 당연히 혜택이 돌아가야 한다고 생각합니다. 그러면 가난한 아이들도 대안학교에서 교육을 받을 수 있는 시스템이 갖춰지고, 부모들도 경제적인 부담을 덜 수 있을 테니까요.

저는
순결한 열아홉이에요

7

정미진(중학교 복학생, 용산공고 2학년)

19

ⓒ 정재경

　서울 구로구에 있는 '새날을 여는 청소녀 쉼터'에서 아이들을 가르친 적이 있다. 그곳에서 미진이를 만났다. 미진이는 자신을 늘 '순결한 19세'라고 했다. 나는 그 말이 무척 마음에 들었다. 미진이가 자신을 얼마나 소중히 여기는지를 알기 때문이다.

　아무도 돌봐주지 않았을 때 미진이는 스스로를 돌보았다. 말 그대로 순결한 아이였다. 그 순결한 미진이는 글도 참 잘 썼다. 《나의 라임 오렌지나무》의 제제처럼 감탄스러울 정도로 세상을 새롭게 읽어내는 독특한 시선이 있었다. 그것은 IMF로 아버지 사업이 망한 뒤에 미진이가 세상에 의문을 던지고 몸부림치면서 얻은 자국들이었다.

　미진이는 열네 살 때 엄마의 죽음으로 충격을 받아 집을 나갔다. 방황 끝에 자동차를 만들겠다는 꿈을 안고 다시 학교로 돌아왔다. 하지만 복학생 미진이를 위한 학교 프로그램은 전무했다.

　스웨덴은 개인적인 지원이 절실한 이런 아이들을 위해 프로그램을 따로 만들어 운영하고 있지만, 한국에는 그런 생각 자체가 없었다. 미진이는 수업 시간에 방치되다시피 했고, 학교생활에도 잘 적응하지 못했다. 자동차과에 가겠다는 굳은 마음으로 열심히 공부했지만, 중3 때 담임선생님이 잘못 알고 준 정보 때문에 원하지 않던 과에 들어가게 되었다. 담임선생님의 무심함이 미진이의 인생을 바꿔놓은 것이다.

미진이는 공업고등학교에 가서도 사회에서 써먹을 수 있는 전문기술을 배우지 못했다. 수업 시간에는 학생들 3분의 2가 잠을 잤고, 마음 놓고 진학 문제를 상담할 수도 없었다. 입시에 떠밀려 내동댕이쳐진 실업계 교육의 현실을 뼈저리게 실감해야 했다. 상식을 뛰어넘는 열악한 교육 환경 속에서 미진이는 끊임없이 자신에게 되묻는다. 학교를 계속 다녀야 하는지.

남보다 일찍 사회생활의 힘겨움을 겪은 미진이는 학교가 안전하다는 것을 안다. "지금 당장 학교가 저한테 무엇을 해주지는 않아요. 하지만 학교에서 의미를 찾으려고 노력하고 있어요." 이럴 수도 저럴 수도 없는, 열아홉 순결한 미진이다.

정미진

(중학교 복학생, 용산공고 2학년)

📼 미진이 별명이 '외계인'이라고 해서 웃었던 기억이 나요. 그림도 그렸
잖아요. 개미를 닮은 외계인.

친구들이 저보고 특이하대요. 자기들과 생각이 다르다고 그렇게 붙인
모양이죠.

📼 친구들이 지어준 별명인가요?

네. 생각이 다른 면도 있고, 또 제가 썰렁한 농담을 하고, 몸 개그도 하
고 그러니까.

📼 미진이는 말이 별로 없는 줄 알았는데, 친구들에게는 재미있는 친군가

봐요?

학교 친구들 말고, 밖에서 만난 친구들한테는 그렇죠.

📼 밖에서 만난 친구들?

네, 계속 알고 지낸 친구들. 걔네 만나면 말이 많아지면서 수다를 떨게
돼요.

📼 학교 친구들과 있을 때는 달라요?

제 모습이 학교에 있을 때랑, 가족과 있을 때랑, 걔들과 있을 때가 다
다르죠.

📼 그 친구들이 미진이가 가장 힘든 시기를 함께 보낸 친구들인가요?

네. 중학교 다니다가 그만뒀을 때 함께 지낸 친구들.

📼 어떻게 하다 학교를 그만두게 됐어요?

그때 집안에 일이 되게 많았어요. 중1 겨울방학 때 엄마가 돌아가셨어
요. 많이 아프셔서 강원도에 있는 외가에 가 계셨거든요. 저는 파주에
서 아빠랑 고모랑 함께 살고. 헤어진 지 한 1년 정도 됐는데 돌아가신
거예요. 아빠랑 고모랑 해서 식구들이 다 강원도로 가서 장례를 치르
고 올라왔어요. 다들 아무렇지 않은 얼굴이었어요. 엄마가 돌아가셨는
데도 아무렇지 않게 사는 모습에 제가 충격을 받았죠. 엄마가 돌아가
신 것도 충격인데, 식구들이 그런 모습을 보인다는 게 감당하기 힘들
었어요.

📼 그래서 집을 나갔어요?

그런 집에 적응하기가 힘들어서 방황하기 시작했죠. 그러다 걷잡을 수 없이 돼서 집을 나갔어요. 결국 학교에서 나오지 말라고…….

📟 학교에서 나오지 말라고 했어요?

출석일이 모자란다고. 제가 가출한 사이에 아버지가 학교에 가서 도장을 찍은 거죠. 나중에 집에 들어와 보니 학교에서 잘렸다고 하더라구요. 그래서 1년을 쉬었죠. 원래 학교에 들어갈 생각은 없었어요.

📟 학교에서 다시 나오라는 얘기는 없었어요?

네. 그런데 제가 복학하고 싶다고, 다시 다니고 싶다고 하니까 담임을 맡았던 선생님이 흔쾌히 추천서를 써주시고 호의를 베푸셔서……. 그때 신경을 써준 분들한테 고마워요.

📟 복학하고 적응이 힘들었다고 했는데, 수업 방식 때문에 그랬나요?

수업 방식도 포함되죠. 1년을 쉬고 들어간 건데, 제가 공부를 잘한 것도 아니고…… 정말 무슨 말을 하는지 하나도 모르겠더라구요. 그냥 앉아 있으면 계속 딴생각만 들고, 그러다 자게 되고. 시간만 때우다 오는 거예요.

📟 학교에서 다른 배려 같은 건 안 해줬어요?

배려를 할 수가 없죠. 한 반에 마흔 명이 넘는데 어떻게 저 하나를 신경 쓰겠어요? 문제라는 딱지가 붙어서 그런지 담임선생님도 저한테 별 기대를 안 하고, 신경도 안 쓰다시피 했으니까요.

📟 뭘 좋아하는지 선생님이 물어보지 않았어요? 미진이를 위한 프로그램

가출을 했다 다시 학교로 돌아갔지만, 적응이 쉽지 않았다.
진도를 따라잡기는커녕 선생님이 무슨 말을 하는지 알아들을 수도 없었다.
그냥 멍하니 앉아 있거나 잠만 자다 돌아왔다.
뭘 해도 무의미하고, 뭘 해야 될지도 모르는 날들이 이어졌다.
그래서 학교도 자주 빠졌다.

같은 것도 없었고?

제가 자동차에 되게 관심이 많았어요. 제 꿈이 자동차 만드는 회사를 운영하는 거예요. 기술을 배워서 자동차도 만들고, 내가 만든 자동차도 타보고, 디자인이나 설계도 하고……. 학교를 복학한 이유가 고등학교 들어가서 제대로 된 자동차 기술을 배울 생각이었어요. 선생님이 대하는 것도 그렇고, 제가 정말 관심을 갖고 좋아하는 거랑은 거리가 먼 생활을 해서 견디기가 좀 힘들었어요.

📟 학교에서 미진이가 좋아하는 프로그램을 하나라도 만들어서 지원해줬으면 잘 다녔을까요?

그런 일 자체가 불가능하다고 생각해요. 학교도 사회잖아요. 나 하나를 위해서 세상이 돌아가진 않죠. 학교에 정말 나 같은 애들만 있다면 그렇게 해주겠지만, 나 하나를 위해서 어떻게 프로그램을 짜주겠어요? 그러니까 거의 방관하다시피 했어요, 중학교 때는.

📟 너무 힘들어서 다시 학교 밖으로 돈 거예요?

네.

📟 친구들과 놀러 다니고, 피시방도 가고?

지금보다 나이가 많이 어렸으니까요. 그때는 관심 있는 걸 찾기보다는 당장 즐거운 걸 하려고 했죠.

📟 그래도 졸업한 걸 보면 어떻게 학교에 적응은 했네요?

그렇죠. 중학교 3학년 때 고등학교를 정했어요. 그러고 나니까 내신이 신경 쓰이는 거예요. 그래서 그때부터 열심히 다녔죠.

•────── 대한민국 10대를 인터뷰하다

🔊 그렇게 공부해서 용산공고 자동차과에 들어간 거예요?

아니요, 디지털통신과요. 정말 마음에 안 들어요. 제가 내신이 좀 달려서 공고 자동차과에 못 들어가면 차라리 여상이나 여고 쪽을 가려고 했거든요. 떨어지더라도 1지망에 자동차과를 써보면 안 될까요? 그랬더니 3학년 담임이 안 된다고, 쓰지 말라고 했어요. 그냥 통신과를 가라, 그러면 자동차과로 전과가 가능하고 자동차 동아리도 있으니 일단 가라고 했어요. 그래서 통신과를 오게 됐는데, 와보니 전과도 안 되고 자동차 동아리가 있다는 말도 금시초문이고. 아예 없었어요. 완전 뒤통수 맞은 거죠. 이미 입학은 했는데…….

🔊 아, 인생의 길이 완전히 바뀌었네요.

선생님이 고등학교 정보를 잘못 알려줘서 완전히 다른 길을 선택한 거죠. 근데 선생님이 넌 통신과 간 걸 다행으로 생각할 거야, 그러는 거예요. 너무 사악해 보였어요. 그래서 저는 중3 담임을 되게 싫어해요. 입학한 뒤로도 그 선생님을 한 번도 안 찾아갔어요. 너무 싫어서. 지금도 싫어요. 일기장에도 그렇게 써놨어요.

🔊 일기장?

제가 어릴 때부터 일기를 써왔거든요. 초등학교 들어가기 전부터. 누가 시킨 건 아닌데, 특별한 일이 있으면 그걸 잊기 싫어서 쓰기 시작한 게 지금까지 왔어요. 중학교 때는 정말 많이 썼어요. 여섯 달이 안 돼서 두꺼운 스프링 노트를 한 권씩 채웠으니까요. 하루에 세 시간씩 쓰고 그랬어요.

🔊 두꺼운 노트를 한 권씩 채울 만큼 쓸 얘기가 많아요?

엄마는 집안일을 못할 정도로 아팠다. 동생을 돌보기도 힘들었다.
방은 청소가 제대로 되어 있지 않았고, 끼니를 제때 챙겨먹기도 힘들었다.
기본적인 의식주를 해결하는 일조차 버거운 날들이었다.
멀리 돈벌이를 나간 아빠는 보름에 한 번, 한 달에 한 번 집을 찾았다.

© 성재경

그냥. 이런 내용도 있어요. 나는 지금 전쟁을 하는 중이야. 전쟁이 끝나면 웃을 수 있겠지? 지금 읽어보면 되게 민망하죠. 산문을 쓴 적이 있는데 파주시에서 상을 받은 적도 있어요. 국어선생님이 아주 기뻐하던 모습이 생각나요.

🎙 **특별히 생각나는 내용이 있어요?**

소풍이요. 초등학교 3학년 때 엄마가 도시락을 싸줬거든요. 카레 크로켓이라고 주먹밥에 튀김옷을 입혀서 기름에 튀겨요. 거기에 카레를 붓고 햄이나 건포도를 넣어서 주셨어요. 엄마가 그걸 만드느라 새벽 5시 반부터 준비를 하셨죠. 정말 맛있었어요. 엄마가 몸이 안 좋았는데 그렇게 해주신 거예요.

🎙 **엄마가 많이 아팠어요?**

아빠가 공장을 하셨는데 그게 부도가 났어요. 그 뒤로 아빠는 막노동 다니고, 엄마는 그 충격으로 아프고. 그래서 되게 힘들었어요.

🎙 **아버지 회사가 부도나서 형편이 안 좋아졌군요. 언제 그랬어요?**

초등학교 입학하면서부터라고 보시면 돼요. IMF 터지고 나서요.

🎙 **어린 나이에 마음이 정말 안 좋았겠네요.**

왜 이렇게 힘들게 살아야 되나, 그런 생각을 많이 했어요. 그 나이에도. 하루하루 사는 게 정말 힘들었거든요. 한여름에 시원한 에어컨 바람 앞에서 얼음 띄운 음료수를 먹는 애들이 그렇게 부러웠어요. 그것도 못해 보고.

📼 그럼 누가 밥을 해줬어요?

이웃집 할머니가 많이 도와주셨어요. 이웃에서 도와주고, 친구 집에서 밥을 얻어먹기도 하고, 그냥 라면으로 때울 때도 있고.

📼 미진이가 다니던 초등학교에서는 도와주지 않았어요?

급식을 지원해줬어요. 학교에서는 좋은 취지로 한 일인데, 애들이 너 왜 급식 먹어? 이렇게 물어보니까 같이 어울리기가 힘들었어요.

📼 급식 먹는 애들이 여러 명 있었나요?

아니요. 저밖에 없었어요. 집 청소도 선생님이랑 친구들이 봉사활동 한다면서 다 뒤집어놓고. 나 가난해요, 광고하는 것도 아니고……. 도움을 받긴 했는데 속으로는 되게 싫었어요.

📼 동생은 지금 어디서 지내요?

고모 집이요. 저는 쉼터에서 지내구요.

📼 원하지 않은 과에 들어가서 적응이 쉽지 않았을 것 같아요.

일단 새로 시작하는 거니까, 주어진 자리에서 무슨 일이든 최선을 다하자고 생각했어요. 시작은 괜찮았어요. 입학해서 서너 달은 열심히 했죠. 선생님들도 저한테 기대를 많이 했고. 활기차게 지냈어요. 그렇게 긍정적으로 보려고 했는데 시간이 갈수록 이게 아니다 싶은 거예요. 제 진로랑은 너무 안 맞고, 하고 싶은 일과 전혀 다른 길을 가고 있으니까요.

📼 어떻게? 자동차 쪽을 배우고 싶어서요?

• ──────── 대한민국 10대를 인터뷰하다

디지털통신과에서 배우는 내용이 자동차랑 전혀 관련이 없더라구요. 게다가 그거라도 제대로 가르치면 말을 안 해요. 선생님들도 그렇게 말해요. 너희가 정말 이걸 하고 싶으면 대학 가서 깊이 파라. 저희는 수박 겉핥기로 하고 있는 거예요.

🎙 **진짜 배우고 싶은 건 학교에서 제대로 안 가르쳐주고, 입시 공부 위주로 한 건가요?**

네. 인문계랑 별반 차이가 없다고 생각해요. 인문계 애들은 몇 과목으로 한정되어 있잖아요. 걔네는 국·영·수 위주로 파는데, 저희들은 만약에 어떤 기술을 배운다고 하면 하나만 파서 거기에 전문지식을 쌓아야 하는데, 그게 안 되고 있어요.

🎙 **고민이 많았겠네요.**

솔직히 때려치우고 싶다는 생각을 많이 했어요. 그런데 또 생각해보니 제가 자동차 말고도 잘할 수 있는 게 많겠다 싶어서……. 아까 말했다시피 학교에서 한 명만 보고 전폭적인 지원을 해줄 수는 없잖아요. 나 스스로 찾아서 해야 하는데, 그럴 때 정말 중요한 게 진로에 대한 정확한 자료와 지식이거든요. 제가 보기엔 그마저도 아닌 것 같아요.

🎙 **진로에 대한 정보나 지식을 알려주지 않나요?**

듣다 보면 공부 열심히 해서 좋은 대학에 가라는 소리죠.

🎙 **학교에서 진로에 대해 상담하지 않았나요?**

대충이요. 어떻게 하면 좋은 대학에 들어갈 수 있다, 그 정도? 너희들이 갈 수 있는 길은 이거다, 하는 정도죠.

🔲 그럼 다른 길은요? 구체적으로 어떤 직업을 어떻게 구한다거나 하는 설명은 없었어요?

아직 2학년이라 취업 얘기는 직접적으로 안 나왔어요. 3학년 선배들 얘기를 들어보면, 학교에서 밀어주고 그런 건 없는 것 같더라구요. 반이나 과에서 상위 톱으로 있는 애들을 빼고는요. 그냥 공고 나왔으니까 납땜이나 하고, 기계 같은 거 만지고, 상가 같은 데 들어가서 배달하고…….

🔲 상가에서 배달을 해요?

컴퓨터 부품 같은 거 배달하고, AS해주고 그래요. 다른 과 같으면 바로 현장에 투입돼서 막일하고.

🔲 그 안에서 새로운 시도를 해볼 수는 없어요?

전혀 없어요. 제가 정말 통신 쪽으로…… 지금 이 나이가 돼서 기술을 배워서 제대로 취업을 하고 진로를 결정하겠다 싶으면 대학을 가거나 학원을 다니거나 해야 돼요. 통신학원을 다니거나.

🔲 그럼 통신학원 다니는 애들도 있어요?

몇 명 있기는 한데, 제가 볼 때는 우리 반 애들도 그렇지만 전공 쪽으로는 안 가려고 해요. 일단 재미가 없으니까요. 그걸 꼭 해야겠다는 마음도 없고, 중요성 같은 걸 못 느끼니까요. 우리 반 애들 중에는 한 명도 없어요.

🔲 구체적으로 학교에서 뭘 배워요?

전공과목 배우고, 인문과목으로 국어, 영어, 수학, 한문 같은 걸 배우

•────── 대한민국 10대를 인터뷰하다

미진이 반 아이들은 학교가 끝나면 알바를 하거나,
자기가 하고 싶은 다른 일을 하면서 시간을 보낸다.
전공인 디지털통신과는 별 상관이 없는 일로 시간을 보내는 것이다.
전문 기능인을 양성하겠다는 공업고등학교의 목표는 말 그대로 '목표'일 뿐이다.

죠. 근데 그것도 중학교 수준이에요. 정말 사회에 나가서 써먹을 게 별로 없어요. 대학에 들어가더라도 인문계 애들이랑 맞붙으면 거의 이기기가 힘들죠.

📟 차라리 기술 쪽으로 깊이 있게 배우는 게 낫겠네요. 그것도 쉽지 않아서 그렇지.

그래서 고민이 많아요.

📟 지금은 아무런 준비도 안 하고 있는 거예요?

아니요. 생각을 많이 해요. 정말 자동차 공부를 해보고 싶었는데, 지금은 힘들다고 생각해요. 일단은 제가 컴퓨터 학원에 다니니까 컴퓨터 자격증부터 따고, 그러고 나서 전공이랑 정말 상관없는 걸 배워보려구요.

📟 어떤 걸?

칵테일 조주사 자격증을 딸 생각이에요. 내년부터 학원에 다니려고요.

📟 갑자기 칵테일 쪽으로……?

전공이랑 전혀 상관이 없는데, 제가 보기에는 정말 재미있겠다 싶어서……. 계획도 짜놓고 있어요.

📟 학교에서 친구들과의 관계는 어때요?

복학생이라 그런지 좋지는 않아요. 그리고 정말 친하지 않으면 말을 안 해요. 잘 웃지도 않고. 학교에서 저는 거의 존재감이 없어요.

📟 생각도 깊고, 자기 얘기도 잘하잖아요.

• ─────── 대한민국 10대를 인터뷰하다

평소에 생각을 많이 하니까요. 나 자신에 대한 생각이요.

🔊 어떤 생각들을 해요?
앞으로 뭘 하면 좋을까? 뭘 해야 즐겁게 살 수 있을까? 지금 당장
은…… 오늘 뭐 하지? 오늘 쪽지시험이 뭐가 있더라? 이런 정도.

🔊 친구들 학교생활은 어때요?
학교 자체의 목적이 그거잖아요. 애들 공부 가르치고, 인재 육성하고.
그런데 다들 공부하기 싫어해요. 툭 까놓고 말해서 몇몇 애들 빼고는
놀자판이에요. 수업 안 듣고 엎어져서 자는 애들도 많고.

🔊 자는 애들이 많아요? 얼마나?
3분의 2가 넘을걸요.

🔊 그럼 친구들하고 무슨 대화를 해요?
오늘 점심은 맛있었냐? 시험은 어땠냐? 아르바이트는 뭐 다니냐? 돈
은 얼마 받냐? 뭐, 그런 얘기들이죠.

🔊 아르바이트 다니는 애들이 많아요?
생각보다 많아요. 반에서 열 명 정도? 학교 끝나고 할 일이 없으니까
요. 그런데 용돈은 부족하고.

🔊 보통 무슨 일을 해요?
주유소에서 알바 뛰는 애도 있고, 편의점도 나가고, 음식점에서 서빙
도 하고……. 어떤 애는 공구상가 들어가서 컴퓨터 조립도 해요.

📼 학교에서 다른 장소로 실습을 나간 적은 없어요?

본 수업은 외부로 나가서 실습하고 그런 건 없어요. 3학년을 빼고는요.
C.A.에는 이제 여러 가지가 있잖아요. 외부로 나가서 실습하는 게 아
니라 견학 차원으로 둘러보는 거죠.

📼 견학 차원?

구로 디지털단지에 있는 모바일 통신사 같은 데 있잖아요. 학교를 졸
업한 선배가 하는 회사였는데, 성공 사례로 세미나실에서 난 어떻게
살아왔다, 이렇게 성공했다…… 이런 걸 듣는 정도?

📼 그럼 외부 실습 같은 건?

없어요, 정말로.

📼 학교생활이 정말 무료했겠네요.

그렇죠. 변한 건 없고 매일 똑같기만 하니까.

📼 수업 시간에는 뭘 배워요?

저는 몸을 막 움직이는 걸 좋아하거든요. 근데 학교에서 실습하면 계
속 허리를 구부리고 있어야 해요. 납땜하느라. 계속 이러고 있으면 너
무 짜증이 나는 거예요. 단순 작업에 납 연기는 올라오고.

📼 납이 몸에 안 좋잖아요.

선생님들 말씀이 인체에 해롭지는 않대요. 하지만 좋진 않죠.

📼 선생님들이 해롭지 않대요?

네. 1학년 때는 실습하고 나오면 온종일 속이 메스껍고, 머리도 계속 아프고 띵하고 그랬거든요. 처음으로 오래 연기를 쐬고 있으니까 좀 그랬는데, 지금은 적응이 됐는지 그런 건 없어요. 요령이 생겼죠. 연기가 올라오면 후 불어서 날리고.

🔲 마스크나 그런 건 안 써요?
쓰면 답답해요. 쓸 생각도 안 하는데, 만약 마스크로 입을 가리고 작업하면 되게 답답할 것 같아요.

🔲 미진이는 학교에 친한 친구가 있어요?
학교에는 없고, 중학교 때부터 알고 지낸 애들이랑 친하죠.

🔲 가출할 때 힘든 시기를 함께 보낸 친구들?
네. 지금은 학교 다니는 애들도 있고 안 다니는 애들도 있어요. 보통은 취업 준비하고, 학원 다니기도 하고, 검정고시 본다는 애들도 있고. 돈 버는 애들도 있는데, 정말 일이 많더라구요. 꿈을 제대로 찾지 못한 애들이에요. 당장 돈을 버는 게 급한 애들. 보면 불쌍해요. 아직 십대인데.

🔲 아직 십대인데 자기 꿈을 못 찾아서 불쌍하다는 생각이 들어요?
걔네도 학교를 다녔잖아요. 어떻게 보면 학교에 적응을 못해서 그렇게 된 건데……. 몸이 아픈 애도 있거든요. 몸이 아파서 적응을 못한 애도 있고, 학교 다니기 싫어서 뛰쳐나온 애들도 있고, 학교 다니면서 힘들다고 하는 애도 있고. 제가 보기엔 인문계나 실업계나 힘들기는 마찬가지예요. 이것저것 해보겠다고 혼자서 발버둥 치고, 꿈이랑 반대되는 길로 가는 애들도 있고, 당장 자기가 하고 싶은 걸 찾아서 하는 애들도 있고.

📼 **몸이 아픈 친구가 있어요?**

네. 몸이 원래 약했어요. 몸 관리를 조금만 안 해도 쓰러지고. 그래서 걔를 또 이상하게 본 거예요. 중학교 때 학교를 그만뒀죠.

📼 **그 애를 이상하게 봐요?**

애들이 이상하게 봐서…… 적응하기 힘들고 하니까…….

📼 **애들이 왕따시키고 그런 적도 있어요?**

왕따까지는 모르겠어요. 솔직히 무슨 일이 있는지 물어보기 뭐하고 해서 그냥 그렇구나, 하고 넘어갔어요. 무슨 문제가 있으니 그만둔 게 아닐까, 짐작만 하는 거죠. 그 친구는 지금 검정고시를 준비하고 있어요. 검정고시 준비하면서 알바 뛰고 그래요. 노력을 많이 하죠.

📼 **다른 친구들은 사정이 어때요?**

걔네도 발버둥 치느라 바쁘죠. 가장 안타까운 건 돈 버는 애들 같아요. 주위에서 어른들이 도와주면 자기가 하고 싶은 걸 할 수 있을 텐데, 여건이 그렇지 못하니까요. 그런데 우리들 마음이 어른들이 이거 해라 저거 해라 간섭하면 더 하기 싫어지거든요. 그냥 안 하게 돼요. 그래서 더 안타깝죠. 또 어떻게 보면 걔가 선택한 길이라서 내가 뭐라고 하기도 그렇고, 제 딴에는 고민을 많이 하고 내린 결정일 테니까요. 그래서 그냥 열심히 해, 하면서 지켜보는 거죠. 힘내라고. 그 정도밖에 말 못해요. 제 코가 석잔데.

📼 **그럼 전부 아르바이트를 하는 거예요?**

전부는 아니죠. 집이 잘사는 애도 있어요. 넘칠 정도는 아니어도 부족

미진이의 '절친'은 중학교 때 만난 애들이다.
그 친구들은 미진이의 '밑바닥'을 보았다.
그래서 애써 자신을 포장할 필요가 없다.
어느 때나 믿고 마음을 여는 사이이다.
만나러 갈 때면 설레고, 얼굴을 보는 것만으로도 즐겁다.
가장 힘들 때 만나 의지가 되는 친구들이다.

하지 않을 만큼 집에서 지원해주고, 유학을 가고 싶으면 보내주겠다고 하고. 제가 보기엔 배부른 소리죠. 그런데 걔도 그렇게 행복하지 않은 것 같아요. 학교를 다니면서 문제없이 지내는데도.

🎙 왜 그런 것 같아요?
솔직히 그 정도 지원해주고 엄마 아빠가 밀어주면, 나 같으면 하루에 열 번은 절을 할 것 같거든요. 그런데 막상 얘길 들어보면 그렇지 않으니까요. 엄마 아빠가 기대를 너무 해요. 자기는 정말 공부가 싫대요. 하고 싶은 건 따로 있는데 계속 공부하라고 해서 답답한 거죠. 그래서 만날 싸워요. 겉으로 좋고 행복해 보여도 그 속에 나름의 고민이 있더라구요. 이렇게 하라고, 내 생각을 단정 지어서 말하기가 그래요.

🎙 서로 마음을 나누면서 그런 이야기를 하나 봐요?
듣고 보니 네가 많이 힘들겠구나. 근데 나는 이것도 힘들다. 어떤 면에서는 네 이런 점이 부러워. 이렇게 말하면 걔는 도리어 반대로 말해요. 난 너의 이런 점이 부럽다고. 그렇게 얘기해요. 그냥 그 정도밖에 얘기 못해요, 저는.

🎙 친구들 만나면 주로 무슨 얘기를 해요?
학교 얘기는 거의 안 해요. 머릿속에서 지웠죠. 오늘 뭐 했어? 너 나중에 대학 갈 거야? 그런 얘기를 해요. 대학 간다는 애들도 있고, 안 간다는 애들도 있고. 간다는 애들은 하고 싶은 게 있으니까 가는 거고, 안 가는 애들은 그게 아니라고 생각해서 안 가는 거고. 근데 어른들은 대학을 나와야 사는 게 편하다고 하잖아요. 그런 말로 막 싸우다가 나중에는 그래 대학 가지 마, 너 하고 싶은 거 해, 그러고. 막상 하고 싶은 대로 하면 행복할 것 같은데 그렇지도 않잖아요. 막막하죠.

🔲 자기가 하고 싶은 대로 하면 행복할 것 같은데 막막해요?
대학을 가든 안 가든, 학교를 다니든 안 다니든, 힘들기는 매한가지예요. 인문계든 실업계든 다 힘든 것 같아요. 저도 학교를 때려치우고 싶다는 생각을 되게 많이 했거든요. 하루에 수십 번 마음이 왔다 갔다 한 적도 있고, 학교 마치고 와서 엄청 운 적도 있고.

🔲 아, 학교를 그만두고 싶었어요?
너무 힘들어서 어른들 붙잡고 얘기도 하고 그랬어요. 그래도 계속 다니는 이유가 100퍼센트 내가 싫은 건 아니니까요. 학교 다니면서 기회를 잡은 게 많아요. 공부만 해도 전혀 흥미를 못 느꼈는데 그 방법을 알고 나니 재미도 있고, 좋은 선생님들도 많은 것 같고, 쓴 경험도 되게 많이 하고…….

🔲 쓴 경험?
복학생이란 꼬리표를 달았으니 언젠가 한 번은 부딪혀야 되잖아요. 그 일로 남자애랑 다툰 적이 있어요. 걔가 제 나이를 들먹였거든요. 한 살 더 먹고 들어와서 그러고 싶냐? 그때 많이 힘들었어요. 당시엔 정말 때려치우고 싶었는데, 나중에 시간이 지나서 걔랑 얘기를 했는데 아무렇지 않은 거예요. 그때 든 생각이…… 뭐든 경험해서 나쁠 건 없다. 나쁜 게 더 많을지 몰라도 시간이 지나면 좋게 바뀌는 것 같아요. 나중에 이러지 말아야지, 하고 마음먹으면 100퍼센트 만족은 못해도 좋게 되는 것 같아요. 부족한 부분은 마음먹기에 따라 틀려지니까요. 될 수 있으면 긍정적으로 보려고 노력하는 편이에요.

🎙 학교를 그만두고 그 시간에 다른 일을 해볼 생각은 없었나요?

그런 생각도 해봤어요. 그런데 제 나이에 할 수 있는 일은 알바밖에 없더라구요. 일단 고등학교 졸업장이라도 따자, 정말 더럽고 치사해도 이 악물고 다니자, 하고 생각했어요. 지금 와서 돌이켜보면 그렇게 힘든 결정도 아니었던 것 같아요.

🎙 힘든 결정이 아니었다고요?

앞으로 성인이 되면 정말 힘든 일을 많이 겪게 될 테니까요. 지금 무너져서 학교를 그만두면 사회에 나가서 더 큰 문제가 닥쳤을 때 어떻게 헤쳐나갈까? 도망치지 않고 그 자리에 서 있을 힘이 있을까? 그 정도의 에너지가 생길까? 저는 그게 무서운 거예요.

🎙 앞으로 닥칠지 모를 큰일들이 두려운 거로군요.

네. 적어도 남들이 하는 건 나도 할 수 있으니까 어디 한번 해보자, 그런 다음에 내가 하고 싶은 걸 하자는 쪽으로 생각을 바꿨어요. 중학교 때는 하고 싶은 걸 당장 해야겠다, 이걸 안 하면 미치겠다, 이런 식으로 생각하고 하고 싶은 일만 했거든요. 그런데 지금은 생각을 많이 해요. 무작정 행동하지 않고 한 번 걸러내는 습관이 생겼어요. 학교 다니면서 얻은 습관이죠. 그래도 아픈 건 아프고, 힘든 건 힘들지만요.

🎙 많은 일을 겪으면서 감정이나 생각을 걸러내는 습관이 생겼다는 말인가요?

맞아요. 저는 저 자신을 아주 소중하게 생각해요. 학교 수업이 시간 때우기에 불과하고 내 장래에 도움이 안 된다는 생각이 들면…… 그런 부정적인 생각이 들면 그때부터 힘들어져요. 막 불안하고. 작년에 냉

장고 문을 열었는데 내가 이걸 왜 열었을까, 하고 생각해보니 왼손에 냄비 받침대가 들려 있는 거예요. 계속 딴생각을 하면서 하루를 보내고 또 딴생각하면서 내일이 오길 기다리고⋯⋯. 늘 불안하고 초조했어요. 내가 어른이 되면 뭐 하고 있을까? 졸업하고 뭘 하게 될까? 만약 아무것도 못하고, 아무것도 아닌 어른이 돼서 시간만 때우면서 살면 어떡하지? 그래서 그때 진로상담실을 찾아갔어요.

📟 아, 미래에 대한 고민 때문에 진로상담실을 찾았어요?
솔직히 진로상담실에서 상담을 받으면 무슨 뾰족한 수가 나올 줄 알았어요. 그런데 한 선생님이 그냥 네가 있는 위치에서 열심히 해라, 그러고 마는 거예요. 그 뒤로는 거기 절대로 안 가요. 너무 형식적이에요. 틀에 박혀 있고. 선생님 딴에는 편하게 말해라, 네 심정을 다 이해한다는 식으로 말씀하시는데 제가 보기엔 형식적인 것 같아요.

📟 선생님이 미진이의 고민을 깊이 이해를 못한 것 같네요.
상담은 제가 선택한 최후의 방법이었어요. 그런데 아무 소득이 없었던 거죠. 그때 경영학을 배우고 싶어서 같은 계열이 아닌데 어떻게 갈 방법이 없는지, 알고 싶었거든요. 그 방법은 안 알려주고 그냥 열심히 하라고만 하시니까 저는 막막했죠. 어떻게 열심히 하지? 어떻게 계획을 세워야 하지? 이런 건 안 가르쳐주고 그냥 열심히 해라, 그냥 열심히 다녀라⋯⋯.

📟 다른 분들을 찾아가서 물어보지 그랬어요?
그렇게 했어요. 대학교 다니는 언니한테 경영을 너무 배우고 싶다고, 어떻게 해야 하는지 물었죠. 일단 통신과를 들어가서 복수전공을 하는

미진이에게도 행복한 학창 시절이 있었다.
중학교 1학년 때는 뭘 해도 즐거웠다.
쉬는 시간에 매점으로 달려가 과자를 사먹는 일조차.
어머니가 돌아가신 뒤로는 많은 게 바뀌었지만,
쉼터에서 지내고 있는 지금의 처지를 비관하지 않을 만큼
의젓해진 것도 사실이다.

게 어때? 아니면 전과를 하던지. 이렇게 구체적으로 설명해주니까 더 와 닿았어요. 진로상담실에서 한 시간 반 동안 상담을 하고 나가려는 데 선생님이 제 손을 잡고 하시는 말씀이, 그래도 2학년 중에 이런 고민으로 찾아온 애는 네가 처음이라고. 그 말을 빼고는 와 닿은 게 하나도 없었어요. 들으면 들을수록 막막하고 기운이 쫙 빠지는 게……. 착잡했어요. 2학년 시절이 그렇게 흘러간다는 게.

📼 그렇게 2학년 시절이 흘러가고 있어요?
별로 달라진 게 없어요. 전공과목 시간이 더 늘었다는 걸 빼고는요. 실습을 좀 더 해서 납땜 기판이 눈이 익었다는 정도? 납땜 실력은 늘었으니까요.

📼 쉼터는 언제 들어갔어요?
가출해서 처음으로 한강에 갔어요. 잘 데가 없었거든요.

📼 여름이었나 봐요?
네. 가출해서 자취방, 찜질방, 피시방까지…… 방이란 방은 다 가본 것 같아요.

📼 한강에 있는데 무슨 일이 있었어요?
YMCA 활동가라는 사람이 다가왔어요. 가출했냐고 해서 그렇다니까 먹을 걸 줄 테니 따라오래요. 그래서 간 곳이 쉼터였어요. 거기서 한달을 지내다가 너무 답답해서 탈출했어요. 수첩 같은 걸 받은 적이 있는데, 그걸 보고 전화를 했더니 여기 쉼터를 알려줬어요. 열다섯 살, 여름이 끝나갈 무렵이었죠. 오래 있진 않았어요. 이삼 일 있다가 친구

할머니가 들어오라고 해서 그리로 갔죠.

📟 친구 할머니 댁으로 갔어요?
네.

📟 할머니가 고마웠겠네요.
별로요. 진짜 욕을 엄청 먹었거든요. 어른들이 그런 거 있잖아요. 제 자식은 잘못이 없는데 친구 잘못 만나서 물들었다고. 나만 나쁜 애로 찍힌 거예요. 밥 먹다가 욕먹고, 잔다고 욕먹고, 씻다가 욕먹고……. 그래서 만날 울었어요. 친구는 할머니가 원래 고지식해서 그런다고 미안해하고, 할머니가 욕하면 막 화내면서 대들고. 어느 순간 보니까 그 집에서 1년을 살았더라구요. 나와서 다시 쉼터로 들어갔어요.

📟 그 뒤로는 연락을 끊고 지냈나요?
아니요. 어느 날 아르바이트를 하고 있는데 할머니가 찾아온 거예요. 친구랑 같이. 고생이 많지? 하면서 제 손을 잡으시더라구요. 그때는 할머니가 고마웠어요. 그게 마지막으로 뵌 거예요. 그 친구는 계속 연락하고 지내는데, 대안학교 다니다 졸업은 했어요.

📟 그때부터 이곳 쉼터와 인연을 맺은 거예요?
네. 다른 데서 한 2년을 살다가 여기로 온 거죠. 여기 온 지는 얼마 안됐어요.

📟 쉼터가 정말 '쉼터'가 됐네요.
쉬는 건 밖에 나가서 쉬는 게 낫죠. 나가 있으면 늦게 일어나도 뭐라

안 하고, 밤늦게 나가도 터치를 안 하니까요. 친구들이랑 있는 게 낫죠. 근데 일단은 어른이 될 준비를 해야 하니까요. 솔직히 마음은 여기가 더 편해요. 내가 뭘 해야 할지 아니까.

🔊 뭘 해야 한다고 생각해요?

학교 다니는 거요. 학교를 안 다니면 돈도 벌고, 시간도 남고, 당장은 정말 즐거워요. 대신 앞날이 불안하고 걱정이 되는 건 어쩔 수 없죠. 학교를 다니면 일단은 뭔가 될 것 같은 느낌이 들어요. 그래서 기를 쓰고 다니는 거죠. 그렇게 기대를 하면서 자신을 믿고 살다 보면 뭔가가 달라져요. 학교 다닐 때랑 안 다닐 때랑 몸이나 마음의 상태가 다르죠.

🔊 학교를 다녀서 좋아졌다는 말인가요?

솔직히 뭘 하든 다 힘들잖아요. 다녀도 힘들고 안 다녀도 힘들고. 어쨌거나 나중을 생각하면 졸업장은 있는 거니까. 그리고 얕게나마 기술도 배우고 있고. 누가 학교 다니냐고 물었을 때 안 다닌다고 대답하는 거랑, 어느 학교 몇 학년에 재학 중입니다, 하는 거랑 엄청 다르잖아요. 학교 안 다닌다고 하면 인상부터 쓰고 문제아 취급을 하니까요.

🔊 학교 일로 안 좋은 소리를 자주 들었나 봐요.

어른들이 저를 되게 싫어했어요. 아르바이트를 할 때도 소장님이 왜 학교를 안 가냐고 만날 물어보고, 나중에 커서 뭐 할 거냐고 하고. 학교 소리를 하도 들어서 지치는 거예요. 하다못해 아침에 나가면 교복 입은 애들이 우르르 지나가고. 아무리 생각해도 학교랑 인연을 끊고 살기가 너무 힘든 것 같아요. 비전이 확실하고, 누구도 감히 건드릴 수 없는 확신만 있으면 학교를 안 다닌다고 할 텐데……. 제가 그런 것도 아니니까요.

📼 지금은 학교에 대해 어떻게 생각해요?
여러 가지로 봤을 때 학교에 다니면 이로운 것 같아요. 언젠가는 기회가 오겠지, 하고 생각하면요. 학교에 다닌다고 지금 당장 뭘 얻을 순 없어요. 당장 돈이 생기는 것도 아니고. 지금 돈이 필요해도…… 솔직히 그럴 땐 알바를 하는 게 낫지만, 그렇다고 당장…….

📼 학교를 그만두고 검정고시를 준비하는 친구들을 보면 어때요?
딱히 나쁘다고 보지 않아요. 본인이 선택한 길이니까요. 나름대로 열심히 하고 있기도 하고. 제 입으로 학교에 다니라고 한 적은 한 번도 없어요. 그냥 학교 다녀라, 학교 다니는 게 얼마나 좋냐. 솔직히 이렇게는 말 못하죠. 어떻게 보면 부럽기도 하거든요. 나는 아침마다 출석 도장 찍어야 하고, 지각 하면 출석부에 기록으로 남는데, 걔들은 그런 게 없잖아요. 하지만 검정고시 준비하는 애들이 많이 부러웠다면 제가 벌써 자퇴를 하지 않았을까요?

IMF가
제일 무서워요

박근태(담양공고 1학년)

8

　전라남도 담양에 있는 담양공업고등학교를 찾은 날은 흰 눈발이 날리고 있었다. 방학을 보내고 있는 교정은 너무나 고요했다. 나는 겨울바람을 맞으며 발자국 하나 찍히지 않은 너른 운동장을 가로질렀다.

　그리고 학교 건물 뒤편에 있는 실습실에서 근태를 만났다. 근태는 국가 기능장 시험을 준비하려고 방학인데도 학교에 나와 공부하고 있었다. 별로 크지 않은 몸집을 한 근태는 나이에 비해 어리게 생겼지만, 어른처럼 끝을 마무리하는 말투 때문에 한 마디씩 말을 던질 때마다 웃음이 터져 나왔다. 그 어투가 매우 정감 있고 재미있었다.

　근태 가족은 대전에 살다가 생활이 어려워 광주로 내려왔고, 거기서도 형편이 나빠지자 할머니가 살고 있는 담양으로 내려와 함께 살고 있었다. 어머니와 할머니는 수의를 만들고, 아버지는 더덕을 심고 기러기를 키우면서 생활하고 있었다.

　근태에게는 앞날이 창창한 십대에게서 볼 수 있는 '과장된 꿈'이 없었다. 녀석은 자신이 처한 현실을 냉혹하게 바라보았다. 근태는 가장으로서 가족을 걱정했고, 자신이 책임져야 하는 가족의 미래를 두고 진지하게 고민했다.

　그런 근태가 가장 두려워하는 것은 IMF였다. 언제 실업 상

　　　　　　•━━━━━━　대한민국 10대를 인터뷰하다

태에 놓일지 모른다는 압박감과 두려움이 IMF를 떠올리게 한 것이다. 가족을 책임져야 하는 가장에게 실직은 죽기보다 싫은 고통일 것이다. 그래서인지 근태는 돈 걱정을 많이 한다. 어떻게 하면 돈을 많이 벌 수 있을지를 고민한다.

한때는 발명가를 꿈꿨고 대기업 사장도 되고 싶었지만, 지금 자신의 위치에서는 기술자가 가장 현실적이라는 것을 근태는 누구보다도 잘 알고 있다. 앞으로 근태가 좋은 직장을 다니며 귀여운 막내와 더불어 온가족을 먹여 살릴 수 있을까? 한없이 걱정되는 어느 겨울날이다.

박근태
(담양공고 1학년)

📼 눈이 많이 왔네요. 춥지 않아요?

이 정도는 괜찮아요.

📼 지금 기숙사에서 지내는 거예요?

네.

📼 방학이라서 식당이 쉴 것 같은데, 식사는 어디서 해결해요?

직접 해먹어요. 기능장 시험을 함께 보는 2학년 형들이랑 친구들이 돌
아가면서 당번을 하거든요.

📟 음식은 어떤 걸 자주 먹어요?

보통 인스턴트로 해결하죠. 돈가스나 만두 같은 걸 사와서 먹어요. 가끔 형들이랑 같이 장을 보러 가요.

📟 식자재는 시장에서 사나요?

학교에서 계획을 잡아서 뭘 살지 정해요. 그런 다음 형들이랑 같이 홈플러스에 가요.

📟 홈플러스는 어디 있는데요?

광주요.

📟 광주까지 나가요?

네. 여기 담양보다 홈플러스가 싸거든요. 충동구매를 해도 싸요.

📟 학교 정문 앞에서 광주로 가는 직행버스 타는 거예요?

네. 십 분에 한 대씩 있는데, 금방 가요. 바람이 쌩쌩 불어서 추워 그렇지.

📟 버스비가 더 들 텐데.

갈 때 천 원, 올 때 천 원이니까 한 사람당 2천 원이죠.

📟 싸게 사려다 돈이 더 드는 게 아닌지 모르겠네.

선생님이 차로 데리러 오실 때도 있어요.

📟 장보기가 재밌나 봐요?

처음에 몰랐던 걸 하나씩 배워가는 재미가 있어요. 형들한테 물으면

근태는 키가 더 컸으면 싶다.
더도 덜도 말고 175 정도만 되면 얼마나 좋을까.
너무 크면 이상해 보이고, 너무 작으면 선반에 있는
물건을 내릴 때도 의자 힘을 빌려야 한다.
평소 의자를 들고 다닐 순 없는 노릇.
그보다는 키를 키우는 편이 낫다.

잘 가르쳐주거든요. 맛있는 거 보면 막 충동구매 하고, 시식 코너를 같이 쓸고 다니고. 그런 게 재밌고 즐겁죠.

🎙 맛있는 것 중에 뭘 충동구매 해요?

빵 같은 거요. 빵은 형들이 좋아하고, 저희는 고기를 좋아하죠. 가끔 삼겹살 같은 걸 사서……. 근데 서로 못 사게 막 막아요. 충동구매 하지 말라면서.

🎙 장을 보고 나선 뭐 해요?

그걸로 음식을 해먹죠. 일주일 지나면 사온 게 거의 바닥나고, 기본 반찬으로만 먹게 돼요. 라면도 한 번에 다섯 개씩 넣고 끓이니까 금방 동이 나죠. 인스턴트가 맛은 좋은데 몸에는 안 좋잖아요. 키도 잘 안 크고. 그래서 먹고 싶어도 최대한 자제하려고 해요.

🎙 본인 키가 작다고 생각해요?

좀 작은 편이죠.

🎙 부모님 키가 작아요?

네. 어머니는 저보다 작고 아버지는 저랑 비슷해요.

🎙 형제는 있어요?

제가 큰아들이고, 밑으로 동생들이 있어요. 동생들이 셋.

🎙 다들 나이가 어떻게 돼요?

음, 제가 열여덟이고, 바로 밑에 여동생이 열여섯, 셋째 남동생이 열넷이죠. 막내는 나이 차가 좀 나요. 올해 두 살이니 갓난애죠.

📻 동생들이 많네요. 그런데 왜 갑자기 막내가 나왔을까?(웃음)
(웃음) 임신 8개월까지 몰랐다가 갑자기 알게 됐어요. 작년 3월에 태어
나서 무럭무럭 잘 크고 있죠. 말도 하고 사람도 졸졸 따라다니고. 하는
짓이 귀여워요. 집에 안 간 지 꽤 돼서 얼마나 컸는지 모르겠네요.

📻 올 1월 3일에 관사에 들어오지 않았나요? 겨우 2주밖에 안 지났잖아요.
저한테는 긴 시간이죠. 막내가 얼마나 컸는지, 정말 궁금해요. 그러고
보니 지난주에 엄마가 반찬을 들고 왔을 때 봤네요. 많이 컸더라구요.
얼마나 귀여운지 몰라요.

📻 막내 동생을 봐서 좋았나 봐요?
좋죠. 저랑 십 몇 년 차이인데…… 크면 제가 키워야죠.

📻 다른 동생들은 어때요?
걔들은 같이 놀기 좋고 부려먹기는 편한데, 말을 잘 안 들어요.

📻 말을 안 들어요?
네. 막내를 괴롭혀요. 제가 첫째라서 책임감이 있어요. 부모님이 안 계
실 땐 주로 제가 막내를 보거든요. 부모님이 든든해 하시죠.

📻 본인이 든직하다고 생각해요?
부모님이 그래요, 든직하다고.

💬 부모님은 무슨 일을 하세요?

농사도 짓고 옷도 만들고.

💬 옷을 만든다고요? 무슨 옷?

수의요.

💬 정말?

네. 예전에는 광주 쪽에 살았는데, 집안 형편이 안 좋아지면서 시골로 내려오게 됐어요. 다행히 지금은 집안 걱정은 별로 안 해요.

💬 수의는 누가 만들어요?

대부분 할머니와 어머니가 만드세요. 물량이 부족하면 사올 때도 있고. 거의 90퍼센트는 직접 만드세요. 재봉틀로.

💬 집에 재봉틀이 몇 대나 있어요?

지금은 두 대요. 예전엔 네 대가 있었는데 팔고 나서 두 대만 남았죠.

💬 한 달에 수의를 몇 벌씩 만들어요?

정확히는 모르겠어요. 일이 많을 때는 한 달에 몇 백 벌, 없을 때는 몇 십 벌 되겠죠.

💬 몇 백 벌? 그렇게나 많이 만들어요?

밥 먹고 자는 시간을 빼고는 거의 일하세요. 그래서 제가 공부를 열심히 해야죠. 돈 많이 벌려면.

🔊 농사도 지으세요?

자작농이에요. 작물을 내다 팔기보다는 대부분 집에서 먹고 써요. 동물도 키우고. 기러기랑 닭, 토끼 같은.

🔊 기러기도 키워요?

부화시키면 요만한 병아리 같은데, 죽을 것처럼 비실비실하다 살아서 쫓아다니는 모습을 보면 참 귀여워요. 새끼 때는 진짜 재미있게 놀죠. 좀 크면 따라다니지도 않고 어디로 날아가려고만 해요. 그래서 못 나가게 하려고 망을 쳐놓죠.

🔊 기러기는 팔려고 기르는 거예요?

파는 건 아니고, 집에서 가끔 한 마리씩 잡아먹어요. 삶아먹고 구워먹고. 사 먹으면 꽤 비싸거든요. 기러기가 오리보다는 맛있는 것 같아요.

🔊 몇 마리나 키우는데요?

수컷 세 마리랑 암컷 여덟 마리요. 집에 안 간 지 며칠 돼서 몇 마리나 남았는지 모르겠네요. 닭도 그냥 닭보다는 오골계 같은 걸 키워요. 몸에 좋고 희귀한 쪽으로.

🔊 가족들 먹으려고 키우는 거죠?

거의 그렇죠. 외갓집에 한 마리씩 주기도 하고.

🔊 농사는 뭘 지어요?

고추, 상추, 배추……. 알로에도 있고, 콩이나 고구마도 하고, 감나무도 있어요.

근태의 부모님은 무슨 돈으로 자식들을 가르칠까?
먹을거리는 자급자족한다 해도 수의를 짜서 번 돈으로는 네 자
녀를 키우기가 벅차 보인다.
근태는 특별히 즐기는 게임이나 취미가 없다.
막내를 돌보고,
주로 집안일을 하면서 부모님의 짐을 덜어드리고 있다.

📼 밭이 제법 크겠네요.

그렇게 크지는 않아요. 그냥 집에서 가족들이 먹고살 정도만 해요. 농사를 크게 짓지는 않구요.

📼 집안일은 주로 뭘 해요?

청소, 설거지, 빨래 같은 거 하고……. 부모님이 일을 하셔야 해서 막내 동생은 제가 봐요. 이제 좀 컸다고…… 혼자 두면 돌아다니면서 사고만 치거든요.

📼 막내가 사고를 쳐요?

옷 같은 거 흩뜨리고, 이불을 끌어내리고, 수저통도 엎고……. 어떨 때는 컴퓨터를 넘어뜨리려고 해요. 소리가 나니까 재밌나 봐요. 손에 잡히는 대로 물건을 집어서 던지고.

📼 가축 기르기나 농사일도 돕나요?

물통에 물 채우고, 아버지가 사료 같은 거 사오면 사료 주고……. 농사일은 할머니랑 엄마가 많이 하시죠.

📼 집안일 도우면서 학교 다니기가 어렵지 않아요?

별로 어려운 건 없어요. 남는 게 시간이라서요. 건강도 중요하니까 운동도 많이 하고.

📼 집에서 학교로 오는 버스가 있어요?

네. 아침 7시 버스를 타고 오거든요. 그 시간밖에 차가 없어요. 두 시간에 한 대씩 있는데, 아침에는 무조건 일찍 일어나서 집을 나서야 해요.

아침 일찍 일어나는 게 좀 피곤하죠. 또 저녁에 집에 가려면 버스를 한 시간 넘게 기다려야 하고. 그런 점이 많이 불편해요.

🔊 학교에서 집까지 몇 분이 걸려요?

신도로가 생겼는데 그리로 가면 15분 정도 걸려요. 지금 버스는 구 도로로 다녀서 한 30분 걸려요. 들르는 데가 많다 보니.

🔊 학교생활은 재미있어요?

공부요? 수업 들으면 만날 졸리고 그러지만, 공부가 목적이니 최대한 버티면서 하는 거죠. 그런 점에선 좀 힘들어요. 잠 올 때 버티는 거요. 오늘도 선생님이 기능장실에서 설명할 때 잠이 하도 쏟아져서……. 졸면 선생님한테 맞거든요. 수업 시간에도 자다가 맞고.

🔊 선생님한테 맞아요?

졸면 한 대씩 맞죠.

🔊 그렇게 졸려요?

모르겠어요. 이유 없이 그냥 졸려요. 수업 시간에 안 졸려고 저녁 9시쯤 들어가서 자잖아요. 다음날 8시에 일어났는데도 선생님 말을 들으면 그렇게 졸려요. 앉아서는 도저히 수업을 못 들을 만큼. 10분 뒤에 졸리기 시작해서 20분이 지나면 슬슬 눈이 감겨요. 30분이 되면 참기가 힘들어지고 40분쯤 잠을 자요. 그러다 딱 걸려서 한 대씩 맞고. 하루 일과가 만날 그래요.

🔊 그럼 어떻게 해요? 앉아서 수업을 듣는 게 체질에 안 맞아요?

모르겠어요. 체질상 듣는 걸 별로 안 좋아해서.

📼 그럼 뭘 할 때가 좋아요?

일단 듣기보다는 쓰거나 읽는 쪽이 낫구요, 가장 좋은 건 역시나 몸을 움직이는 쪽이죠.

📼 수업 시간에 왜 그렇게 졸리는 것 같아요?

일단 재미가 없어요. 선생님 목소리부터가 졸려요. 집중을 하려고 해도 잘 안 되는 목소리요. 지루한 수업은 더 그렇죠. 흥미가 없으니까요.

📼 좋아하는 과목은 있나요? 그 시간은 어때요?

쉽게 이해가 되고 재미가 있는 과목은 졸리지 않죠. 예를 들면 수학 같은 거요. 공식만 알면 되니까 가장 재미있어요. 좋아하는 수업은 자려고 해도 잠이 안 오죠.

📼 졸린다, 안 졸린다로 수업 시간이 딱 나뉘네요.

그런 셈이죠. 자다 걸리면 따끔하게 혼을 내는데, 가끔은 그냥 넘어갈 때도 있어요. 하도 자니까 이제는 선생님이 포기하고 그냥 자라고 한 적도 있죠(웃음).

📼 학교에서 시험을 보지 않아요?

봐요. 중간고사랑 기말고사.

📼 잠이 많은데 시험공부는 언제 해요?

수업 시간엔 자도 나중에 공부해요. 선생님이 나눠준 학습지를 보면

근태는 장남이라서 그런지 한 집안의 가장처럼 이야기할 때가 있다.
돈벌이는 어른들이 해야 할 고민이지만,
날마다 힘들게 일하는 부모님을 보면 그냥 보고만 있기가 쉽지 않다.
얼른 돈을 벌어서 나이 든 부모님을 편히 모시며
호강시켜드리고 싶다.

돼요. 거기서 다 나오니까.

📟 근태는 커서 뭐가 되고 싶어요?
일단 돈이 중요하니까 돈 잘 버는 직업이 좋겠죠.

📟 예를 들면?
음, 대기업에 들어가서 사장이 되는 거?

📟 돈을 왜 많이 벌어야 된다고 생각해요?
딸린 식구가 많잖아요. 할머니도 계시고 아버지, 어머니, 동생들도 셋이나 되고. 돈이 많아야 모두 먹여 살리죠.

📟 왜 그렇게 무거운 짐을 지려고 해요?
그 편이 마음이 편해요. 다 짊어지는 게.

📟 그래도 꿈이 있을 것 아니에요. 집안 사정과 상관없이 품고 있는 꿈이랄까…….
꿈이요? 처음에는 발명가가 되고 싶었어요. 불치병 같은 거, 예를 들어 에이즈 같은 병을 치료하는 약을 개발한다든가 하는 게 꿈이었어요. 처음엔 그랬는데 너무 어렵더라구요. 그래서 초등학교 4학년 때인가 접기로 했어요.

📟 꿈을 접은 이유라도 있어요?
딱히 떠오르는 게 없어서요. 생활에 꼭 필요하거나, 불편한 점을 생각해서 계산하고 고치고 해야 하는데 머릿속에 잘 안 떠오르니까요. 계속 고민을 안 하니까 어쩔 수 없더라구요. 다 지난 일이지만.

📟 그래도 에이즈 치료제를 개발하면 좋을 텐데…….
그러면 좋겠죠. 하지만 전문가들도 못하는 걸 제가 어떻게 해요? 아마
그런 약을 만들면 평생 먹고 살 수는 있겠죠.

📟 그 뒤로는 뭐가 되고 싶었어요?
아까 말한 대기업 사장이요.

📟 대기업 사장이 되려면 지금처럼 졸면 안 될 것 같은데(웃음).
음, 사람인데 어쩔 수 없죠(웃음).

📟 (웃음) 졸린 건 어쩔 수 없어요?
뭐, 자고 나서 저녁에 따로 공부해야죠. 실습 책 같은 거 보면서.

📟 대기업 사장이 되려면 어떻게 해야……?
실은 그것도 접었어요. 중학교 때 성적이 달리니까 어쩔 수 없이 바꾸
게 되더라구요. 지금은 그냥 돈 많이 버는 기술자가 되고 싶어요.

📟 기술자로 꿈이 바뀌었군요?
네. 공고 나와서 할 수 있는 게 딱히 없잖아요. 기술자밖에는. 대학에
들어가기도 힘들 것 같고. 반 애들을 보면 공부보다는 잠자거나 노는
쪽이에요. 공부할 상황이 못 돼요.

📟 인문계로 갔으면 어땠을 것 같아요?

IMF가 제일 무서워요 ————————•

인문계 갔으면 공부를 더 많이 했겠죠. 실업계보다는 인문계 쪽이 선택의 폭이 넓은 것 같아요. 원래 사업가들이 그렇잖아요. 공부 잘하는 사람 좋아하고. 그런 점에서 보면 인문계가 더 낫죠.

🔲 **기능장 시험 준비는 스스로 선택해서 한 거예요?**
네. 솔직히 강압적인 면이 조금은 섞여 있다고 봐야죠.

🔲 **강압적인 면이라면?**
처음 이 학교에 들어올 때 부모님이 기능장이라는 걸 해보라고 하셨거든요. 정원이 모두 차서 제가 안 하려고 했는데, 지난 12월에 전기기기 파트 기능장 훈련생이 1학년에 아무도 없어서 부모님께 말씀드렸더니 무조건 하라고 하시더라구요. 조금은 억지로 하는 면이 있죠.

🔲 **부모님이 권하셔서?**
네. 그런 쪽으로 많이 배워두면 나중에 좋다고 하니까요. 기능장 시험 준비를 안 했으면 지금보다 미래가 안 좋았을 것 같아요.

🔲 **미래가 안 좋아졌을 것 같아요?**
공부를 안 한 만큼 미래가 안 좋죠. 공부하는 애들은 미래가 좋으니까요. 좋은 데서 스카우트하기도 하고.

🔲 **원래 손재주가 좋아요?**
초등학교 때는 손재주가 있다는 말을 들었는데, 중학교 때 다 사라졌어요. 지금은 손재주가 다시 생긴 것 같아요.

📟 기능장 시험 준비는 어때요? 재밌어요?

어려워도 일단 배워야 하니까요. 다른 애들이 2, 3학년 때 배우는 걸 일찍 배우니까 든든한 것 같고. 그래도 공부보다는 나가서 노는 게 더 좋죠.

📟 나가서 노는 게 좋아요? 어떤 점이요?

머리를 안 쓰잖아요. 일단 머리를 쓰면 골치가 아프고 힘들죠.

📟 머리가 아프고 힘들어요?

기능장 시험을 준비하면서 줄곧 한자리에 서서 서너 시간 훈련을 받다 보니 몸에 피로가 더 쌓이는 것 같아요. 제 말은…… 기능장 시험은 머리에는 좋아도 몸에는 안 좋아요. 그래서 요즘 달리기, 팔굽혀펴기, 윗몸일으키기 같은 운동을 하려고 계획을 잡아놓고 있는데 실천에 못 옮기고 있죠.

📟 밤 10시까지 기능 훈련을 받는 걸로 아는데, 그때 끝나면 운동할 시간이 없지 않나요?

거의 그렇죠. 쉬는 시간은 밥 먹을 때 정도.

📟 전공이 광전자과라고 했죠. 그쪽 분야는 전망이 어때요?

사회 나가서 대기업 같은 데 취직하기는 어려워도 지금 열심히 배워야죠. 뭘 하든 나중에 써먹을 수 있도록. 개인적으로 이래저래 고민이 많아요.

📟 기능장 시험도 미래에 대한 준비인 셈이네요.

미리 준비하지 않으면 나중에 힘들다고 늘 부모님이 말씀하시니까요.

여느 학생들처럼 근태도 진로를 놓고 고민이 많다.
공부를 해서 대학에 갈까? 아니면 취업을 해서 생활전선에 곧장 뛰어들까?
진로를 두고 머릿속이 복잡할 땐 상담을 받아보고 싶기도 한다.
늘 앞날이 걱정이다. 근태는 어른이 돼서 잘살고 싶다.

🔊 부모님이 그렇게 말해요?

네. 지금은 힘들어도 나중이 되면 편하다고.

🔊 반에는 여학생이 몇 명 정도 돼요?

3대 2 정도 되는 것 같아요. 남학생이 좀 더 많죠.

🔊 마음에 드는 여학생이 있어요?

그쪽으로는 별로 관심이 없어요.

🔊 여학생에게 관심이 없군요. 그럼 어떤 쪽에 관심이 많아요?

미래요. 전 미래가 늘 걱정이에요. 커다란 짐을 안고 간다는 생각이 들거든요. 지금 준비해서 미래가 좋아진다면 얼마든지 그럴 수 있다고 생각해요.

🔊 친구들이랑 어떻게 지내요? 특별한 취미는 없어요?

취미나 그런 건 특별히 없어요. 즐기는 것도 없고. 친구들이랑 어울려 다니는 것도 좋아하지 않았어요. 같이 지낼 때만 놀러 다니고, 그 나머지 시간은 미래를 위해 투자하는 거죠. 건강에도 좀 투자하고.

🔊 건강을 왜 그렇게 챙겨요?

건강해야 돈을 벌죠. 건강을 잃으면 거기에 다 돈이 들어가서.

🔊 돈 걱정이 많네요. 부모님이 돈 걱정을 많이 하세요?

많이 하는 편이죠. 가계부 쓰다가도 돈이 안 맞는다고 하시고. 돈에 좀 민감하세요. 그래서 저도 좀…….

📼 어떻게 애들을 먹여 살릴까, 이런 고민들?
네. 그런 쪽으로 많이.

📼 땅은 아버지 거예요?
땅도 집도 할머니 건데, 100만원 정도 들여서 집을 고쳤어요. 100만원 들인 것 치고는 수리가 잘돼서 좋아요.

📼 다른 친구들은 밴드도 하고 악기도 배운다던데, 그런 쪽은 관심이 없어요?
친구들이 전부 밴드 활동 같은 건 못해요. 우리 반에는 그런 애 없는 것 같던데. 몇몇 애들은 악기 같은 데 관심이 있어서 관악부에 들기도 하지만, 힘들어서 금방 나와요. 애들이 열정이 없는 거죠.

📼 열정이 없어요?
애들이 그렇게 관심 있어 하는 게 없어요. 저도 딱히 관심이 가는 게 없구요.

📼 학교에서 창작반이나 밴드부 같은 걸 만들잖아요. 그런 게 없나요?
몇 개 있는 걸로 아는데…… 그리 많지는 않은 것 같아요. 저는 별 관심이 없어서 잘 모르겠어요. 몇 번 듣기는 했는데 본 적이 없어서 아는 게 없어요.

📼 그럼 오로지 미래에 대해서만 생각해요?
미래도 중요하고, 노는 것도 좀…….

📼 노는 거요?

너무 안 놀고 공부만 해도 나중에 안 좋으니까요.

🔳 뭐가 안 좋아요?
지금 안 놀면 나중에 놀기 어렵잖아요.

🔳 고등학교를 빨리 졸업하고 싶어요?
아니, 늦게 졸업하고 싶어요. 일찍 졸업해봤자 사회에 나가서 취업하기도 어렵고, 대학 가기도 쉽지 않고. 될 수 있으면 기초를 많이 다져놓고 3학년 때 결정을 하려구요.

🔳 앞으로 살아갈 날을 생각하면 뭐가 가장 무서워요?
IMF.

🔳 IMF는 지나갔잖아요.
또 올 수도 있죠.

🔳 IMF가 왜 무서워요?
실업이나 실직 같은 거요. 그때는 아무것도 몰랐어요. IMF가 뭔지. 사람들이 이러쿵저러쿵해서 그냥 듣고 지나쳤는데, 고등학교 들어오니까 알겠더라구요. IMF가 무섭다는 것을.

🔳 다시 올지 몰라서?
네. 그래서 무서워요. IMF 오면 웬만한 사람들은 다 회사에서 잘리니까요. 안전이 제일인데 앞날이 불안하면 마음에 걸리잖아요.

📟 근태가 그렇게 될까 봐 무서워요?

애써 회사에 취직했는데 잘린다고 생각해보세요. 높은 자리도 못 올라
보고.

📟 그래서 지금 실력을 쌓는 거예요?

네. 미래를 위해서.

한국시그네틱스나 하이닉스에 다니고 싶어요

9

임동준 (담양공고 1학년)

　동준이는 근태랑 같이 기능장 시험을 준비하고 있었다. 나는 근태를 만난 자리에서 한 학년 친구인 동준이를 만났다. 동준이는 전형적인 시골 아이였다. 이웃들은 대부분 도시로 떠나고 마을에는 또래 친구가 남아 있지 않았다. 어머니는 야생화 비닐하우스 단지에서 일하고, 누나는 구미공단에 있는 회사에 다니고 있었다.

　동준이는 조용하고 말수가 적은 편이지만 기술을 익히는 데는 남다른 재주가 있었다. 또 지금도 성실하게 기술을 익히고 있다. 동준이에게 나중에 어디에서 일하고 싶냐고 물었더니 녀석은 한국시그네틱스나 하이닉스에 취업하고 싶다고 했다. 그 말을 듣고 마음속에 깊은 갈등이 일었다. 한국시그네틱스나 하이닉스라면 비정규직 사원을 집단으로 해고해서 오랫동안 시끄러웠던 사업장이 아니던가.

　동준이가 정규직이 아닌 비정규직의 삶을 살 수도 있다고 생각하니 마음 한 곳이 쓰라렸다. 동준이에게 차마 그 말은 하지 못했다. 한국에서 노동자로 사는 삶이 어떠한지, 얼마나 많은 것을 견뎌야 하는지, 알게 모르게 흘려야 하는 눈물이 얼마인지에 대해서도.

　문득 노동자들을 교육하는 하종강 선생님이 중고등학교 교육과정에 노동조합에 대해 알리는 내용이 들어갔으면 좋겠다고 한 말이 떠올랐다. 동준이도 막연하게나마 회사에 들어가면 일이 힘들다는 점을 알고 있었다. 먼저 가서 일하고 있는 선배들에게 그런 말을 들은 모양이었다.

나는 동준이가 회사에 들어가기 전에 노동자의 현실을 조금이라도 알았으면 싶었다. 노동자로서 어떤 삶을 살아야 하는지, 어떻게 하면 힘든 세상을 지혜롭게 견뎌낼 수 있을지. 이런 것들을 알고 들어가면 자신을 지키는 데 훨씬 도움이 될 것 같았다.

임동준
(담양공고 1학년)

🎙 학교가 좋아요?

방학 때는 학교에 가고 싶다는 생각이 많이 들어요.

🎙 왜요? 집에서 편하게 지내는 게 낫지 않아요?

집에 있으면 할 일도 없고 심심하거든요. 학교 가면 공부도 하고 애들
이랑 노니까 더 좋죠.

🎙 동네 친구들 없어요? 걔들이랑 놀면 되잖아요.

동네 친구들이 광주나 타지로 모두 떠나서……. 학교에 친구들이 더
많죠.

🔊 그럼 마을에 혼자 있어요?

네. 혼자예요.

🔊 친구가 한 명도 없어요?

네. 우리 마을엔 없어요.

🔊 예전에 알고 지낸 친구들은 지금도 만나요?

고등학교가 다 다른데, 가끔 쉬는 날이면 만나서 자전거 타고 놀고 이런저런 이야기도 하죠.

🔊 평소엔 거의 마을 후배들과 지내겠네요?

후배들은 제가 학교 안 가는 날에 가끔 봐요. 중학교 쉬는 날에 찾아가서 맛있는 것도 사주고 공도 차면서 놀아요. 솔직히 후배들이 몇 안 되는데다, 다들 학원 같은 데 다니느라 바빠서 같이 놀 시간이 없어요.

🔊 담양고등학교도 있는데 왜 공고로 왔어요?

중학교 때부터 담양공고로 진학할 생각을 했어요. 취업 쪽으로 죽 밀고 나가려고요. 제가 모형 만들기를 좋아해서 공고 쪽으로 가겠다고 하면 선생님들이 다 좋아하시고, 그쪽으로 가면 성공할 거라고 하셨어요.

🔊 보통 인문계 가서 다른 것도 해보고 싶어하지 않나요?

공부는 취업하고 나서 나중에라도 할 수 있잖아요. 일하면서 돈을 모아 학비를 마련할 생각이에요.

🔊 집안 형편이 별로 안 좋은가 봐요?

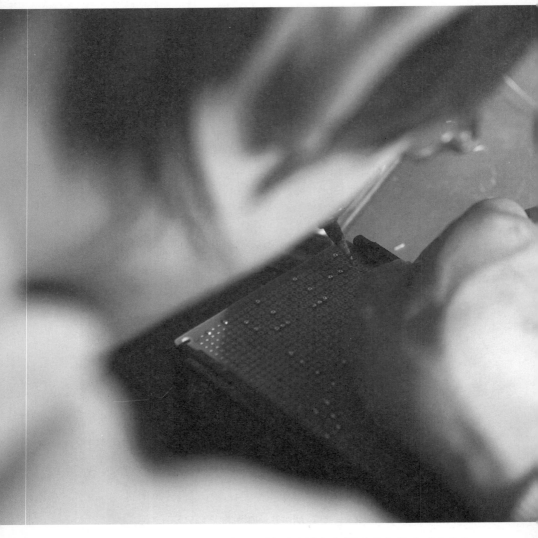

동준이 위로는 고등학교 졸업을 앞둔 형과 구미공단에 다니는 누나가 있다.
형은 얼마 전 전북에 있는 한 대학에 합격했고,
어머니는 야생화를 기르는 비닐하우스 단지로 일을 다니고 있다.
아버지가 갑자기 돌아가셔서 형편이 좋지는 않지만,
서로 노력하면서 생계를 꾸려가고 있다.

네. 중2 때 아버지가 돌아가셨거든요. 그래서 학비를 낼 형편이 안 돼요.

🎙 아버님은 어쩌다가……?
갑자기 돌아가셨어요. 심근경색으로.

🎙 어머니가 화훼단지에 다니신다고?
네. 야생화 화원에서 일하세요. 또 쉬는 날에는 논이나 밭에 나가서 김을 매죠. 여름에는 저도 새벽에 같이 나가서 도와드려요.

🎙 농사일을 돕고 있군요.
네. 텃밭에 화초도 심고, 과일 같은 것도 직접 키워서 따 먹어요.

🎙 과일이라면 어떤 걸?
포도 같은 거 묘목을 사와서 키워요. 제가 직접 사오죠.

🎙 그래요? 어디서 사와요?
묘목 파는 곳이 있거든요. 잘 키우다 보면 포도가 열려요.

🎙 그럼 포도만 있는 게 아니라 다른 것도 있겠네요.
그렇긴 한데, 포도나무가 안 죽고 제일 오래가요. 그래서 포도를 심었어요.

🎙 여름방학에는 과일 농사도 짓겠네요?
네. 수박은 아는 분이 씨앗을 받는데 그걸 얻어다 심었어요. 물을 주고 벌레가 안 나게 해야 해요. 나중에 수박이 열려 자라는 걸 보면 뿌듯하죠. 그걸 수확해서 먹으면 맛이 정말 좋아요.

📼 제 손으로 키운 게 신기한가 봐요?
네.

📼 텃밭 가꾸는 것 외에 또 뭘 해요?
집안일을 해요. 청소도 하고, 엄마 마사지도 해드리고, 설거지도 하고,
고장 난 문 같은 것도 고치고.

📼 벼농사는 안 해요?
벼농사는 어머니 혼자 하시는데, 쉬는 날은 제가 많이 도와드리죠.

📼 토요일이나 일요일에 많이 도와드리겠네요.
네. 주말에 학교 안 가는 날이면 거의 논으로 나가요. 김도 매고 약도
치면서 어머니랑 같이 일하죠.

📼 힘들겠네요. 일요일에는 좀 쉬어야 할 텐데…….
나가기 싫다고 투정을 부리다가도 논에 가면 그런 마음이 싹 사라져
요. 가면 일은 열심히 해요.

📼 공업고등학교는 어때요? 와보니 자신이 생각한 거랑 비슷해요?
제 생각이랑 딱 맞는 것 같아요. 제가 손으로 하는 걸 좋아해요. 모형
조립 같은 걸 하면 금방 끝내죠. 지금 광전자과에 다니는데, 제 손으로
LD(레이저 다이오드) 같은 걸 만들어서 성공하면 좋아요.

📼 기계, 건축, 토목 등 분야가 많은 것 같던데, 왜 하필 광전자 쪽으로 진
　　로를 정했어요?

기계과는 취업 쪽으로 한물갔다고 생각해요. 광전자과는 유망해서 자기가 할 수 있는 일을 더 많이 할 수 있고, 다른 과보다 취업이 쉬울 것 같아서요.

📼 선배들 취업이 잘되는 편인가요?

선배들 보면 기능대학에도 가고, 하이닉스나 삼성에도 들어가더라구요.

📼 그럼 기술이 뛰어나야 할 것 같은데…….

그래서 제가 겨울방학 동안 기능장 시험을 준비하는 거예요. 다른 애들이 놀 때 실력을 쌓아두면 나중에 앞서갈 수 있잖아요.

📼 기능장 시험 준비는 외부에서 온 선생님들이 가르치나요?

아니요. 학교 선생님들이 가르쳐요.

📼 수업은 재밌어요?

부품을 찾아서 내가 생각하는 패턴대로 만들어요. 그대로 만들면 불이 들어올까, 안 들어올까 마음이 조마조마하죠. 만약에 불이 들어오면 이걸 내가 만들었구나, 하는 자신감이 생기고 다른 일에도 도전할 수 있는 힘을 얻죠.

📼 기능장 시험에 합격하는 사람은 몇 퍼센트나 돼요?

기능장 시험은 힘들어서 애들이 대부분 안 하려고 해요. 그래서 일단은 의지를 갖고 하고 싶어하는 사람을 뽑아요. 그 사람 위주로 공부하

죠. 자격증 중심으로.

🔲 시험이 그렇게 힘들어요?
네. 하루에 열 몇 시간씩 계속 실습을 해요. 그러니 애들이 다 싫어하죠. 그렇게 한다고 입상하는 것도 아니고, 노력해도 시험에 붙기는 쉽지 않거든요.

🔲 경쟁이 심한가요?
제가 보기엔 심한 것 같아요. 몇 10 대 1이에요. 지방대회에 수십 명이 모이는데, 거기서 세 명 정도 뽑아요. 거기 입상하면 전국대회에 나가고, 또 거기서 세 명 정도 뽑아서 그 중 금메달을 딴 한 사람에게 세계대회 출전권이 주어져요.

🔲 수십 명이 모이는데 세 명 정도 합격해요?
네, 입시랑 비슷해요.

🔲 입시랑 비슷하면 스트레스를 많이 받겠는데요.
많이 받죠. 지방대회가 그렇고, 전국대회는 출전자가 더 많아서 경쟁률이 더 세요. 게다가 실습할 때 자기가 계획한 대로 작품이 안 되면 어디가 틀린지 잘 몰라서 또 그걸 찾느라 스트레스가 쌓이고……

🔲 기능장 시험에 합격하면 대학 가기도 쉽고 직장을 얻기도 쉽겠네요. 시험은 누구나 응시할 수 있나요?
아니요. 신청자를 받아서 몇 명을 떨어뜨리고, 잘하는 애들만 뽑아서 가르쳐요.

담양공고는 전기기기 기능 훈련 대상자로
전기과, 광전자과에서 여섯 명을 선발해서 가르치고 있다.
평일에는 방과 후에 10시까지 교육하고,
방학이나 휴일에도 오전 9시부터 저녁 10시까지 교육을 하고 있다.
웬만한 의지력과 인내심으로는 견디기 힘든 빡빡한 일정이다.

📟 나머지 애들은요?

나머지 애들은 혼자 다니면서 자격증 따고, 공부하기도 하고…….

📟 그런 아이들은 학교를 졸업하고 진로가 어떻게 돼요?

학교에서 추천해주는 곳에 취업 같은 걸 한다고 알고 있어요. 회사 같은 데.

📟 놀고 싶은 마음이 들 때는 어떡해요?

처음에는 방학 때 알바나 그런 걸 하고 싶었는데, 나 자신을 위해서 기능장 시험에 도전하는 거니까, 힘들어도 꾹 참고 하면 좋은 날이 있을 거라고 생각해요.

📟 알바를 한 적이 있어요?

네.

📟 어떤 걸 해봤어요?

식당 서빙이요. 식당에서 먹고 자고 하면서 한 달에 120만원 정도 벌었어요. 그걸 다시 할까 생각했는데, 나 자신을 위해서 기능장을 선택했어요.

📟 왜 알바를 했어요?

알바를 하면 사고 싶은 것도 살 수 있고, 엄마한테 용돈도 드릴 수 있잖아요.

📟 엄마가 야생화 단지에서 일해서 번 돈으로는 생활이 힘든 편인가요?

엄마가 아침 8시부터 저녁 6시까지 일해요. 많이 힘들죠. 그걸로 생활비를 해결하는데 넉넉하지는 않아요.

📟 동준이는 앞으로 뭘 하고 싶어요?
앞으로 사회에 나가면 기능장 했던 걸 활용해서 한국시그네틱스나 하이닉스 쪽으로 취업할 생각이에요. 그쪽에서 돈을 조금 벌면 야간대학이라도 다니려구요.

📟 하이닉스로 가면 무슨 일을 하게 되나요?
거기가 반도체 위주로 생산하는 업체잖아요. 컴퓨터 부품도 만들고, 핸드폰 키폰 같은 것도 만들고……. 삼성 협력업체로 알고 있어요.

📟 동준이가 거기 들어가면 어떤 쪽을 맡게 되죠? 생산라인에 서나요?
처음에는 생산직이었다가 점점 연구직으로…….

📟 들어갈 때는 생산직으로 가는 거예요?
네.

📟 가서 어떤 일을 해요?
처음에는 반도체 같은 걸 손으로 직접 만들구요, 그걸 삼성에 보내면 월급도 얼마씩 나오고…….

📟 거기 가면 보통 하루에 몇 시간씩 일해요?
하루에 열네 시간씩 해요.

📼 법정 노동시간을 여덟 시간으로 알고 있는데…….

조금 쉬었다가 한두 시간 일하고, 쉬었다가 또 하고…….

📼 그쪽 회사에 들어간 선배들과 이야기를 해봤어요? 생활이 어떤지, 하는.

집보다는 안 좋지만 지낼 만하다고 해요. 있을 건 다 있다고. 일은 힘들
어도 본인이 잘하면 대접도 괜찮고 하니 그쪽으로 오는 게 좋겠다고.

📼 선배들이 일이 힘들대요?

네. 늦게 일하고 늦게 자고, 밥도 제때 못 먹고, 종일 앉아서 일하니까
허리도 아프고 목도 아프고. 몸이 힘들다는 소리죠.

📼 왜 늦게 자요?

교대로 일하니까요. 삼교대요.

📼 삼교대면 힘들겠네요. 그런 이야기를 들으면 어떤 생각이 들어요?

나도 그쪽으로 갈 텐데, 그런 생활을 어떻게 할까? 이런 생각이 들면
막막해요. 그래도 차근차근 준비하려고요. 어떻게 하면 편하고 어떻게
하면 힘들어지는지, 선배들한테 묻고 경험담도 들어야죠.

📼 지금이라도 경제적인 고민 없이 대학에 갈 수 있다면 그 길을 택하겠어
요?

그래도 전…… 취업 쪽을 택할 것 같아요.

📼 경제적인 문제가 해결이 돼도?

네. 제 생각엔 그쪽이 나은 것 같아요. 공고 졸업해서 바로 취업하면

이십대 후반에서 삼십대 초반에는 사장을 한 번 한대요. 그러다 실패하기도 하지만. 삼십대 후반에 자기 회사를 경영할 수 있는데, 대학 가서 졸업하고 군대까지 다녀오면 벌써 스물일곱이잖아요. 그럼 너무 늦죠. 취업 쪽이 더 빠른 것 같아요.

📼 어떻게 그런 생각을 했을까? 멀리 내다보고 있네요.
주변에서 그런 말들을 많이 들었어요. 선생님한테도 듣고, 친척 분한테도 듣고, 애들한테도 듣고. 그래서 그쪽으로 마음을 굳혔어요.

📼 선생님이 그렇게 말씀하세요? 그렇게 하면 더 빠르다고?
네.

📼 사장이 되려면 돈이 많아야 할 텐데…….
취업해서 돈을 벌면 자기 회사를 만들 수 있다는 자신감이 생기죠. 자기 이름으로 회사를 차리고 사장이 되면 잘 모르는 사람도 점점 유명해지고……. 그런 것 때문에 생각하게 됐어요.

📼 사장으로 있는 분들의 이야기를 들어본 적은 있어요?
아직 없어요.

📼 다른 친구들은 어떻게 할 생각이래요?
아직 진로를 못 정한 애들이 많아요. 대학 갈까? 직장을 잡을까? 그런 쪽으로 많이 헷갈려하고 있어요.

📼 집에 가면 형과 자주 싸운다고 했는데, 왜 형이랑은 사이가 안 좋아요?

동준이는 자신의 미래에 대해 형, 누나와 따로 이야기를 나눈 적이 없다.
누나는 공장 일에 바빠 얼굴을 볼 새가 없고,
집에서 함께 사는 형과는 자그만 일로 다투다 보니 사이가 좋지 않다.
혼자 미래에 대해 많은 것을 생각하고 스스로 결정을 내려야 한다.

집에 있으면 형이 계속 시비를 걸어서……

📼 형한테 쌓인 게 많나 봐요?
모르겠어요. 어디 가서 뭘 사와라, 그런 거 있잖아요. 안 가고 싶은데
자꾸 나한테 시키고 그럴 때. 한 번씩 말을 안 들으면 형이 뭐라고 해
요. 막 대들면서 버티다가도…… 결국은 제가 가요.

📼 결국 가게 돼요?
그렇죠, 뭐.

📼 나이는 누나가 많아요, 형이 더 많아요?
누나가 더 많아요.

📼 누나가 구미공단에서 일한다고 했는데 생활비도 보내주고 하겠네요?
네. 월급을 받으면 엄마한테 생활비에 보태라고 조금 보내고, 형한테
도 용돈 같은 거 조금 주고.

📼 집에는 가끔 와요?
한 달에 두 번 정도 와서 자고 가요.

📼 한 달에 두 번?
네.

📼 구미가 여기서 멀지 않아요?
멀죠. 매주 쉬는 게 아니더라구요. 회사 기숙사에서 생활하는데 아침

에 회사버스를 타고 출근한대요. 누나가 많이 힘들어 보여요.

📟 형이 고민이 많겠네요. 대학을 가려면 집안 사정 때문에…….
등록금 걱정이 많이 되죠. 누나가 일을 많이 해도 월급이 넉넉한 형편
이 아니니까요. 대출을 받아서 다닌다고는 하는데 어떻게 될지 모르겠
어요.

📟 동준이도 여러 가지로 고민이 많겠네요.
네. 목표를 정해서 노력은 열심히 하고 있는데, 기능장 시험에 합격하
기가 너무 어려워요. 쉽지가 않아요. 그걸 못하면 원하는 회사에 들어
가기가 힘든데 그럴 때는 어떻게 할까, 어디를 갈까, 무슨 일을 할
까…… 고민이 많아요.

📟 앞으로 미래가 걱정이 돼요?
제가 생각한 대로 안 됐을 경우예요. 그럴 때는 나 자신에 대한 정리가
잘 안 돼요.

아이들이 3년 동안
욕만 얻어먹다 나와요

조정식(J고 수학교사)

내신이 등급제로 바뀌면서 아이들이 충격을 받았어요. 내 위치가 이것밖에 안 돼? 아이들이 체감하는 절망의 강도는 말로 쉽게 설명이 안 되죠. 선생님들도 힘들기는 마찬가지예요. 등급제를 하다 보니 변별력이 있는 문제를 내야 되는 처지에 몰렸으니까요.

단순히 문제를 내기가 어려워졌다는 차원이 아니에요. 두서너 개는 공부 잘하는 애들도 풀기 어려운 문제를 낸다니까요. 아주 지엽적인 문제 있죠? 교과서에 안 나오는 문제들. 그런 문제를 찾아서 내려면 골치가 아파요. 꼭 이렇게까지 해야 하나, 회의감이 들 때도 많고.

이런 문제들은 사교육 시장에서도 해결이 안 돼요. 그런데도 아이들은 방과 후에 학원으로 달려가요. 불안해서 그래요. 다른 아이들보다 조금이라도 더 하면 마음이 놓이는 거죠. 심리적인 안정감 같은 거요.

등급화로 경계선상에 있는 아이들이 겪는 고통은 말도 못해요. 1등급이 4퍼센트까지라면 4퍼센트대 아이들, 3등급이 12퍼센트까지라면 12퍼센트대 아이들이 그래요. 문제 하나에 운명이 왔다 갔다 하다 보니 얼마나 피가 마르겠어요.

사교육에 드는 돈도 무시 못해요. 서울에 비해 사교육 체계가 허술하다고 생각하는 지방 학생들은 일주일에 200만원을 내고 버스까지 대절해서 강남으로 올라와요. 그렇게 단체로 올라와서 교육을 받는 거죠.

경쟁에서 밀린 아이들을 생각해보세요. 등급이 낮은 학생들은 무슨 낙으로 학교를 다니겠어요? 한 반에서 몇몇 애들은 공부에 아예 손을 놓고 있어요. 1교시에서 7교시까지 하루 일곱 시간 동안 압박감을 견디면서 참는 거죠. 혈기 왕성한 아이들이 매일 똑같은 자세로 그렇게 긴 시간을 보낸다고 생각해보세요.

어떻게 사람이 일곱 시간을 매일 똑같은 자세로 앉아 있을 수 있겠어요? 이런 아이들은 3년 동안 잔소리와 욕만 얻어먹다 나오는 거예요. 분노가 가슴에 쌓여서 나오는 거죠. 애들이 그렇게 생각해요. 선생님도 나를 이렇게 대접하는데 사회에서 누가 우릴 따뜻하게 대해주겠냐고.

한 반에서 예닐곱 명은 수업 내용을 전혀 못 알아들으면서 자리만 채우고 있어요. 한국말로 하는데 한국말을 못 알아들어요. 정말로 그런 느낌을 받는다니까요. 그러니 무슨 재미가 있겠어요? 꾸벅꾸벅 졸다가 자면 다행이게요. 어떤 애는 내 흉내를 내고 있어요. 학교를 그만두는 아이들도 있고요. 한 반에 두세 명 정도?

학교가 참 무섭다는 생각이 들 때가 있어요. 저도 20년 넘게 선생으로 일했어요. 학교가 따뜻했으면 좋겠는데, 반대로 점점 삭막해지고 있다는 느낌이 들어요. 솔직히 자신감도 많이 잃었어요. 아이들이 자기 수업에 들어오지 않은 선생은 아저씨라고 해요. 참 쓸쓸해요. 슬프고.

제가 원하는 1등을 했는데 —

괭장히 우울했어요

10

김한범(영일고등학교 2학년)

　현장에서 인터뷰를 할 때와 녹취한 내용을 풀 때 느끼는 감정이 어긋날 때가 있다. 내게는 한범이가 그랬다. 한범이는 말한 마디 한 마디에 매우 신중했고, 단어 선택도 명확했다. 대답하기 난처하거나 어려운 질문을 받으면 잠시 생각을 정리한 다음 자신의 감정을 과장 없이 담백하게 말했다. 불리한 질문을 회피하거나 자기감정을 속이지도 않았다.

　한범이에게는 양심적인 군인에게서 볼 수 있는 단순한 엄격함이 있었다. 그런데 녹취를 푼 글을 읽어보니 그런 분위기는 사라지고 단순함만이 남았다. 한범이가 너무 평면적으로 비칠까 봐 한편으로는 염려가 되었다. 아마 내가 한범이의 얼굴을 보면서 이야기를 나눠 그런 분위기를 풍부하게 느끼지 않았나 싶다.

　한범이의 말 중에 가장 인상 깊었던 것은 원하는 1등을 했는데 우울했다는 고백이었다. 왜 그랬는지 한범이 자신도 잘 이해하지 못했다. 한범이는 '원인이 뭘까?' 고민하다가 새벽까지 깨어 있는 시간이 많아졌고, 뉴스에서 무슨 사고 소식만 들어도 아주 슬퍼졌다고 했다.

　"시험이 끝나고 난 뒤에도 제 삶에…… 별로 변화가 없다는 생각이 많이 들었던 것 같아요." 한범이는 저 나름으로 이

　　　　　　　•　────── 대한민국 10대를 인터뷰하다

유를 찾으려고 노력했지만, 끝내 명확한 답을 얻지 못한 듯했다.

한범이와 꼭 같지는 않겠지만, 나도 학교를 다니면서 비슷한 감정을 느낀 적이 있다. 모든 게 허무하고 공부가 유치하다는 생각마저 들었다. 시험 기간에 잔뜩 긴장했다가 끝나면 풀어지는 그 지겨운 반복이 싫었고, 점수라는 단순한 잣대에 웃고 우는 자신을 책망하기도 했다. 또 당장 하고 싶은 일을 미뤄두고 광대처럼 뭔가를 암기하고 있는 자신이 우스꽝스러웠다. 그런 삶에 절망한 적이 있다.

그냥 멍하니 앉아 있는 시간들, 친구들과의 잡담, 영화나 티브이를 보면서 보낸 시간들, 하릴없이 거리를 걷던 시간들……. 나 또한 많은 것을 얻게 해준 이런 일들을 무의미하게 흘려보낸 시간이라고 여긴 적이 있다. 그런 생각이 들자 가슴에서 싸한 기운이 올라왔다. 아마 한범이도 설명할 수는 없지만, 그런 기분이 아니었을까?

김한범
(영일고등학교 2학년)

🎙 **한범이는 뭘 좋아해요?**

예전에는 축구, 농구도 좋아하고 컴퓨터도 좋아했는데 지금은 뭘 좋아
하는지 모르겠구요, 그냥 공부를 해야 한다는 생각이 들어요.

🎙 **공부를 해야 된다는 생각이 많이 들어요?**

공부를 하면 저도 기분이 좋고, 부모님이나 선생님도 다 좋아하는 것
같아요. 지금은 그래요.

🎙 **한범이는 공부를 잘하고 있어요?**

잘하는 편은 아닌데요, 제가 지금 할 수 있는 건 공부밖에 없는 것 같

아요.

📼 한범이는 어느 쪽으로 미래를 생각하고 있어요?

학과요? 구체적인 꿈 같은 건 없어요. 안 그래도 진로에 대해 생각해봤
는데 아직 잘 모르겠어요. 부모님이나 저나…… 법조계가 좀 멋있어
보여서…… 지금은 그렇게 생각하고 있어요.

📼 반에서 1, 2등을 한다고 들었거든요. 그렇게 공부를 열심히 하는데도 진
　　로를 못 정했다는 게 의외네요. 그럴 만한 이유가 있나요?

잘 모르겠어요. 작년까지만 해도 잘 몰랐어요. 올해 들어…… 진로를
아직 못 정한 게 후회가 돼요. 다른 친구들은 명확한 길이 있잖아요.
공부를 잘 못해도 미술이나 음악을 하겠다고 하는. 지금부터 어떻게
해서, 어떤 학교를 가서 어떤 그림을 그리겠다…… 그런 목표를 가진
친구들이 있거든요. 그런 친구를 보면 부럽죠. 요즘 들어 부쩍 진로에
대한 고민이 많아졌어요.

📼 구체적인 목표 없이 공부를 했다는 말인데, 공부 자체가 좋았나요?

아니요. 전혀 아니죠. 그냥 하게 됐어요. 제가 중학교 때부터 시험 기
간에만 공부하고 다른 때는 친구들과 자주 어울려 놀았거든요. 근데
고1 여름방학 때 성적표가 집으로 왔어요. 성적이 너무 안 좋아서 굉
장히 암울했죠. 그때 이러면 안 되겠다 싶어서 좀 열심히 한 것 같아
요. 왜 해야 하는지도 모르고 그냥…….

📼 왜 해야 하는지 모르고 그냥 공부를 했어요?

네. 사실 공부가 재미는 없어요. 재미있을 때도 가끔은 있죠. 어느 때

한범이는 자신이 할 수 있는 유일한 일이 공부라고 한다. 열심히 하든 안 하든, 줄곧 해온 일이
공부였으니까. 지금껏 공부 외에 다른 일은 생각해본 적도 없고, 다른 좋아하는 일을 찾아서 한
적도 없다. 다만 어릴 때부터 공부를 잘했으면 좋겠다는 생각은 많이 했다.

냐 하면 내가 이걸 하면 시험을 잘 볼 수 있겠지…… 이런 생각을 하면 재미있는 것 같아요. 대부분은 재미가 없지만.

📼 대부분 재미가 없어요? 그래도 조금이라도 재미있는 게 있을 것 같은 데…….

딱히 생각나는 게…….

📼 좋아하지도 않는 공부를 왜 그렇게 열심히 하는지, 스스로에게 물어본 적 있어요?

그런 생각은 해본 적이 없어요. 공부 외에 나한테 맞는 특기나 소질이 있다면 그 일을 했을 텐데, 저한테는 그런 소질이 없어서……. 재미없는 공부를 하는 데 회의를 느낀 적은 없는 것 같아요. 제가 춤이나 음악, 미술에 소질이 있고 거기에 재미를 느끼고 그걸로 저와 관계된 사람들에게 인정을 받았다면 굳이 공부를 안 했을 수도 있겠죠.

📼 법조계 쪽으로 가고 싶다고 하지 않았나요?

생각은 그렇게 하고 있어요.

📼 앞으로 얼마든지 바뀔 수 있다는 뜻인가요?

네.

📼 한범이는 공부를 하면서 스트레스는 안 받아요?

다른 친구들은 어떤지 모르겠는데, 저는 공부할 때는 스트레스를 안 받는데 결과에 엄청 스트레스를 받아요.

📼 시험공부는 괜찮고 시험 결과에 스트레스를 받는다는 말인가요?

네. 시험공부를 할 때는 힘든 걸 잘 모르겠어요. 근데 결과가 기대보다 안 좋게 나오면 좀 심하게 괴롭죠.

📼 결과에 민감한 편인가요?

많이 민감한 편이에요. 지금은 그래도 많이 나아진 건데, 작년에는 진짜 기대했던 시험을 망쳐서 내가 왜 그랬지, 하면서 엄청 스트레스를 받았어요. 추석 무렵인데 되게 우울했어요. 시험을 망쳐서 추석 내내 방 안에 틀어박혀 지낸 기억이 나요. 집안 행사에도 참석 안 하고.

📼 요즘 하루에 몇 시간씩 공부해요?

야간자율학습을 해서 밤 10시까지 하고, 그 이상 하면 11시 반 정도 교문을 닫을 때까지 해요. 주말에는 오전에 학원 다니고 오후에 숙제하고. 그런데 제가 공부를 열심히 하는 것 같지는 않아요.

📼 학교에서 밤 11시 반까지 하고, 주말에도 학원 가서 공부하는데 열심히 안 하는 것 같아요?

학교에 가보면 진짜 열심히 하는 친구들이 많으니까요.

📼 어떤 친구들이요?

잠이 별로 없는 애들이 많이 있어요. 새벽 3시까지 잠 안 자고 공부하는 친구들이 있죠. 그렇게 하고도 새벽 6시면 학교로 와요. 나도 안 자고 저렇게 해야 하는데……. 그런 생각을 하죠.

📼 새벽 6시에 학교 오는 애들이 있어요?

•━━━━━ 대한민국 10대를 인터뷰하다

저도 몇 번 해봤어요. 그렇게 일찍 와서 되게 열심히 공부해요. 선생님들도 새벽에 불 켜져 있다고 우리 반을 칭찬하고 그랬어요.

🔲 아, 칭찬까지 해주셨어요?

네. 열심히 하는 친구들은 볼 때마다 책을 붙들고 있어요. 저는 야자 시간에 친한 친구들이랑 이야기도 하고 그러는데, 그 친구들은 분위기에 휩쓸리지 않고 자기 할 일만 해요. 쟤가 저래서 공부를 잘하는구나, 그런 생각이 들죠. 저는 진짜 혼신을 다해 공부한 적이 없어요.

🔲 그런 게 혼신을 다하는 거라고 생각해요?

네. 저도 생각을 많이 하지만 그 애들은 꿈이나 진로에 대해 확실한 목표를 갖고 있는 것 같아요. 저는 꿈이 없어서 1학년 때 학생부 직업란에 뭘 쓸까, 고민하다가 쓸 게 없어서 그냥 대통령이라고 적은 적이 있어요. 그 정도였어요.

🔲 그럼 한범이는 공부를 하는 이유가……?

조금 전에도 이야기했지만, 저는 미래에 대한 구체적인 꿈은 없지만 성적이 좋게 나오면 기분이 좋고, 부모님도 내색은 잘 안 하시지만 되게 기뻐하세요. 저를 믿어주는 사람들을 기쁘게 할 수 있어서 열심히 하는 것 같아요.

🔲 우리나라는 일단 공부를 잘하면 선택의 폭이 넓잖아요. 어느 분야든 선택해서 갈 수도 있고. 그런 면에서 공부를 열심히 하는 건가요?

그런 얘기는 많이 듣죠. 근데 저는 잘 모르겠어요. 별 생각이 없는 것 같아요.

🔊 왜 한범이는 자신이 공부를 많이 안 한다고 생각해요?

딴생각을 많이 하고, 중간에 졸기도 하니까요.

🔊 공상 같은 것도 많이 해요?

네. 어릴 때부터 상상 같은 걸 많이 했어요. 애들이 좋아할 만한 그런 것들. 영화 보고 나서 주인공이 되거나…….

🔊 보고 싶은 영화가 있어요?

제가 〈스파이더맨 3〉를 안 봤거든요. 꼭 봐야지, 하고 생각하고 있어요.

🔊 그럼 상상 속에서 스파이더맨이 되는 건가요? (웃음)

(웃음) 그렇죠.

🔊 또 어떤 생각을 해요?

시험 잘 보면 기분이 좋겠구나, 또 체육시간에 이렇게 드리블을 해야지, 하는 것들.

🔊 그럼 쌓였던 스트레스가 풀리나요?

그런 면이 있어요. 막 기분이 좋아지고, 제가 현실에서 이룰 수 없는 것들을 상상하면 진짜로 되는 것 같고. 근데 이런 것들이 공부를 방해하는 잡생각이잖아요. 나중에는 이렇게 돼요. 잡생각 안 하고 더 열심히 공부했으면 좋았을걸.

🔊 한범이가 보기에는 열심히 공부한다고 생각하는 친구들은 그런 공상을 안 하는 것 같아요?

제가 보기에는 별로 안 하는 것 같아요.

🎙 그런 친구들을 많이 의식하나 봐요?

의식한다기보다는 제 자신이 아쉬운 거죠. 중학교 때는 특목고 간다는 생각이 없었어요. 하려면 할 수 있었겠지만 별 관심이 없었거든요. 평소에는 안 부러웠는데 중학교를 졸업하고 보니 그 애들과 내가 다니는 학교가 다르잖아요. 그때 그 애들이 많이 부러웠어요. 중학교 졸업하고…… 약간의 패배감 같은 걸 느꼈어요.

🎙 패배감 같은 걸 느꼈어요?

특목고가 재능 있는 애들이 가는 곳이 아니라, 공부 잘하는 애들이 몰리는 곳이잖아요. 제가 인문계 들어올 때 확실히 그런 생각을 했던 것 같아요. 고등학교에 와서 보니 공부 잘하는 애들 중에 특목고에 떨어진 친구가 많았어요. 그런 애들 중에는 난 너희와 달라, 이런 걸 내세우는 애들이 있어서 위화감 같은 게 있었죠.

🎙 위화감이 있었어요?

둘이 중학교 친구였는데, 한 명은 특목고 가고 한 명은 떨어져서 인문계로 왔어요. 특목고 간 친구에게 연락이 안 오니까 다른 한 친구는 인문계 온 것 자체를 굉장히 수치스럽게 생각했어요. 아깝게 특목고 떨어졌다고 말하는 친구들도 있구요. 학년을 올라가니 그런 면은 덜해졌어요.

🎙 공부 못하는 학생들은 공부 잘하는 애들을 부러워하는 면이 있잖아요. 상위권을 유지하는 기분이 어때요?

기분은 좋은데 아직도 많이 아쉽죠. 지금껏 스스로 만족할 정도로 최선을 다한 기억이 없으니까요. 그때 열심히 했으면 지금 더 잘할 수 있었을 텐데, 하는 후회가 많아요. 내년에 고3이라서 아직 다 끝난 게 아니니 지금부터라도 열심히 하자, 이런 생각밖에 없는 것 같아요.

🔊 공부 잘하는 아이들 중심으로 특별수업을 하고 있는 걸로 아는데, 한범이도 거기 들었어요?

성적순으로 뽑았어요. 1학년 겨울방학부터 지금까지 스무 명쯤 하고 있어요.

🔊 그 친구들이랑 이야기 많이 해요?

썩 친하지는 않아도 같이 시간을 많이 보냈어요. 가끔 꿈이 뭐냐고 물은 적은 있어요. 제가 고민이 많을 때. 생각을 많이 한 친구도 있고, 저랑 비슷하게 아직 꿈을 못 찾은 친구들도 있고.

🔊 그 친구들은 공부를 열심히 하잖아요. 겉보기와 달리 속으로는 고민을 많이 할 것도 같은데?

어떤 친구는 특정한 애보다 시험을 못 보면 거의 울듯한 표정으로 기분이 상해 있어요. 치열한 경쟁의식이 있는 것 같아요.

🔊 특별수업 중심으로 공부를 하면 친구들이 불안해하지 않아요?

공부 잘하는 친구들은 되게 불안해해요. 주말에 학원에 다니는데 거기는 다른 학교 애들도 많이 오잖아요. 그 학교 잘하는 친구들을 보면 더 불안하죠. 또 모의고사 같은 걸 보면 전국 점수가 나오잖아요. 비교가 되면 더 힘들죠.

한범이는 공부 못하는 친구들의 심정을 알까?
한범이는 내 질문에 한참을 고민하더니 생각해본 적이 없는 것 같다고 답했다.
친구들을 볼 때 쟤는 공부 잘하고 쟤는 못하고, 그렇게 생각한 적은 별로 없다고.
다만 집중력이 강하고 새벽 3시까지 공부하는 친구들은 많이 부럽다고 한다.

📟 한범이는 고등학교 생활에서 언제가 가장 힘들었어요?

작년 이맘때 마지막 시험을 앞두고서요. 성적표에 반 등수가 나오는데, 거기에 1이라는 숫자가 적히면 좋겠다고 생각했어요. 중간고사 때 점수가 잘 안 나와서 기말고사를 엄청 잘 봐야 역전을 할 수 있는 상황이었거든요.

📟 어떻게 됐어요? 성적표에 1이라는 숫자가 적혔어요?

아, 결국은 그렇게 됐어요. 기말고사 잘 봐서 1등을 하면 기분이 좋을 줄 알았어요. 근데 막상 1등을 하고 보니 기분이 되게 우울하고 나빴어요.

📟 음, 기분이 우울하고 나빴다고요?

네. 그래서 이상하다, 원인이 뭘까, 계속 생각하다가…… 결국 겨울방학 때 그런 상태로 새벽까지 깨어 있는 시간이 많아졌어요. 뉴스에서 무슨 사고 소식만 들어도 되게 슬프고, 거리를 걷다가도 내가 왜 이러지? 하는 생각이 들고…….

📟 왜 그렇게 우울한 상태가 지속된 것 같아요?

많이 생각해봤는데…… 아직도 잘 모르겠어요. 처음에는 시험에 대한 스트레스 때문인 줄 알았어요. 그러기에는 우울증이 너무 심했어요. 지금도 그때 내가 왜 그랬는지 명확한 이유를 모르겠어요. 시험이 끝나고 난 뒤에도 제 삶에…… 별로 변화가 없다는 생각이 많이 들었던 것 같아요.

📟 삶에 별로 변화가 없다는 생각이 들었어요?

네. 그런 고민이 해결되지 않은 채로 2학년을 맞았는데, 새로운 환경에 적응하다 보니 그런 고민이 자연스럽게 사라졌어요. 지금은 괜찮은 것 같아요.

🔊 지금 가장 하고 싶은 일이 있어요? 있다면 뭘 하고 싶어요?

딱히 하고 싶은 건 없어요. 그냥…… 아무 생각 없이 자고 싶어요. 근심 없이, 생각 안 하고 푹…….

🔊 평소 잠을 잘 못 자는 편이에요?

은연중에 내일은 이 일을 끝내야지, 하는 생각이 드니까요. 내일 할 일을 떠올리지 않고, 오늘 못한 일을 후회하지 않고…… 마음 편히 자봤으면 좋겠어요.

🔊 못하고 지나친 일들이 무의식적으로 떠올라요?

오늘 못한 일을 내일 하려고 하면 한숨이 나와요. 자다가도 그렇고, 친구들과 이야기를 하다가도 은연중에 생각날 때가 있어요. 그런 기분이 들면 정말 싫어요. 그럴 땐 우울해지고…….

🔊 해야 할 공부 양을 못 채우면 스트레스를 많이 받아요?

공부할 건 많은데 시간은 정해져 있으니까요. 그런 걸 생각하면 제가 놓치는 시간들이 되게 아깝죠.

🔊 내년이면 열아홉이잖아요. 십대가 얼마 남지 않았는데, 훗날 어른이 되어서 십대를 추억하면 어떤 생각이 들 것 같아요?

나중에 커서 십대를 돌아보면, 그때 어떠한 위치에 있고…… 그러니

"나중에 커서 십대를 돌아보면, 그때 어떠한 위치에 있고……
그러니까 나중에 어떤 모습을 하고 있느냐에 따라 달라질 것 같긴 한대요,
나중에 지금의 모습을 돌아보면…… 조금은 후회가 되기도 하면서……
솔직히 그렇게 만족스럽지는 않을 것 같아요.
십대라는 시간을 제대로 유익하게 보냈구나, 라는 생각을 별로 안 들 것 같아요."

까 나중에 어떤 모습을 하고 있느냐에 따라 달라질 것 같긴 해요. 나중에 지금의 모습을 돌아보면…… 조금은 후회가 되기도 하면서…… 솔직히 그렇게 만족스럽지는 않을 것 같아요. 십대라는 시간을 제대로 유익하게 보냈구나, 하는 생각은 별로 안 들 것 같아요.

🔲 왜 그럴까요?

일단 중요한 순간들을 잘 파악하지 못하고 나중에서야 그때가 중요했구나, 하고 생각할 테니까요. 지금도 그런데요, 뭐. 그러니까 중학교 때 좀 더 적극적으로 생활을 못했을까, 하는 것들을 후회할 테고, 고등학교 때는 아무것도 안 하고 흘려보낸 시간들을 후회할 것 같아요.

🔲 아무것도 안 하고 흘려보낸 시간이 있어요?

공상할 때요.

🔲 공상하는 시간이 무의미하다고 생각해요?

그런 건 아닌데…… 뭔가가 딱 주어지는 게 아니니까요. 그냥 날려버린 시간들이 되게 많은 것 같아요.

🔲 정말 날려버린 시간이라고 생각해요?

네. 오늘도 학교에서 어디까지 할 거리를 들고 오는데…… 안 하고, 못 하고…… 해야 하는데 못할 때, 그럴 때 날려버린 느낌이 들어요.

🔲 지금 인터뷰하면서 보낸 시간은 어떤 것 같아요?

아니요. 저 자신에 대해서 생각을 좀 하게 된 것 같아요.

💬 앞서 말한 점 때문에 십대를 후회하는 시간으로 안 좋게 기억할 것 같아요?

네. 근데 앞으로 남은 시간을 잘 보내면…… 날려버린 시간도 있겠지만…… 그래도 나름 열심히 한 시간도 있을 것 같아요. 그래서 앞으로 남은 시간이 중요한 것 같아요. 지금까지는 그다지 만족스러운 것 같지 않고요.

💬 자신을 색으로 표현한다면 어떤 색에 가까울까요?

색깔이라면…… 흰색? 그러니까 아직…… 별 생각이 없으니까요. 채워질 수 있고, 다른 많은 색과도 잘 어울릴 수 있을 것 같으니까요.

💬 자신이 텅 비어 있어서? 채울 게 많아서요?

네. 그리고 한 가지만 고집하는, 그런 게 아니라서…….

아이들에겐
실질적이고 다양한 경험이 필요해요

조한혜정(연세대 사회학과 교수)

지금은 다수가 제명에 죽지 못하는 시대가 되었어요. 신자유주의로 가면서 굉장히 불안해졌죠. 수업 시간에 비판적인 내용을 가르치면 그런 걸 왜 배우냐고 따져요. 《88만원 세대》 같은 책을 보라고 하면, 예전 같으면 너무 신나서 읽고 그랬거든요. 지식인으로서 사유하는 즐거움 같은 걸 누리고 싶어 했는데, 지금 세대는 갈등에 대한 극심한 거부감 같은 게 있어요.

아이들은 사회가 이미 지속가능성을 상실했다는 걸 알기 때문에 보수화될 수밖에 없어요. 네가 책임져야 한다, 네가 이겨야 하고, 너 스스로 실력을 닦지 않으면 안 된다, 이런 생각을 어릴 때부터 하면서 자랄 수밖에 없는 거죠. 입시에 초점이 맞춰진 이상 달리 눈 돌릴 곳이 없는 거예요.

예전에는 동아리 같은 자율공간이 많았어요. 부모 눈을 피해서 자기들끼리 새로운 경험도 하고, 협력도 하고, 재미도 알고, 저항도 하고, 상상하지 못했던 것들을 상상하면서 인생을 알아갔죠. 지금은 아이들이 그런 시도를 하면 제재부터 해요.

예를 들어 '팬픽'이란 게 있어요. 팬픽션(fan fiction)의 줄임말로 자신이 좋아하는 연예인을 주인공으로 소설을 쓰는 걸 말해요. 글을 쓰다 보면 동성애를 다룰 수도 있잖아요. 그런 내용이 사이트에 오르면 당장 지워버린대요. 제도 자체가 보수화 일변도로 가는 거죠.

아이들은 다양한 경험을 접하지 못하고, 고도로 관리된 체계에 순응하는 인간으로 자라고 있어요. 학원만 살판이 났죠. 부모들은 나라, 교육부, 학교를 못 믿어서 사교육 시장으로 자식들을 내몰고 있어요. 또 2000년부터는 조기유학 붐이 일기도 했고요.

아이들은 하나라도 안 하면 불안하니까 더 좋은 학원에 보내달라고 부모를 조르는 거예요. 사교육 시장이 정교하게 발달해서 질 높은 학원에 다니면 다른 아이들과 경쟁에서 우위에 설 수 있다는 확신을 아이들에게 심어주고 있어요. 아이들이 기성세대와 야합을 하게 됐다고 할까요?

이제 아이들은 부모가 없으면 아무것도 못해요. 제 삶을 기획해주는 부모가 없으면 당황하는 거예요. 무기력해지는 거죠. 부모가 자식들의 취업 자리는 물론이거니와 결혼 상대까지 알아보고 다녀요. 아이들은 그런 부모들의 가치를 내면화하고 있고요.

아이들도 알죠. 자신들이 온전한 인간이 아니라는 것을. 삶을 스스로 개척하는 것이 근대사회의 기본이고, 모든 인간은 나이가 차면 부모의 영향권에서 벗어나 자기 인생을 찾는 것이 기본적인 즐거움인데, 자신의 욕망을 부모의 욕망과 타협해서 살아야 하는 상황이 달갑지만은 않겠지요.

옛날에는 열여덟 살만 되면 집을 나가라고 했지만, 지금은 구조적으로 그럴 수 있는 상황이 아니잖아요. 아이들이 자존심을 지키면서 자립할 수 있게 도와줘야 하는데 그것도 아니고, 부모가 근대적으로 살아온 삶의 방식에 자신이 못 이룬 것까지 계산에 넣어서 아이들의 삶을 기획하려 하고 있어요. 그런데 사회가 변하는 속도는 너무 빨라요. 그러면서 자꾸 계산이 틀어지는 거죠.

자립의 기반이 없어 기가 죽을 수밖에 없는 아이들에게 올바른 방법을 알려줘야 하는데, 부모들이 그 방법을 몰라요. 아이들 삶에 너무 깊이 개입하면서 최소한의 자존심마저 잃어버리게 해요. 결혼이나 이혼까지 좌지우지하면서.

부모의 보살핌을 받지 못하고 내몰리듯 사회에 첫발을 딛는 아이들의 삶은 어떨까요? 걔들은 88만원 인생을 사느라 너무 바빠요. 열다섯, 열여덟 아이들이 아르바이트를 죽어라 뛰어도 한 달에 100만원을 못 벌어요. 잠자리도 고시원이나 쪽방에서 해결하고.

대학에 붙은 아이들은 어떨까요? 나라에서 융자받은 학자금으로 대학을 다녀도 결국 빚쟁이로 졸업해요. 빚쟁이가 되기 싫어서 아르바이트를 서너 개씩 뛰느라 공부가 제대로 될 리 있겠어요? 너무 바빠서 지식인으로서 소양을 쌓는다던가, 뭔가 새로운 경험을 할 수 있는 기회를 얻지 못하고 있어요.

아이들에게 여러 가지 대안이 되는 공간을 많이 제공해야 한다고 생각해요. 입시 교육에 적응하지 못하는 아이들에게 대안이 되는 공간을 많이 만들어서 거기서 활동하게 하고, 아이들 스스로 시스템에 갇히지 않고 안전하게 자라서 어른으로 성장할 수 있는 대체 공간들이 필요해요.

자꾸 대안을 내고 실천에 옮겨야 해요. 십대 후반에서 이십대 초반 아이들이 가족을 떠나 있으면서 가족에 대해 다시 생각하는 프로젝트를 진행하면 어떨까요? 가족과의 거리 두기는 성장하는 아이들에게는 꼭 필요한 작업이에요. 아이들이 자취나 동거 형태로 살면서 함께 밥도 해먹고 스스로 결정하게 하는 거죠.

동거를 성이나 도덕의 잣대를 대고 이상하게 보면 곤란해요. 실제로 동거하고 있는 아이들 가정을 소개하는 프로그램을 진행한 적이 있는데, 여성부 직원들이 깜짝 놀라면서 반대를 하더라고요. 상상의 폭이 한쪽으로만 제한돼 있는 거죠. 아이들이 그 시기에 얼마나 많은 것을 느끼면서 나름대로 가치 있는 삶을 사는지를 보지 못하는 거예요.

입시 교육의 틀에서 보면 이런 자유로움이 공포로 다가오겠죠. 하지만 눈을 열고 주변을 둘러보세요. 우리 사회가 강요하는 현실과 그 현실에서 탈락된 아이들의 삶이 어떠한지를. 아이들에겐 실질적이고 다양한 경험이 필요해요. 입시와 취업에 매여서 어른이 되는 시간을 놓치게 해서는 곤란해요.

아저씨는
커서 된 게 그거예요?

김예지(중1 자퇴 후 검정고시 준비)

11

예지는 이야기를 하면서 이따금 눈물을 보였다. 도대체 넌 커서 뭐가 될래? 사회에서 만난 남자 어른들에게 들었던 수많은 질책들이 상처로 남아 아이를 괴롭히고 있었다. 예지는 눈물을 흘리면서 그들에게 되물었다. "아저씨는 커서 된 게 그거예요?" 예지에게는 세상을 자기만의 방식으로 견디고 얻은 내면의 목소리가 있었다. 그 목소리는 담담하면서도 조금은 슬펐다.

나는 예지의 인생에 많은 변화를 준 일들이 궁금했다. 하지만 예지는 쉽게 마음을 열지 않았다. 돌아보면 구차한 일들이었고, 시간이 지나 마음이 어느 정도 정리된 뒤에 이야기를 꺼낸다는 것이 영 부담스러운 모양이었다. 나는 그런 예지의 마음을 존중해주었다.

예지는 학교생활에도 흥미를 느끼지 못했다. 학교도 집처럼 답답하기는 마찬가지였다. 그래서 학교를 떠났다. 그 후로 예지는 사회에 나가 어른의 삶을 살았다. 옷가게, 미용실, 주유소를 전전했고 사정이 비슷한 또래 친구들과 어울려 다녔다. 열네 살 소녀가 할 수 있는 일은 많지 않았다. 보통 가출 청소년은 18세까지 법으로 노동이 금지되어 있다.

그래서인지 생존의 절박함에 내몰려 서슴없이 불법적인 일에 뛰어들기도 한다. 물건을 훔치고, 다른 친구들의 돈을 뜯고, 성매매를 하기도 한다. 예지가 '보호관찰소'에 들어간 적이 있다는 말에 그런 어두운 일들을 짐작할 따름이다.

예지는 어른의 시간을 살면서 가족과 학교 대신 친구를 얻었다. 예지를 걱정해주고 돌봐준 사람들은 서로 처지가 비슷한 또래 친구들뿐이었다. 친구들이 예지에게는 가족이고 학교였다.

언젠가 글쓰기 시간에 가출한 소녀들에게 인생 연표를 그려보라고 한 적이 있다. 그런데 거기에 학창 시절이 몽땅 빠져 있는 경우가 많았다. 깜짝 놀라서 물으니, 학교 일은 전혀 생각이 안 난다고 했다. 소풍이나 선생님, 친구들, 운동회에 대한 기억이 없었다. 더 놀라운 것은 가족 이름을 잊어버렸다는 점이다.

청소년기까지 함께 살았던 엄마, 아빠, 언니 등의 이름을 명확히 말하지 못했다. 수업이 끝나고 한 친구는 "선생님, 가족이 없다고 생각해도 되죠?"라고 되묻기까지 했다. 나는 속으로 무척 당황했다. 가족은 피를 나눈 사람들만이 아니라, 쉼터에 있는 친구나 선생님처럼 마음을 나눈 상대일 수 있다고 대답한 기억이 난다.

누가 이들의 상처를 어루만져줄 수 있을까? 아이들이 가정이나 학교에서 상처를 깊이 받아 일부러 기억을 지웠을 수 있겠다는 생각이 들자 마음 한 곳이 무거워졌다. 예지의 목소리를, 이 아이들의 목소리를 귀담아 듣는 사회가 되었으면 한다.

INTERWIEW

김예지
(중1 자퇴 후 검정고시 준비)

🎙 예지는 마음을 터놓고 지내는 친구가 있어요?

네.

🎙 어떤 친구?

그냥 오래된 친구.

🎙 친구 이름이 뭐예요?

말해야 돼요?

🎙 말 안 해도 돼요. 어디서 만난 친구예요?

그냥 밖에서…… 친구 통해서.

🔊 그 친구랑 지금도 연락하고 지내요?
네.

🔊 그 친구는 뭐 하는데요?
일 다녀요.

🔊 예지는 뭐 하고 싶어요? 꿈 같은 거.
음, 사진작가요.

🔊 사진작가가 되고 싶어요? 사진에 대해서 이전부터 관심이 많았어요?
아니요. 그냥 찍는 게 좋아서…….

🔊 언제부터 그런 꿈을?
별로 안 됐는데……. 쉼터에 와서 배웠어요.

🔊 사진은 찍어봤어요?
네. 여러 번 찍어봤죠.

🔊 찍어보니 느낌이 어때요?
좋아요.

🔊 구체적으로 어떤 점이 좋아요?
그냥 좋은데.

📼 그냥 무조건 좋아요?

네.

📼 가슴이 시원해지는 느낌이라든지…….

기분이 좋아져요.

📼 기분이 좋아져요?

업 되는 건 아닌데…… 모르겠어요, 그냥 좋아요.

📼 사진 말고 다른 꿈은 없었어요? 예전에요.

그냥 빨리 어른이 됐으면 좋겠다고.

📼 그런 생각을 했어요?

어리니까, 어려서 사회에 나가면 할 게 없으니까.

📼 지금 학교를 안 다니고 있잖아요. 언제 그만뒀어요?

중학교 1학년 1학기 때요.

📼 무슨 일이 있었어요?

그냥 친구들이랑 놀다 보니…….

📼 재밌었어요?

네.

📼 학교에 대해서는 특별하게 공부가 싫다거나 하는 감정은 없었고요?

• ─────── 대한민국 10대를 인터뷰하다

© 김예지

예지가 찍은 사진에는 사람이 별로 들어 있지 않았다.
고장 난 채 버려진 의자나 습기가 차서 곰팡이가 슨 건물의 구석, 볕이
잘 들지 않는 뒤뜰, 골목길 여기저기 흩어져 있는 쓰레기들…….
그런 공간과 사물들이 예지의 마음을 반영하고 있었다.

그런 건 없었어요.

🎙️ 그냥 친구들이랑 노는 게 좋았어요?
네.

🎙️ 다른 애들은 공부하기 싫어서 나왔다던데…….
학교 다닐 때도 공부는 안 했는데요.

🎙️ 그럼 학교 다닐 때 뭐 했어요?
그냥 자고 놀았는데…….

🎙️ 자고 놀았어요? 그때 따로 하고 싶은 건 없었나요?
없었어요.

🎙️ 그럼 학교에서 칠판에 강의하는 거 말고 사진을 찍는다든지 영화를 본다
든지 노래를 부른다든지……. 그런 활동을 했다면 학교에 가고 싶었을까?
잘 모르겠어요. 그때는 그냥 노는 게 좋아서 학교는 별로…….

🎙️ 학교에 대한 관심이……?
별로 없었어요.

🎙️ 그럼 뭐가 재밌었어요?
그냥 애들이랑 만나서 놀고…….

🎙️ 주로 뭐 하고 놀았어요?

노래방 가고 놀러 다니고 여행도 가고.

📼 그게 그렇게 재밌었어요?
네.

📼 자유로웠어요?
네.

📼 그럼 학교에 가면 마음이 답답했어요?
답답한 건 아닌데요, 아침에 가서 끝날 때까지 그 안에 있어야 하잖아
요. 그게 그냥 싫었어요.

📼 학교에서도 친구들을 사귀었어요?
몇 명······.

📼 기억에 남는 친구 있어요?
아니요.

📼 없어요, 전혀?
네.

📼 왜 중학교 때 그만뒀을까? 초등학교 때 그만둘 수도 있었을 텐데······.
초등학교는 솔직히 좀 자유로운데 중학교는 뭔지 모르게 답답했어요.
억압하는 느낌 같은······.

📼 초등학교 때 같이 다닌 친구들 중에는 기억에 남는 친구 없어요?

있어요.

📼 어떤 친구들?

그냥 친구들…….

📼 보통 그런 거 있잖아요. 집이 좀 어렵고, 그러다 보니 학교 가는 것도 힘
들고, 그래서 안 나가게 되고…….

그런 건 별로 없었는데…….

📼 집을 나온 적도 있어요?

네. 많았는데…….

📼 왜 집을 나왔어요?

답답하니까. 그냥 대화할 상대도 없고. 집에 들어가도 혼자 있는 것 같
았어요. 다 같이 있어도. 아빠는 일 나가고 다들 자기 일 하느라 바쁘
니까 얼굴 봐도 이야기를 잘 안 하게 되고. 언제부터인지 그냥 멀어지
게 됐어요. 그래서…….

📼 가족이 어떻게 돼요?

아빠랑 할머니랑 동생…….

📼 언제 집을 처음 나왔어요?

초등학교 4학년 때.

예지가 처음 가출하게 된 데는 집안의 어려움과 새엄마의 영향이 컸다.
나는 이 얘기를 쉼터에 있는 선생님에게 들었다.
예지는 집에서 동생을 돌보고 집안일을 해야 했다.
예지는 그 이야기를 하고 싶어하지 않았다.

📼 어떻게 하다 나오게 됐어요?

그때는 그냥…… 말로는 가출이라고 하는데…… 친구 집에서 사흘 정도 놀다가…… 안 들어가고…….

📼 안 좋은 일이 있거나 그런 건 아니었어요?

그런 건 아니었어요.

📼 처음 가출할 때는 부모님이랑 대판 싸웠다던가, 집이 정말 싫어서 나왔다던가, 하는 이유가 있잖아요.

그런 건 아니고, 그냥 새엄마가 왔는데…… 새엄마랑 사이가 별로 안 좋았어요. 그것 때문에…… 별로…… (울음).

📼 새엄마가 힘들게 했어요?

좀…….

📼 동생이랑 같이 살았어요? 새엄마랑?

네.

📼 집에서 많이 힘들었어요?

안 힘든 건 아니었어요.

📼 새엄마가 들어와서 일도 시키고 그랬어요?

네. 근데 이런 얘기를 해도 돼요?

📼 그럼요, 괜찮아요.

전 안 하고 싶은데…….

🔊 불편해요?
그냥…….

🔊 학교를 안 갔잖아요. 안 간 지 몇 년이 됐어요?
2년이 좀 넘었어요.

🔊 예지는 중학교를 안정적으로 다닐 수 있는 조건이 아니었어요?
그럴 만한 조건이 아니었어요.

🔊 어떤 상황이었는데요?
엄마랑 사이가 안 좋았고, 집도 넉넉하고 여유 있는 편이 아니었어요. 그땐 솔직히…… 저는 거의 포기한 상태였어요. 동생은 가야 할 상황이었고. 학교 다니면서 학비나 급식비 같은 걸 내기보다는…… 그냥 나는 안 다니고 동생만 열심히 다니면 되겠다, 그런 생각을 했어요.

🔊 학교를 나와서 밖에서 생활하니 어땠어요?
사회에서 안 좋게 보잖아요. 학생은 무조건 학교에 다녀야 하고, 안 그러면 문제아로 보잖아요. 근데 저도 생각이 있고…… 나름 생각이 있어서 학교 다니는 애들보다 좀 일찍 사회에 나온 건데, 사람들은 그걸 인정 안 해주잖아요. 그런 게 좀 억울했죠.

🔊 학교 안 다니니까 어른들이 뭐라 그랬어요?
네. 쟤는 학교 안 다니는구나. 그래서 저러는구나. 뭐, 지나갈 때도 쳐다보고.

📟 그래서 마음이 많이 안 좋았어요?

그렇죠.

📟 어떨 때가 가장 안 좋았어요?

나는 진짜 떳떳한데 무슨 일만 생기면 네가 그랬지? 하면서……. 학교를 안 다니니까 꼭 내가 무슨 일을 저지른 것처럼 이야기하는 거예요. 너는 학교를 안 나가니까 이런 짓도 할 수 있을 거야. 그런 얘기를 들을 때면 울컥했죠.

📟 일을 해본 적은 있어요?

네.

📟 어디서 일했어요?

나이가 어려서 일할 곳이 거의 없잖아요. 주유소 같은 데밖에 없는데, 거기서 일하는 것도 솔직히 힘들잖아요. 야간에 저녁 6시부터 새벽 6시까지 했어요. 기름 냄새 다 배고, 몸은 몸대로 힘들고, 돈은 돈대로 못 받고…….

📟 야간 일이 정말 힘들잖아요.

주유소는 만날 웃어야 돼요. 서비스니까. 손님이 무슨 말을 해도 참아야 하고. 그런데다 친구들이 내 몸에서 기름 냄새 난다고, 주유소에서 일하는 티를 내냐고 놀리고, 월급도 잘 못 받고. 그러니까 일을 다녀도 월급을 안 주려고 했어요. 보호자 동의 없이 일하는데다 청소년이

고……. 제가 따질 방법도 없잖아요. 돈을 안 주려고 하니까 그런 일
도 있었죠.

📼 사회에 나갔는데 어른들이 그렇게 대했어요?
네.

📼 주유소 일 말고 다른 일은요?
일은 여러 가지 했어요. 미용실도 다녀보고.

📼 미용실? 미용 기술도 배웠어요?
아니요. 그냥 눈으로 보고…….

📼 옆에서 보조를 했군요.
네, 보조로.

📼 그때도 돈을 못 받았나요?
미용실 사장님이 학교를 안 다닌 분이었어요. 자기도 그랬다면서 잘
챙겨주고 그런 게 좀 달랐어요. 그런 사람들이 저희를 잘 이해해주잖
아요. 그런 분들은 저희를 나쁘게 안 봐요.

📼 학교를 정상적으로 다닌 사람들은?
그 사람들 상식으로는 이해가 안 가는 거죠.

📼 그럴 때는 어떻게 해요?
그냥 그러고 말죠.

🎙 미용실에도 있었고, 또 어디에서 일했어요?

서빙 같은 것도 했어요. 커피숍도 있어 보고…….

🎙 그럼 어디서 지냈어요?

돈 없을 때는 병원 가서 자고, 여관 같은 데 빈방에 들어가서 자고, 공원에서도 자고……. 그러다가 아르바이트해서 돈 받은 걸로 방 잡고, 거기서 지내면서 일 다니고…….

🎙 그런 과정이 힘들지는 않았어요?

솔직히 힘들죠.

🎙 그러면 친구들이랑 다 같이 지내는 거예요?

네.

🎙 혹시 남자친구도 있어요?

네, 있어요.

🎙 그 친구는 어떤 친구예요?

걔도 학교를 안 다니는데요, 얼마 전에 검정고시를 봤어요. 내년에 고등학교에…….

🎙 그 친구는 나중에 뭘 하고 싶대요?

선생님이 되고 싶대요.

🎙 언제 만난 친구예요?

올 2월쯤.

🔊 처음 만났을 때 그 친구는 뭐 하고 있었어요?
검정고시 학원 다니면서 시험을 준비하고 있었어요.

🔊 그때 검정고시를 준비해서 4월에 시험 봐서 합격한 건가요?
네.

🔊 그 친구는 왜 선생님이 되고 싶다고……?
엄마 아빠 둘 다 선생님이래요.

🔊 부모가 두 분 다 선생님이면 자신도 선생님이 되겠다고 하기가 쉽지 않
  을 것 같은데……. 아닌가?
그러니까 자기 엄마 아빠랑은 다른 선생님이 되고 싶대요.

🔊 엄마 아빠랑 다른 선생님이 되고 싶다면…… 어떤?
두 분 다 좀 고지식해요. 꼭 학교를 다녀야 한다고 생각하거든요. 근데
자기는 안 그렇대요. 자기는 그냥 애들 꿈을 키우게 하는 그런 선생님
이 되고 싶대요.

🔊 그 말을 듣고 예지는 뭐라고 했어요?
그냥 웃긴다, 이러고 말았는데.

🔊 그냥 웃긴다, 그러고 말았어요? 격려는 안 해주고?
네.

아저씨는 커서 된 게 그거예요? ——————— •   305

예지는 남자친구를 만나면
주로 영화를 보러 가거나, 같이 밥을 먹거나,
친구들을 만나서 어울리거나 한다.
남자친구랑 얘기는 별로 안 하고
 주로 장난을 치며 논다.
특별히 무슨 말을 해서 통하는 사이가 아니라,
그냥 함께 있어도 잘 통하는 사이라고.

© 성재경

📼 그 친구 어디가 좋아서 사귀고 있어요?
음, 잘 이해해줘요.

📼 잘 이해해줘요?
네. 힘든 일 있으면 편하게 얘기하고…….

📼 아무 얘기나 다 해요?
진짜 다정해요. 친구 같고. 그러니까 가족 같아요. 아빠도 되고, 엄마
도 되고. 꿈을 가진 것도 걔 덕분이에요. 걔는 꿈이 있는데 저만 꿈이
없는 거예요. 그래서 얘기하다가…… 걔 때문에 꿈도 만들고……. 사
는 게 좀 편해졌어요.

📼 정말 좋은 친구를 만났네요. 그 친구도 사회생활을 많이 했어요?
아니요. 그냥 걔는 집에서 검정고시학원 다니고.

📼 근데 학교를 그만뒀어요?
그냥 다니기 싫다고 관뒀는데.

📼 그러니까 가출을 한 친구는 아니고, 학교 적응이 안 돼서…….
네.

📼 왜 그랬대요?
자기도 잘 모르겠대요. 그냥 관뒀대요. 좋은 건 아닌데 그냥…… 이건
아닌 것 같다는 생각이 들어서 그만뒀대요.

🔊 가끔 아빠를 만나요?

네.

🔊 만나면 아빠가 뭐라고 해요?

사고 치지 말고, 잘 지내라고.

🔊 동생은 몇 학년이죠?

중학교 1학년이요.

🔊 보고 싶지 않아요?

별로 안 보고 싶은데.

🔊 가족처럼 지내지 않아서 그런가?

모르겠어요. 그냥 가족은 불편해요.

🔊 가족이 편하지가 않아요?

네.

🔊 가족이 친구들보다 대하기 더 힘들어요?

지금은 친구가 우선이에요.

🔊 그럼 친구가 가족 같아요?

네. 친구가 더 가족 같아요.

🔊 예지는 앞으로 어떻게 할 생각이에요?

고등학교 검정고시를 봐서 떨어지면 중학교에 가야죠. 출석 일수가 많이 비어서 다시 복학하려면 기다리는 수밖에 없어요.

🔊 그러면 중학교 1학년으로 다시?
네.

🔊 학교 다니면 뭐가 이뤄질 것 같아요?
뭐가 이뤄지는 건 아닌데, 일단 떳떳해질 수는 있잖아요.

🔊 아, 떳떳해질 수 있어서?
네.

🔊 그게 가장 큰 이유예요?
그리고 학교 추억이 제일 소중하대요. 근데 전 학교 추억이 하나도 없잖아요. 그런 것도…….

🔊 예지는 어린 나이에 학교를 안 다니고 사회생활을 한 거잖아요. 어떻게 보면 청소년기에 어른의 시간을 산 건데…… 그런 이야기를 좀 해도 될까요?
솔직히 제가 지금 열여섯이잖아요. 사회에서 해본 일들이 제 나이에 할 수 있는 일들이 아니거든요. 좋은 부모 만나서 평범하게 살았으면 저도 학교 잘 다니고 있었겠죠. 밖에 나가서 안 좋은 일도 겪었지만, 좋은 점도 많았어요. 어떻게 하면 사회에 적응을 잘하는지도 배웠고……. 나 나름대로 빨리 터득했으니까요. 남들은 몰라도 나 자신한테는 떳떳해요. 꼭 학교에서 공부를 해야 잘사는 것도 아니고, 나대로 방법을 터득해서 살아가는 게 좋다고 봐요.

📼 예지 나름으로 사회에서 살아갈 수 있는 방법을 찾아냈어요?

학교를 다니는 게 중요할 수 있죠. 어른들이 보기에 학생은 꼭 학교를 다녀야 하잖아요. 근데 저희는 그게 아니거든요. 아직 어려도 하고 싶은 게 있는 거고, 나름대로 생각이 있는 거니까. 선생님들은 너희가 공부를 잘해서 좋은 고등학교에 가고 좋은 대학에 가야 한다고 말하잖아요. 제가 보기에는 꼭 그렇게 얽매여 산다고 좋은 직장이나 좋은 생활이 보장되는 건 아닌 것 같아요. 솔직히 그렇게 살면 커서 추억이라는 게 없잖아요. 전 하고 싶은 걸 해봤고, 하고 싶은 걸 하려고 노력 중이니까…… 그런 것보다는 솔직히 낫다는 생각도 들어요.

📼 현실에 적응할 수 있는 힘을 길렀다 이거죠?

네.

📼 사회에서 잘살 수 있는 나름의 방법을 찾았다고 했잖아요. 예를 들면 뭐가 있을까요?

집에서 사는 애들은 엄마 아빠가 용돈을 줘서 돈 아까운 걸 모르잖아요. 근데 저희는 제 손으로 돈을 벌어봤고, 진짜 힘들게 번 돈이라서 돈 쓰는 법도 알게 되고……. 그러니까 필요한 걸 이것저것 알게 된 것 같아요.

📼 다른 아이들이 성적을 올리는 고민을 할 때, 예지는 매번 어떻게 살아야 할지 고민했다는 말이죠?

솔직히 학력이 좋은 것도 아니고, 배경이 좋은 것도 아니어서 나중에 사회에 나가면 학교 다닌 애들한테 밀리겠죠. 근데 저희는 많은 걸 해봤고 많은 걸 경험해봤으니까, 학교 다닌 애들은 생각해내지 못한 걸

발굴해서 그걸로 나중에 돈을 벌 수 있잖아요. 저는 학교에서 나온 걸 후회하지는 않아요. 딱 하나 후회가 되는 건…… 나중에 애를 낳아서 그 애가 컸을 때 가정통신문에 엄마의 최종 학력을 적으라고 하잖아요. 거기다 '중학교 중퇴'라고 쓸 수는 없잖아요. 그것 때문에라도 학교는 다니고 싶어요.

📟 밖에서 어른들의 세계를 살면서 예지가 감당할 수 없는 그런 일도 많이 겪었을 것 같아요. 그런 일에 상처도 받고, 한편으로는 큰 깨달음을 얻기도 했을 것 같은데…….

알바한 데서 돈도 떼였고, 이유 없이 손가락질을 받기도 했어요. 솔직히 화가 나면서 오기가 생기죠. 니들은 그렇게 손가락질해라, 나는 나대로 성공해서 니들한테 손가락질할 테니까. 마음껏 그러라고 하면서 각오를 다졌던 것 같아요.

📟 어쩌다 돈을 못 받았어요?

동대문 옷가게에서 일을 했어요. 그러다 월급날 전에 사장이 도망을 친 거예요. 일은 일대로 하고. 그때 세상에 믿을 사람이 별로 없다는 생각이 들었어요.

📟 언제 그랬어요, 몇 살 때?

열네 살 때요.

📟 아, 열네 살 때요? 마음이 힘들었겠네요.

이건 좀 아니다, 싶었죠. 그러고 나서 또 다른 일을 구하고.

🔊 어떤 일을 했어요?

액세서리 가게에서도 일했어요. 동대문은 아니고, 이대에서 피어싱 가
게를 했죠.

🔊 여러 가지로 경험을 많이 쌓았네요. 거기선 어땠어요?

재밌었죠. 저 같은 애들도 있고.

🔊 기억나는 애가 있어요?

만날 피어싱 가게 앞을 기웃거리다가 그냥 가는 애가 있었어요. 남자
앤데 기웃거리다가 왔다 갔다 하고. 그냥 그런 애가 있었어요. 왜 자꾸
여기 오세요, 하고 물었더니 피어싱을 하고 싶은데 학교에서 못하게
해서 구경만 하는 거래요. 그때 생각했죠. 거기 비하면 우린 편하구나.
우리는 하고 싶으면 그냥 할 수 있잖아요.

🔊 피어싱이 하고 싶었대요?

네. 우리는 제약을 안 받지만, 걔는 하고 싶어도 못하는 거잖아요.

🔊 피어싱을 하면 기분이 어때요?

몸에 반짝이는 게 달려 있으니까 기분이 좋아요.

🔊 일하면서 좋은 친구들도 만났어요?

네.

🔊 어떤 친구들?

힘들다고 하면 아무것도 안 묻고 괜찮아, 잘될 거야, 이렇게 말해주는

친구들. 여섯 명인가.

🔲 여섯이나 돼요? 마음이 맞는 친구들이 그렇게 많다니 좋은 일이네요.
친구들이 좋은 일을 하고 다니는 건 아닌데, 나름대로 잘살고 있으니
까요. 애들이 다 착해요. 자기보다는 우릴 먼저 생각하고. 만나면 진짜
편해요. 얼굴 보면 좋다는 생각밖에 안 들죠.

🔲 어려운 환경에 살다 보면 서로 다투고 그랬을 것 같은데……
이해를 하게 돼요. 같은 상황에 있었고 다 비슷한 경험을 했으니까. 다
퉜을 때도 내가 이런 적이 있으니까 이럴 수 있겠구나, 하고 감싸주게
돼요. 저희는 어려운 시기를 함께 보냈기 때문에 말을 안 해도 다 알아
요. 솔직히 학교 다니는 애들이 얼마나 연락을 잘하고 지내는지 몰라
도, 좋은 학교를 못 가면 서로 멀어지게 되잖아요. 중학교 친구도 고등
학교가 다르면 연락이 끊기는 게 현실이고. 근데 저희는 멀리 있어도
먼저 생각해요. 누구는 뭐 하고 있나, 맛있는 거라도 먹으면 누가 이걸
좋아하는데 하면서.

🔲 친구들과 마음이 가장 잘 통했을 때가 언제예요?
제가 재판을 받은 적이 있어요. 그때 친구들이 같이 가준다고 했어요.
고모랑 가기로 했는데, 혼자 가면 무서울 거라고 하면서……. 솔직히
그때 고마웠죠. 지들도 일하느라 바쁜 걸 아는데, 나랑 같이 가겠다고
해서 계속 울었어요. 고마워서.

🔲 진짜 고마운 친구들이네요. 재판은 어린 나이에 쉽지 않을 텐데, 혹시
　　안 좋은 일이 있었나요?

네.

🔊 무슨 일이요?
별로 말하고 싶지 않은데요.

🔊 억울한 일이었어요?
어떻게 보면 억울하고, 어떻게 보면 아니고……

🔊 또 생각나는 일은 없어요? 친구들과 좋았던 기억.
돈 없이 무작정 집을 나왔을 때 전화만 하면 달려왔어요. 나 집 나왔는데 갈 데가 없어, 그러면 바로 오고. 고맙죠. 그냥 친구들이 가족 같아요. 편해요.

🔊 그러면 학교 대신 친구를 얻은 거네요.
그렇죠.

🔊 친구들이랑 즐거웠던 일은?
생일날 바닷가로 놀러갔을 때요. 여름만 되면 이곳저곳 다 다녔어요. 부산도 가고 대천도 가고. 여행을 정말 많이 갔어요. 기차 타고 가면서 추억도 만들고. 그런 게 기억에 많이 남죠.

🔊 기차여행을 많이 했어요?
2박 3일이요. 무궁화호 타고 해운대 가면서 기차에서 자고, 또 기차 타고 이동하고……

"사진작가가 되고 싶어요. 유명해지는 것까진 안 바라요.
그냥 사람들이 내 사진을 보고 아, 이게 이런 느낌이었구나,
그냥 나랑 똑같은 느낌으로 알아주는 사진가가 됐으면 좋겠어요.
내 자식이 학교를 갔다 와서 엄마, 내 친구들이 엄마 사진 봤대.
이렇게 말해주면 좋을 것 같고……
너무 유명하면 애들 얼굴도 잘 못 보게 되잖아요.
그냥 딱 그런 정도의 사진가가 되고 싶어요."

📼 여행을 다녀온 느낌이 어땠어요?

행복했어요. 기차 안에서 못했던 얘기도 하고. 솔직히 아무리 친해도 숨기고 싶은 얘기가 있잖아요. 진실게임 같은 걸 하면서 좀 더 가까워졌다고 해야 하나? 어쨌든 그랬어요.

📼 떠나기 전이랑 비교하면 어때요? 친구들에 대한 느낌이 많이 달라졌어요?

다르죠. 떠나기 전에는 아무리 친해도 뭔가 모르는 어색한 점이 있는데, 같이 여행을 다녀오면 그런 게 없어지죠. 얘도 나랑 똑같구나, 하는 느낌.

📼 기차 타고 어딜 많이 갔어요?

바닷가.

📼 바다 중에 어디가 제일 좋았어요?

경포대요. 친구들이랑 있으면 계속 웃게 돼요.

📼 친구들이랑 있으면 계속 웃어요?

네.

📼 무슨 일로 웃어요?

그냥 웃겨요. 서로 막 보면서 웃어요.

📼 그럼 경포대에 가서 뭐 하고 놀았어요?

음, 조개도 구워먹고 술도 마시고……. 뭐, 놀고먹고 했죠. 롯데월드에도 갔어요. 남자애들 번호 따준다고 하면서 같이 놀고. 별것 아닌데 그냥 재밌어요. 뭐가 그렇게 좋냐고 물으면 할 말은 없어요. 그냥 좋아요.

🔲 또 사회생활을 하면서 얻은 게 있다면요?

좀 더 크게 보는 눈을 갖게 됐어요.

🔲 크게 보는 눈?

늘 코앞만 보면서 살았어요. 내일이나 모레 일만 생각하면서 살았죠. 지금은 몇 년 후엔 이렇겠다, 몇 년 후엔 이랬으면 좋겠다, 그런 게 생겼어요. 이 사람이 꼭 나한테 필요한지, 하는 것도…….

🔲 자신이 원하는 게 무엇인지 좀 뚜렷해졌어요?

사진작가가 되고 싶어요. 유명해지는 것까진 안 바라요. 그냥 사람들이 내 사진을 보고 아, 이게 이런 느낌이었구나, 그냥 나랑 똑같은 느낌으로 알아주는 사진가가 됐으면 좋겠어요. 내 자식이 학교를 갔다 와서 엄마, 내 친구들이 엄마 사진 봤대. 이렇게 말해주면 좋을 것 같고…….너무 유명하면 애들 얼굴도 잘 못 보게 되잖아요. 그냥 딱 그런 정도의 사진가가 되고 싶어요. 그게 제 꿈이에요.

🔲 사회에 나와서 자신을 더 정확하게 보게 됐다는 말 같은데, 솔직히 그런 좋은 면만 있는 게 아니잖아요. 마음에 상처를 준 사람도 많았을 것 같아요. 사회라는 게 워낙 험하니까. 그런 사람은 없었어요?

네. 전 딱 봤을 때 싫으면 싫은 거예요. 그 사람이 좋으면 좋은 거고.

🔲 그렇게 빨리 결정해요?

말 몇 마디 나누면 알 수 있잖아요. 이 사람이 뭔가 꿍꿍이가 있구나, 순수하게 나랑 지내봤으면 하는구나…… 이런 것들이 대충은 보여요.

📼 본의 아니게 자신이 생각할 수 없는 일을 겪기도 하잖아요. 그런 일은
없었어요?

보호관찰소.

📼 보호관찰소?

네. 한 달 있다가 나왔어요.

📼 안 좋은 일로 들어간 거예요?

네.

📼 말하기 그래요?

재판을 받고 나서 보호처분을 받았어요. 야간에 외출 정지 6개월. 쉼
터 처분을 받았어요.

📼 쉼터 처분?

센터에 있었어요.

📼 무슨?

수녀원…….

📼 수녀원 센터였어요?

네.

📼 그럼 그곳 생활은 어땠어요?

그냥 보통은 아는 언니들이 와요. 제가 처분을 받기 전에 아는 언니들
이 거기 있었어요. 그래서 별 탈 없이 지냈죠.

📼 그래서 편했어요?

네.

📼 거기서 어떻게 지냈어요?

새벽에 일어나서 운동하고 청소하고 수업하고······.

📼 무슨 수업?

전 컴퓨터를 배웠어요. 국가공인 IT(정보기술) 자격증이 있는데요, 그거
랑 워드 2급.

📼 컴퓨터는 좀 해요?

네.

📼 그러면 나와서 직업을 구하는데······.

도움이 되죠. 자격증은 많을수록 좋은 거니까.

📼 미용 기술도 배웠겠네요. 아까 미용실에서 일한 적이 있다고 했잖아요.

미용 기술은 안 배우고 친구들 머리를 제가 잘라줬어요. 배우기 전에
도 제 머리는 제가 자르고 다녔어요.

📼 보호관찰소에 다녀왔다고 하면 다들 안 좋게 보잖아요. 거기에 대해서
　　는 어떻게 생각해요?

솔직히 저희가······ 잘한 건 아닌데, 그렇다고 잘못한 것도 아니라고
생각해요. 저희는 저희 방식대로 세상을 살아왔어요(울음). 나라에서
비행청소년이다, 나쁜 애들이다, 폭주족이다······ 이렇게 얘기하잖아

요. 폭주를 하는 애들도 나름대로 관심을 받고 싶고, 자기를 봐주니까 그게 좋은 거예요. 그렇게 해서라도 관심을 받고 싶으니까. 잘못을 해 봤자 저희가 할 수 있는 한에서 하는 거고……. 솔직히 말하면 저는 애들보다 어른들이 더 나쁜 것 같아요. 저희랑 정치인이랑 비교하면 정치인이 더 나쁘거든요. 저희는 그냥 몇 천원 빼앗은 건데, 정치인은 몇 억씩 빼돌리는 거잖아요.

🔲 아, 정치인이 더 나쁘다고 생각해요?
네. 그리고 청소년을 위한 법을 만든다고 하는데 저희는 그걸 원한다고 한 적이 없잖아요. 솔직히 저희가 청소년 대표를 몇 명 뽑아서 그 법에 대해 이야기를 한다면 할 말이 많죠. 어른들이 법을 만들어서 우리가 거기에 갇히는 거잖아요. 한마디로 어이가 없어요. 학교만 해도 제 나름의 생각이 있고, 하고 싶은 게 있으니까 어렵게 결정을 내려서 나온 건데, 어른들은 나쁘다고만 보니까 저희는 더 삐딱해질 수밖에 없는 거죠. 원래 학교가 꿈을 키워주고 더 좋은 생각을 갖게 하는 곳이 잖아요. 근데 제 눈에는 그렇게 안 보였어요.

🔲 예지가 보기에 학교가 꿈을 키워주지 못하는 것 같아요?
그냥 무조건 좋은 대학 가라, 무조건 좋은 사람 되라, 무조건 좋은 회사에 취직해라……. 그게 좋은 걸 수도 있는데 어떻게 보면 그 말을 믿고 막 공부를 하래서 열심히 좇아갔는데…… 나중에 커서 돌아보면 주위에 아무도 없는 거예요. 좋은 대학도 못 가고, 좋은 사람도 못 되고, 좋은 회사도 못 들어가면 그때는 어떡할 건데요. 그래도 저희는 나중에 커서 돌아보면 주위에 기댈 수 있는 친구는 있잖아요.

📼 그럴 수도 있겠네요.

아까 말한 대로 저희가 잘한 것도 아니고 못한 것도 아닌데, 그래도 저희는 저희 나름대로 방식을 찾아서 어떻게든 살아가려고 하는데 어른들이 그런 걸 안 막았으면 좋겠어요. 만날 넌 커서 뭐가 될 거니, 그러잖아요. 솔직히 그때마다 얘기해주고 싶어요. 아저씨는 커서 된 게 그거예요? 할 말 없잖아요. 그쪽은 다 큰 거고, 우리는 크는 중이니까. 우리는 아직 꿈이 있고 나이도 어리잖아요. 아무리 눈에 안 좋게 보여도, 저희도 사람이니까 의견을 존중해줬으면 해요.

📼 예지는 예지 방식대로 세상을 살아가는 것 같아요?

이런저런 일을 겪으면서 크고 있다는 느낌이 들어요. 그렇다고 학교 다니는 애들이 나쁘다는 건 아니에요. 그 애들은 학교를 다니면서 자기 방식대로 살았으면 좋겠어요. 그렇다고 학교가 좋다는 건 아니에요. 대신 좀 더 인정을 받고 싶으면…… 지금 힘들어도 학교 다니는 애들은 학교를 다녔으면 좋겠어요. 좀 힘들어도…… 학교를 다녔으면 좋겠어요. 그 애들은.

📼 학교 다니면 뭐가 이뤄질 것 같아요?

저희들은 이미 겪을 거 다 겪어봤으니까요. 그래도 학교 다니면 걱정은 없잖아요. 생활에 대한 걱정이요. 제 입장에선 그렇게 말해주고 싶어요.

📼 가족에게 돌아가고 싶은 마음은 없어요?

그냥 가끔 얼굴 보는 정도로 만족해요. 같이 살아도 답답할 것 같아요.

열네 살 아이들이
벌써부터 좌절을 해요

전수진(한성여중 국어교사)

　예전에 아이들 성적 분포를 보면 중간층이 많았어요. 하지만 요즘은 중간
층은 드물고 상층과 하층 이렇게 둘로 나뉘어요. 정상적인 분포가 아니죠. 중
1밖에 안 되었는데 벌써 포기한 애들도 있어요. 열네 살이면 무한한 가능성
이 있는 나이잖아요. 그런데 벌써 좌절을 해요.

　초등학교 4학년 때부터 외고를 준비하고 경시대회를 준비하면서 경쟁하
고 있어요. 이런 흐름을 따라가지 못하는 애들이 절망감을 더 느끼는 것 같아
요. 나는 원래 안 되는구나, 하고. 문제는 이것이 공부에 대한 좌절로 그치는
것이 아니라, 다른 모든 일에 대한 사기 저하로 이어진다는 점이에요.

　이렇게 가면 큰 문제죠. 현실에서는 공부가 전부인데, 성적이 안 나오면
다른 길도 막힌다고 생각하는 거예요. 사실 미술 하는 애들이 실기를 잘해도
공부를 못하면 대학에 가기 힘들잖아요. 이렇듯 공부에 대한 압박을 느끼는
아이들이 있는 반면, 그렇지 않은 애들은 아예 공부에 관심을 끄고 살아요.

　국어는 우리말이어서 비교적 쉽게 이해하지만, 수학 같은 경우는 실력 차
가 나면 그 간격을 좁히기가 쉽지 않아요. 분수 덧셈을 시키면 분모, 분수를
따로 더하는 애들이 있어요. 그런 애들이 진도를 따라갈 수 있을까요? 거기

신경 쓴다고 입시를 앞두고 있는 아이들을 버려둘 수도 없잖아요. 학교 교육에는 한계가 있어요. 그러다 보니 자꾸 학원을 기웃거리게 되는 거예요.

예전보다 아이들이 하는 공부 양이 많이 늘었어요. 거기에 비례해서 지적인 능력이 그만큼 향상되었는지는 의문이에요. 암기 위주로 수업을 진행하다 보니 아이들이 너무 쉽게 지식을 얻어요. 인터넷으로 검색해서 찾는 건 좋은데, 정보를 얻으면 그걸로 끝이에요. 이것저것 고민을 해서 얻은 지식이 아니기 때문에, 공부 양은 늘었지만 실력이 좋아졌다고 보기는 어려워요.

머리에 든 지식은 많을지 몰라도, 문제 해결 능력이나 적용 능력은 나아졌다고 보기 힘들어요. 저도 조를 짜서 사고 능력을 키우는 수업을 진행하지만, 매번 그렇게 되지는 않는 것 같아요. 학교 운영 체계가 그런 수업에 잘 안 맞아요. 아이들이 문제 해결 능력을 키우려면 세상과 부딪치면서 풀어야 하는데 그러기가 쉽지 않죠.

아이들이 많이 중성적으로 변하고, 죄의식이 없어지는 측면도 있어요. 예전에는 감성이 풍부했는데 요즘 애들은 건조해요. 사회가 돌아가는 면도 그렇고, 아이들 자신에게도 문제가 있어요. 영상물을 통해 이해력을 높이는 건 좋은데, 너무 과도하다고 할까요? 아이들이 별 고민 없이 스펀지가 물을 빨아들이듯 정보를 받아들여요. 스스로 생각해서 문제를 풀어가는 능력과 상상력을 잃어가고 있어요.

자극적인 영상에 익숙해져서 그런지 좋은 이야기를 진지하게 하면 듣지를 않아요. 진지함을 못 견뎌 해요. 재미가 없으면 들을 가치가 없는 것처럼 받아들이는 것 같아요. 예전에는 너무 수동적이고 소심해서 문제였다면, 요즘은 너무 발랄하게 자신을 드러내기 때문에 문제가 생겨요. 더 진중할 필요가 있는 것 같아요.

그래도 아이들 나름의 순수함이 있어요. 다만 아이들이 어른들의 나쁜 모습을 닮아가는 것 같아 두렵고 안타깝죠. 사회에서 잘못을 저지른 어른들을 제대로 벌하지 않고 흐지부지 넘어가잖아요. 사회에서 반칙과 편법을 용인하지 않을 때 아이들도 진정한 교육을 받을 수 있다고 생각해요. 아이들을 개방적으로 대하면서도, 다른 학생들에게 피해를 주는 학생들을 제재하는 원칙이 있어야 한다고 봐요.

뉴질랜드는 여기랑 교육 방법이 심하게 다르죠

조기 유학

성공유학 98%

조기유학 보딩스쿨

13

이덕훈(뉴질랜드 유학에서 돌아옴, W고등학교 1학년)

　　뉴질랜드에서 학교를 다니다 한국으로 돌아온 덕훈이는 많이 방황했다. 그러다 이번에 일반 고등학교에 들어갔다. 등교 첫날 교장선생님에게 '쓰레기 머리'라는 말을 들었다. 나랑 이야기를 할 때도 그 머리를 하고 있었다. 도대체 어디를 봐서 쓰레기란 말인가?

　　'쓰레기'라는 말이 교장선생님 입에서 나왔다는 사실을 믿을 수 없었다. 덕훈이는 그 말에 발끈했다. 너무 화가 나서 머리를 확 밀어버렸다. 거기에는 반항의 뜻과 함께 어떻게든 학교생활에 적응해보겠다는 각오가 반반 섞여 있었다.

　　머리는 자신이 선택한 스타일에 지나지 않는다. 덕훈이는 뉴질랜드에서 그렇게 교육을 받았다. 한국에 돌아와 이런 일로 충돌할 줄은 미처 몰랐을 것이다. 이는 덕훈이가 일반 고등학교를 다니면서 수없이 부딪혀야 하는 문제들 중 하나일 뿐이었다.

　　덕훈이는 흔들거리며 십대의 강을 건너고 있었다. 늘 뭔가를 명확하게 보여줘야 한다는 강박에 시달리는 어른들 눈으로 보면 흐릿하여 감을 잘 잡기 힘든 아이였다. 처음에 집에 놀러온 덕훈이를 보았을 때 사람 마음을 잘 이해하는 따뜻한 아이라고 생각했다.

　　　　　　　　　　　　· 대한민국 10대를 인터뷰하다

하지만 그 따뜻함 안에는 방향을 알 수 없는 거친 면들이 숨어 있었
다. 이는 덕훈이만이 아닐 것이다. 십대 아이라면 누구나 마음 한곳에
서 불어오는 회오리바람을 느낄 때가 있다. 어떻게 하면 이런 갈등과
충돌의 순간들을 지혜롭게 이겨내도록 도울 수 있을까? 좋은 교육의
출발점은 여기에 있다는 생각이 든다.

　지금도 공교육에 적응하지 못한 아이들이 외국으로 빠져나가고 있
다. 덕훈이도 어린 날들을 뉴질랜드에서 방황하며 지내다 한국으로 돌
아왔다. 한국의 학창 시절이 부디 덕훈이에게 좋은 시간으로 기억되기
를 바란다.

이덕훈

(뉴질랜드 유학에서 돌아옴, W고등학교 1학년)

🔊 언제 뉴질랜드로 유학을 갔어요?

초등학교 6학년 때요.

🔊 유학을 간 특별한 이유가 있나요?

아빠가 가라고 하셨어요. 누나가 사고 친 것 때문에.

🔊 무슨 사고?

누나가 학교에 적응을 못해서 밖으로 겉돌다가 노래방에서 크게 싸움
이 났어요. 병원에 실려 가고 난리도 아니었죠. 그 뒤로 아빠가 한국에
살면 안 되겠다고 생각했는지, 저랑 누나를 뉴질랜드로 보냈어요.

🔊 누나가 방황을 많이 했군요. 덕훈이도 아빠가 걱정해서 보낸 거네요. 본인 의사와는 상관없이?

그렇죠. 당시에는 어려서…… 아무것도 모르고 따라갔어요. 가는 것까진 괜찮았는데 가고 나서가 힘들었어요.

🔊 뭐가 그렇게 힘들었어요?

홈스테이 집이 오클랜드 알바니 쪽에 있었어요. 좀 시골이에요. 시내로 나가려면 집주인이 모는 차를 타고 몇 십 분을 가야 했어요. 슈퍼만 가도 20분이에요. 매일 나갈 수가 없어서 집에만 있었어요. 집 안에서 할 게 아무것도 없었어요. 당구대랑 컴퓨터가 있었는데, 나이가 어려서 당구는 못 치고, 컴퓨터는 홈스테이용이라서 못하고, 티브이는 영어밖에 안 나와서 재미가 없고, 먼산바라기만 하면서 그냥 멍하니 있었어요.

🔊 누나는요?

누나는 방에만 있었어요. 먹을 때만 빼고. 밥도 거의 안 먹었어요.

🔊 학교는 어디를 다녔어요?

학교 들어가기 전에 유학생들이 가는 학원을 다녔어요. 그 학원에서 수업을 받고 학교로 들어갔죠. 알바니 주니어 하이스쿨. 뉴질랜드는 중학교가 2년 과정이고 고등학교가 5년 과정인데, 저는 중2로 들어갔어요. 알바니 주니어 하이스쿨은 생긴 지 1, 2년밖에 안 된 학교로, 전체 학생 수는 대략 300명이었어요. 근데 재미있는 건 한국인 학생 수가 80명이 넘었다는 거예요. 다른 학교는 100명이 넘는 곳도 있어요. 한국인들이 그렇게 많아서 영어를 안 해도 의사소통이 될 정도였어요. 제가 뉴질랜드 공항에서 맨 처음 만난 사람도 한국인이었어요(웃음).

뉴질랜드는 여기랑 교육 방법이 심하게 다르죠 ——————————•   329

☺ **낯선 곳에서 적응하기가 쉽지 않았겠네요.**

재밌었는데 홈스테이 하는 집에서 사는 게 힘들었어요. 그 사람들은 홈스테이가 전문이에요. 일주일에 300불에서 350불을 주거든요. 처음에는 잘해줬는데 오래 살다 보면 가족처럼 편해지잖아요. 그래서 막 대하는 거죠. 한동안은 아침에 먹는 햄버거에 햄을 넣어주다가 나중에는 잼만 발라서 주는 거예요. 도시락에도 똑같이 잼만 발라서 주고.

☺ **학교에 도시락을 싸서 다녔어요?**

그 나라 사람들은 대부분 빵을 도시락으로 싸서 다녀요. 또 거기는 무조건 스쿨버스를 타야 하는데, 버스를 놓치면 걸어가야 해요. 큰 산을 두 개나 넘어서. 한번은 놓쳐서 누나랑 걸어갔어요. 7시 반에 출발해서 10시에 도착했죠. 심하죠. 아침에 자는 사람을 깨우기도 미안하고, 또 차를 타면 픽업비를 따로 내야 하거든요. 그런 일쯤은 견딜 수 있는데, 제가 정말 짜증나고 힘들었던 건 그 집에 사는 다섯 살배기 막내였어요.

☺ **다섯 살이면 어린애잖아요. 걔가 왜요?**

자고 있으면 내 방에 들어오더니 배 위에 올라와서 춤을 춰요. 내가 가라고 하면 안 가고 주먹으로 막 때려요. 얼굴이고 어디고 할 것 없이. 화가 나서 나가라고 하면 막 울고. 그러면 아주머니가 와서 좀 놀아주지, 그래요. 저도 자야지 아침 일찍 일어나서 학교에 가잖아요. 또 그 집에 형이 있는데 한국에서 보내준 용돈을 빼앗아갔어요. 말로는 꿔달라고 하는데 빌려주면 안 갚으니까요.

☺ **못 빌려준다고 단호하게 말하지 그랬어요? 부모님께 말씀도 드리고.**

안 된다고 해도 끈덕지게 달라붙어서 괴롭혔어요. 부모님께 말을 해도

●————— 대한민국 10대를 인터뷰하다

덕훈이는 누나가 학교에 잘 적응을 못해 함께
뉴질랜드로 갔다. 많은 어려움도 있었지만
수업 시간에는 재미가 있었다.
대부분 몸을 움직여서 하는 작업이 많았다.
사회 시간에는 컴퓨터를 검색해 자료를 찾아 토론했고,
이솔 시간에는 현장학습을 자주 나갔다.

별 차이가 없었을 거예요. 괜히 걱정만 하시죠. 저희는 영어가 서툴고 서류 같은 것도 도움을 받는 처지였거든요. 다른 데로 옮길 수가 없었어요.

🎙 학교 수업은 어땠어요?

재미있었어요. 오전에 한 시간 반씩 두 타임을 하고, 점심시간으로 한 시간을 보내요. 그러고 나서 한 타임만 더 하면 오후 3시에 수업이 끝났죠. 수업을 더 하는 법이 없어요. 무조건 끝냈어요.

🎙 배우는 과목이 어떻게 돼요?

그 나라 국어인 영어랑, 외국인들이 배우는 영어과정인 이솔(ESOL), 그 외에 사회, 음악, 미술, 과학, 체육 등 해서…… 과목은 그렇게 많지 않았어요.

🎙 한국과 비교해서 교육 방법이 다른가요?

심하게 다르죠(웃음). 선생님들은 절대로 학생을 못 때려요. 뉴질랜드에서는 나이와 상관없이 친구를 맺을 수 있어요. 선생님하고도 친구할 수 있고, 어깨동무하고 다니는 학생들도 되게 많아요.

🎙 학생들 머리는 어때요?

완전 자유죠. 남자애들이 염색하고 머리 길러도 상관 안 해요. 어떤 모양이든.

🎙 머리를 닭 벼슬처럼 세우고 다니거나 가시나무처럼 쭈뼛쭈뼛 세우고 다니는 친구들은 행동이 거칠지 않나요?

그런 건 없어요. 그냥 스타일일 뿐이죠. 한국에서는 학생들이 머리를 기르면 불량해진다고 하는데, 그건 일종의 편견이죠.

🎙 **수업은 어떤 식으로 해요?**

토론식 수업을 주로 하죠. 사회 시간을 예로 들면…… 토론하고 싶은 주제가 있으면 저희가 정해요. 때로는 선생님이 내줄 때도 있고요. 반마다 방법이 조금씩 달라요. 주제가 정해지면 컴퓨터실로 가서 자료를 찾으면서 공부한 다음 토론을 해요. 한번은 '술'에 대한 토론이 있었어요. 주제는 선생님이 정해주셨죠. 청소년이 술을 마시면 어떻게 될까? 저는 딱 한 줄로 발표를 끝냈어요. 술 먹으면 개가 된다! 그 말을 하고 앉으니까 선생님이 박수를 치면서 웃었어요(웃음). 제가 영어가 짧아서 말을 길게 못했어요.

🎙 **어떤 과목이 가장 재미있었어요?**

체육이요. 거기는 나라가 넓어서 운동장이 한국의 일고여덟 배는 돼요. 운동장을 럭비 필드로도 쓰니까. 진짜 웬만한 경기장 크기죠. 체육 시간에는 무조건 나가서 운동을 해야 돼요. 달리기도 하고, 테니스도 치고, 왈츠도 배우고…… 그런 것들을 해요.

🎙 **한 주에 체육을 몇 번이나 했어요?**

서너 번 정도. 체육을 많이 했어요. 목요일에는 자기가 하고 싶은 걸 신청해서 하는 특별 과목이 있는데 저는 볼링을 선택했어요. 돈을 내고 석 달간 볼링장에 가서 수업을 했죠. 체육은 체육대로 따로 하고. 볼링까지 합하면 체육 시간이 상대적으로 많은 편이었어요.

💬 체육을 줄여서 수학이나 다른 과목으로 시간을 바꾸기도 하나요?

그런 일은 생각할 수도 없어요. 오히려 수학이나 영어보다는 체육 시간이 많은 편이죠. 또 제가 좋아했던 과목은 이솔이라고, 외국인에게 영어 기초를 알려주는 수업이었어요. 유학생은 영어를 정말 잘하지 않는 한 다 들어요.

💬 어떤 점이 그렇게 좋았어요?

꽃을 직접 키우고 관찰하면서 그것과 관련된 영어를 배우고, 다른 나라 문화도 영어로 배우고……. 동화, 문법, 토론 수업도 했지만, 밖에 나가서 하는 체험수업을 많이 했어요. 과학 같은 다른 과목과 연결해서 수업하기도 하고. 한 게 무지 많아요. 대부분 한국인 학생이었는데, 선생님이 한국을 사랑하는 분이셨어요. 엄마처럼 잘 대해주셨죠.

💬 듣기만 해도 재미있네요.

정말 재미있었죠. 그리고 제가 뉴질랜드 원주민 언어인 마오리어를 선택해서 배웠어요. 마오리 전통 집으로 캠프를 가서 춤도 배우고, 한국인 대표로 나가서 춤을 추기도 했거든요. 팬티 차림으로 앞에 가리는 것만 하고, 맨가슴을 펄퍽 치면서……(웃음). 그리고 거기는 캠프 가면 큰 강당에서 여학생이고 남학생이고 함께 자요. 한국은 따로 자잖아요. 길게 누워 있는 모습이 참 신기하죠.

💬 학교생활에 불편한 점은 없었어요?

거기는 방학을 10주에 한 번씩 했어요. 그것도 2주 동안. 그러니까 2개월 반 수업하고 방학하는 식이에요. 또 겨울방학은 두 달이나 되고. 유학생들은 학교 다니려면 돈을 엄청 내야 해요. 그에 반해 학교 다니는

대한민국 10대를 인터뷰하다

기간은 얼마 안 되죠. 그 기간이 힘들었어요. 그런데다 누나가 한국으로 자주 나갔어요. 가족이 모여 있는데 저만 떨어져 있으니까요. 그 기간이 외롭고 힘들었어요. 한국이 많이 그립기도 하고.

🎙 한국이 많이 그리웠어요?

한국으로 치면 6학년에서 중1 때였고, 낯선 곳에 와서 하나하나 헤쳐 나가기가 힘들었어요. 유학도 제가 원해서 온 게 아니라서 한국으로 돌아가고 싶은 마음이 늘 있었죠. 또 키위(뉴질랜드 사람을 낮춰 부르는 말)들이 절 놀리기도 했어요.

🎙 뉴질랜드 학생들이 놀렸어요?

뉴질랜드에서는 싸움을 거의 안 해요. 근데 한 키위가 수업 시간에 저한테 휴지를 던졌어요. 처음에는 참았는데 계속 던지더라구요. 그래서 내가 딱 돌아봤는데 그만 큰 휴지에 얼굴을 정통으로 맞은 거예요. 너무 화가 나서 책상을 엎고 테이프를 던지고 그랬거든요. 뉴질랜드 학교에서는 싸움이 큰 범죄 행위예요. 그렇게 큰 싸움은 아니었는데 싸우고 나니까 심각해졌어요. 처벌을 받아도 이상하게 저만 받고. 선생님이 하는 말이 부모님이 뉴질랜드에 오지 않는 한 이 학교를 다니기 힘들대요. 그래서 안녕히 계세요, 하고 학교를 나왔죠.

🎙 그럼 학교를 안 다니게 된 거예요?

아니요. 그러고 나서 바로 고등학교에 들어갔어요. 학기 말에 그랬으니까. 그때는 그게 가능했어요. 롱베이 칼리지라고, 오클랜드 북부 롱베이 해안에 있는 공립학교였어요.

한국에 돌아온 덕훈이는 학교에 들어가지 않았다.
뉴질랜드에서 학교를 다닌 경력이 인정되지 않아
중학교부터 다시 들어야 했다. 차라리 검정고시를 준비하는 편이 나았다.
덕훈이는 공부를 안 하고 친구들과 어울려 놀기만 했다.
그러다 사고도 많이 쳤다.

📼 롱베이 학교는 열심히 다녔어요?

별로. 공부는 많이 안 하고 놀러 다녔어요. 그러다가 한국에 돌아가고 싶은 마음이 있었는데, 마침 부모님이 들어오라고 해서 한국으로 왔죠. 경제적으로 집안이 좀 어려워진 것 같았어요.

📼 한국에 오니까 좋았어요?

한동안은 좋았죠. 친구들도 만나고. 근데 그 다음부터 싫어졌어요.

📼 한국에 와서 학교 갈 생각은 안 했어요?

가려고 했죠. 제가 한국 나이로 중2였는데 학교에서 중1로 다녀야 한다고 했어요. 그래서 안 가고 아빠랑 상의해서 검정고시를 보기로 했어요. 근데 검정고시 학원은 거의 안 갔어요. 여름인데 에어컨도 없고 사람들만 빽빽이 앉아 있는 거예요. 숨이 막혔죠.

📼 검정고시 말고 다른 걸 배워볼 생각은 안 했어요?

했는데 쉽지가 않더라구요. 어디 가서 뭘 해야 할지도 모르겠고. 그래서 그냥 친구들 만나서 이야기하고 놀러 다니고……. 재미있었어요. 여자친구도 사귀고.

📼 여자친구를 사귀었어요?

제가 뉴질랜드 있을 때 한 3주 동안 한국에 나온 적이 있었는데, 그때 친구들이 소개해줬어요. 그 여자친구가 깡말랐어요. 몸도 작고. 학교를 다니고 있었는데 참 착했어요. 근데 부모님들이 엄청 엄해요. 집에 조금이라도 늦게 들어오면 곧바로 뺨을 때리고 머리채를 잡는 분들이었죠. 하루는 술을 먹고 이야기를 하느라 그만 늦어버렸어요. 여자친구가 집에 가면 아빠한테 혼난다고 들어가지 않겠대요. 그래서 안 들어가고 가출하게 됐어요. 열흘 동안.

🎙 두 집에서 난리가 났겠네요?
뒤집어졌죠.

🎙 열흘 동안 어디서 지냈어요?
아파트 옥상에서 잤어요. 갑자기 집을 나와서…… 그 애도 그렇고 저도 그렇고 반바지만 입고 있었거든요. 발에 모기를 얼마나 물렸는지 긁을 수조차 없었어요. 돈이 없어서 안양 1번지에서 앵벌이를 하기도 했죠.

🎙 앵벌이는 어떻게 했어요?
여자친구가 차비 없다고 천 원만 달라고 하면 아저씨들이 이상하게 보면서 돈을 주고 그랬어요. 그럼 돈을 받아서 바로 나한테 뛰어오고. 배고프면 대형할인매장 시식 코너에 가서 배 채우고.

🎙 다른 학생에게 돈을 뜯은 적도 있어요?
삥 뜯을까 고민하면서 보고 있는데, 한 학생이 나한테 와서 돈을 주고 가던데요(웃음). 그때 제 머리가 엄청 길었거든요. 염색도 해서 위압감이 들었나 봐요. 가출했을 때 신기하게도 돈을 많이 주웠어요. 길 가다 보면 몇 천 원 떨어져 있고, 피시방에 앉아 있다가 옆에 보면 만 원이 떨어져 있고.

🎙 그 돈을 빨리 쓰고 집으로 들어가라는 신의 계시 같은데요?(웃음)
집에 들어간 계기도 엄청 웃겨요. 친구한테 이제 집에 안 들어간다고 아르바이트 자리를 부탁하고 염색약을 사러 간 사이에 여자친구 엄마가 그 집으로 들이닥친 거예요. 여자친구는 그 자리에서 맞았어요. 우리 엄마는 제가 집 나가서도 잘 먹고 살 아이라서 걱정을 안 했대요. 아빠도 나쁜 짓을 하려고 가출한 게 아니고, 순수하게 가출한 거라서 용서를 해주셨죠.

📼 가출해서 살아보니 어땠어요?

재미는 있었는데…… 집이 최고라는 걸 깨달았죠. 여름에 가출해서 모기 밥이 되었구나, 하고 후회했죠. 안양 1번가가 엄청 위험하잖아요. 경찰들도 시간마다 돌고. 여자친구가 자는 동안 내가 망보고, 새벽에 일어나면 그때 내가 자고. 힘들었죠.

📼 검정고시는 합격했어요?

합격했어요. 생각보다 점수가 잘 나왔어요. 80점.

📼 잘 나왔네요. 그 여자친구랑은 지금도 사귀어요?

아니요. 헤어졌어요. 제가 바람이 나서. 그때부터는 정말 방황의 막장이었어요.

📼 사춘기 방황이 심했어요?

그때는 두려울 게 없었어요. 세상에 무서운 게 없었으니까요.

📼 새로 사귄 여자친구는 어땠어요?

엄청 예뻤어요. 노래도 정말 잘 불렀고. 기획사에서 오디션을 봤는데 한방에 붙었대요. 몇 100대 1의 경쟁률이었는데. 나 만날 때 직업이 백

댄서였어요. 나 때문에 그만두고 다른 일을 했어요. 엄마는 무당이었고…… 가정적으로는 그다지 행복하지 않았어요. 나이는 저보다 세 살 많은, 연상의 여인이었죠(웃음). 그 친구 엄마가 사는 동네에도 가고…… 즐겁게 지냈어요. 한동안 재밌었는데 사건이 하나 터졌죠.

🎙 무슨 사건이……?

여자친구 친구들 중에 좀 깐죽대는 누나가 있었어요. 저도 아는 누나였죠. 여자친구를 포함해서 여자 다섯이랑 남자 세 명이 그 누나를 집단 구타했어요. 공원에 나무의자 알죠? 그걸 빼서 무릎 꿇은 상태에서 천 댄가를 때렸대요.

🎙 정말? 너무 잔인했다.

잔인하죠. 죽다 살아났어요. 기적이에요. 제가 여자친구 집에 갔을 때 이미 반죽음 상태였어요. 그 누나 머리를 잡을 수 있게 반만 남겨두고 싹 밀었고, 옷은 다 벗겨서…… 담배빵 자국도 있고……. 여자친구가 주범이니 말릴 사람은 나밖에 없잖아요. 말리다가 내보내려고 했는데 그러질 못했어요. 워낙 완강해서…….

🎙 그래서 어떻게 됐어요?

때린 여자 중에 학교 다니는 애가 하나 있었어요. 그 애가 선생님과 상담하다가 그 이야기를 한 거예요. 죽을 것 같으니까 두려워서. 제가 집에 온 사이에 경찰이 그 집을 둘러싸고 다 잡아갔나 봐요. 집에 있는데 경찰서에서 나오라고 하더라구요. 가서 보니 거기에 다 잡혀 있었어요.

🎙 힘든 일을 겪었네요.

•──── 대한민국 10대를 인터뷰하다

다시는 겪고 싶지 않아요. 더 힘들었던 건 여자친구가 나를 포함해서 남자들에게 죄를 몽땅 뒤집어씌우려고 했다는 점이죠. 재판 과정에서 우리들이 주범이고, 남자들이 그 누나 목에 개 목걸이 걸어서 끌고 다녔다는 거짓말까지 했어요. 심한 배신감을 느꼈죠.

📻 안 좋은 걸 많이 봤군요.

제가 학교를 안 다녔잖아요. 검사는 다른 학생들보다는 저한테 더 혐의를 두고 말했어요. 그래서 제가 그간 외국학교에 다닌 정황을 이야기하려고 했는데 말할 기회를 주지 않았어요. 아, 재판이란 게 이런 거구나…… 그때 느꼈죠. 다행이 맞은 누나가 깨어나서 나를 감싸주었어요. 덕훈이는 때리지 않고 말렸다고. 그래서 저는 풀려났어요. 여자친구를 포함해서 세 명은 구속되고 나머지는 풀려났어요.

📻 그 후에는 어떻게 됐어요?

보호관찰 6개월을 받아서 특별관리 대상이 됐어요. 한 달에 한 번씩 보호관찰소에 가서 출석 체크하고 밤에는 계속 전화를 받아야 했어요. 밤 9시에서 아침 7시까지 전화가 무제한으로 와요. 제가 집에 있나 확인하는 전화죠. 그러면 내 목소리를 녹음해요. 0, 1, 2, 3, 4…… 9까지.

📻 전화가 오면 숫자를 세야 한다는 말인가요?

네. 새벽 1시고 5시고 전화 올 때마다. 어떤 때는 분명히 내 목소리를 남겼는데 법원에서 안 했다고 전화가 와요. 피곤하면 아침저녁으로 목소리가 다를 수 있잖아요. 그걸 잘 모르는 거예요. 전화가 하도 오니까 구치소에 들어가 있는 것과 별 차이가 없을 정도로 정신적인 고통이 심했어요. 전화가 언제 올지 몰라서 잠도 못 자고. 화가 나서 아빠가 따졌어요. 공부하는 학생한테 밤새 전화를 하면 어떡하냐, 공부로 스트레스를 받는데 이런 일로 힘들게 하면 어떡하냐.

💬 그래서요?

그 뒤로는 자정까지만 전화가 왔어요. 전화를 하루 동안 안 받으면 수배령이 떨어져요. 가끔 보호관찰소에 가서 교육을 받았는데 제가 가장 많이 받았어요. 다른 친구들은 학교에 다니니까, 흡연 교육이나 장애인 봉사가 있으면 그 아이들 대신 보호관찰소 선생님이 절 끌고 가는 거예요. 가자, 머릿수가 모자란다, 그러면서요(웃음).

💬 파란만장한 십대를 보내고 있는데, 기분이 어때요?

후회하죠. 순간 암흑세계에 갇힌 기분이었어요. 탈출할 방법이 없었어요. 근데 한 줄기 빛이 딱 보이더라구요. 그 빛이 있는 쪽으로 마구 뛰니까 밖으로 나갈 수 있었어요.

💬 한줄기 빛? 무슨 빛이었어요?

부모님이요. 탈출은 했는데 이미 세상은 편견이 가득한 눈으로 쳐다보고……. 암흑 수준은 아니지만 다시 그늘이 졌죠. 서늘한 그늘(웃음). 아빠에게 완전히 신뢰를 잃었어요. 처음 가출했을 때만 해도 믿어주셨는데 계속 나쁜 쪽으로 갔으니까요. 아빠가 거래를 하자고 했어요. 머리를 자르고 공부를 열심히 하면 눈감아주겠다고. 그래서 머리를 잘랐죠. 인생이 막막했어요.

💬 덕훈이는 하고 싶은 게 있어요?

원래 꿈이 미용사예요. 뉴질랜드 가서 생긴 꿈인데 거기는 다양하고

덕훈이는 십대를 방황하면서 많은 일을 겪었다.
그동안 부모님에게 반항도 하고 대들기도 했다.
하지만 부모님은 끝까지 아들을 믿고 곁을 지켜주었고
그런 부모님의 모습에서 자신이 믿고 의지할 만한 한줄기 빛을 보았다.
이렇게 흔들리면서 가는 길이 덕훈이는 자신을 찾아가는 길임을 믿는다.

재미있는 스타일의 머리 모양이 많잖아요. 전 제 머리를 제가 잘라요. 할머니한테 거울을 잡아달라고 해서 뒷머리도 깎을 수 있어요. 머리를 만지면 즐겁고 뿌듯해요. 뉴질랜드 있을 때도 머리는 제가 잘랐거든요. 거기서 비싸게 주고 가위도 샀어요. 지금도 가장 아끼는 물건이죠.

📼 **고등학교 가면 뉴질랜드랑은 학교 분위기나 수업 방식이 많이 다를 텐데, 적응할 수 있을 것 같아요?**

뉴질랜드는 야간자율학습이라는 게 없잖아요. 3시 이후에는 학교를 싹 비우니까요. 아무래도 밤늦게까지 남아 있으려면 좀 힘들겠죠. 일단 공부보다는 동아리 중심으로 활동을 해볼 생각이에요. 누나를 보면서 많은 생각을 해요. 누나가 뉴질랜드에 갔다 온 뒤로 완전히 철이 들었거든요. 중학교 때는 많이 방황했는데 지금은 아주 순해졌어요. 검정고시도 보고 자기 일도 찾고. 저도 언젠가는 제가 좋아하는 일을 찾아서 뭔가를 해내지 않겠어요?

현실을 알게 되니
꿈이 점점 작아져요

13

남혜원(진해 용원고등학교, 재수 준비생)

진해의 잔잔한 바다를 보며 혜원이와 만나기를 기대했다. 하지만 혜원이는 이미 진해를 떠나고 없었다. 재수를 하기 위해 대구에 있는 할머니 댁으로 들어간 것이다. 대구로 찾아가겠다고 했지만 한사코 거절했다. 밤늦도록 빡빡하게 짜인 학원 스케줄이 이유라면 이유였다.

대신 혜원이는 전화 인터뷰를 허락했다. 혜원이의 목소리는 작고 나지막했다. 때로는 옅게 떨리는 숨소리가 송화기를 타고 나에게 전해졌다. 그 떨림은 인터뷰로 인한 긴장이 아니었다. 그것은 혜원이 마음 안에 쌓인 고통과 아픈 기억을 건드릴 때 나는 소리였다.

혜원이는 3년 내내 정말 최선을 다해 공부했다. 가족 여행도 가지 않고, 친구들과 놀러 다니는 일도 포기하면서 공부에만 매달렸다. 그래서 고2 때부터는 전교 1등을 놓치지 않았다. 내신 등급 1.3퍼센트.

하지만 수도권 대학에서는 지방 학교라는 이유로 그 노력을 인정하지 않았다. 결국 혜원이는 대학에 떨어졌다. 한 인간으로서 한계를 느끼며 공부에 전념했지만 잘못된 교육 정책이 만든 학교 간의 격차에 고통 받아야 했다. 고려대뿐만이 아니라 다른 대학에서도 이미 고교 등급제가 이루어지고 있었던 것이다.

"현실을 몰랐을 때는 꿈이 크잖아요. 나중에 현실을 알게 되니까 꿈
이 점점 작아졌어요." 혜원이의 여린 목소리가 내 마음에 와서 박혔다.
혜원이는 이 악물고 1년간 열심히 할 거라고 했다. 고통의 시간을 1년
이나 연장한 혜원이에게 나는 희망의 말을 전할 수 없었다.

남혜원

(진해 용원고등학교, 재수 준비생)

🎙 진해에는 언제부터 살았어요?

6년 전 부산에서 이사를 왔어요. 진해가 바다와 가까워요. 친구 부모님 중에는 바다에서 고기 잡는 분들도 있어요. 저는 안골포…… 그러니까 이순신 장군이 지휘하는 조선 수군이 일본 수군의 주력부대를 물리친 곳이 있어요. 그곳 안골포 중학교를 거쳐 진해 용원고등학교에 갔어요.

🎙 용원고등학교는 생긴 지 오래됐어요?

아니요. 저희가 1회 졸업생이에요. 학교에 선배가 없었어요. 그랬다면 좋았겠죠. 공부하는 법도 가르쳐주고, 여러 가지 조언도 해줬으면 이번에 수능시험 볼 때 도움을 많이 받았겠죠. 그래서 조금은 안타까워요.

💬 **이번 수능이 힘들었어요?**
열심히 한다고 했는데…… 이상하게 평소보다 점수가 덜 나왔어요.
잘하는 과목도 그렇고. 내신은 좋게 나왔어요.

💬 **내신이 어떻게 돼요?**
1학년 때는 전교 1, 2등을 놓쳤는데, 열심히 하다 보니 점수가 점점 올
라서 2학년 때부터는 1등을 하게 됐어요. 1.3프로예요.

💬 **어느 학교를 지원했어요?**
여러 대학을 지원했는데, 대학에서 학교 이름을 보고 떨어뜨렸어요.

💬 **학교 이름을 보고 떨어뜨렸다고요?**
성균관대를 지원했어요. 내신으로 뽑았는데…… 창원에 있는 학생이
1.7프로였고, 저는 1.3프로였어요. 결과를 보니 그 학생은 붙고 오히려
제가 떨어졌어요.

💬 **고려대만 학교를 보고 뽑은 게 아니었군요.**
우리 학교가 창원보다 더 지방이고 새로 생긴 학교라서 불리하게 작용
한 것 같아요. 다른 고등학교는 수도권 대학을 나온 선배들이 다 있잖
아요. 그 선배들이 후배들을 뽑아주기도 하고 그러는데, 저희는 그런
선배가 없으니까요. 대학에서 다들…… 서울과학고 중간 정도 하는
학생에 비해서 지방고 1등 하는 학생의 수준이 떨어지는 건 아니다,
말은 그렇게 해도 현실은 그렇지 않죠.

🔊 열심히 한 것 같은데 떨어져서 많이 억울했겠네요.

속상해서 많이 울었어요. 거기다 수능 점수가 한두 문제 차이로 모자란 거예요. 그래서 더 속상했어요. 연세대는 두 단계를 거쳐서 학생들을 뽑았어요. 1단계는 내신으로만 점수를 계산해서 붙었는데, 2단계 수능 점수에서 떨어졌어요. 재수는 죽어도 안 한다, 재수할 바에는 차라리 대학에 안 가고 말지, 그렇게 마음먹었는데 막상 닥치니까 그게 아니더라구요.

🔊 지방이건, 서울이건 골고루 교육 받을 기회가 주어져야 하는데 그러지 못해 안타깝네요.

처음 진해로 이사를 왔을 때 부산보다 도시가 깨끗하고 좋았어요. 공부 면에서는 학교 분위기가 서울보다는 아무래도 못하죠. 바다에서 고기를 잡거나 공단에 다니는 부모들이 많아서 교육열은 다른 곳에 비해 높지 않지만, 그래도 열심히들 지원해주셨어요. 아파트 단지가 들어서서 큰 학원들도 있었고, 다들 돈벌이가 힘들어도 성의껏 학원에 보내주셨어요. 저는 아버지가 학교 선생님이어서 상대적으로 더 도움을 받았고요. 정말 노력하면 괜찮을 거라고 생각했어요.

🔊 아버님이 진해에서 선생님을 하셨나요?

아니요. 진해에서 부산까지 10분이면 가요. 아버지가 부산에 있는 고등학교로 출퇴근을 하셨어요.

🔊 아무리 지방 학교라도 전교 1등을 하려면 공부를 많이 했을 것 같은데…….

고등학교 3년 내내 거의 공부만 한 것 같아요. 밤 9시에 학교 수업이 끝나면 곧장 학원으로 가서 12시까지 공부했어요. 그런 생활을 되풀이

특별반

심화반

혜원이는 가족 여행도 따라가지 않았고,
친구들과 어울려 놀러 다니지도 않았다.
고등학교 3년 내내 공부에만 매달렸다.
운동량이 부족해 살이 많이 쪘고, 스트레스를 너무 받아
머리카락이 한 움큼씩 빠지기도 했다.
그래도 최선을 다했기에 후회하지는 않는다.
하지만 숨소리도 내뱉기 힘들 만큼 마음이 아픈 건 어쩔 수가 없다.

했어요. 집에서는 잠만 자고. 정말 최선을 다했어요. 그래서 저 자신에게 후회는 없어요.

🔲 **가족이랑 여행도 안 갔어요?**
고등학교 때는 가족 여행을 거의 못 갔어요. 놀러 가지도 않고 공부만 했어요.

🔲 **그렇게 공부하면 스트레스를 많이 받았을 텐데⋯⋯.**
머리카락이 많이 빠졌어요. 보통 빠지는 정도가 아니라, 머리를 감으면 내가 놀랄 정도로. 손가락에 걸려서 한 움큼씩 빠졌어요. 미용실에 물어봤더니 스트레스 받아서 그렇대요. 살도 많이 쪘어요. 운동량이 없으니까.

🔲 **공부하느라 계속 앉아 있고 움직이지 않아서 그런 거 아니에요?**
네. 학교 식당으로 밥 먹으러 갈 때만 움직였죠. 그래서 살찐 것 때문에 더 스트레스를 받았어요. 이런저런 스트레스로 부모님께 짜증도 많이 부렸어요. 지금 생각하면 그때 내 모습이 참 못됐는데, 부모님이 다 받아준 걸 생각하면 고마워요.

🔲 **가장 힘든 게 뭐였어요?**
잠을 참는 게 가장 힘들었어요. 밤 9시부터 잠이 몰려와요. 참기가 정말 힘들었어요. 학원에 있으면 잠이 너무 와서 견디기가 쉽지 않았어요.

🔲 **쏟아지는 잠을 억지로 참으려니 완전 고문이었겠네요.**
시험 마지막 날에는 늘 밤을 샜어요. 커피를 마셔가면서 억지로. 평소에는 학원에서 오자마자 씻고 바로 잤어요. 그리고 새벽에 일어나서 공부하고. 밤늦게까지 안 자고 공부하는 애들이 많이 부러웠어요.

🔲 혜원이는 무슨 과를 지원했어요?

영어를 좋아해서 영어영문과나 영어교육과를 지원했어요. 통역이나 번역 일을 하고 싶어서요. 그런데 원래는 초등학교 선생님이 되고 싶었어요. 현실을 몰랐을 때는 꿈이 크잖아요. 나중에 현실을 알게 되니까 꿈이 점점 작아졌어요. 성적이 안 되니까 꿈을 너무 크게 잡으면 안 되잖아요. 대학교는 서울로 가고 싶은데 전국 경쟁이라서 쉽지 않을 것 같아요.

🔲 영어 원서는 읽어본 적 있어요?

아직은 좋아하기만 하고 읽어본 적은 없어요. 독해 연습으로 몇 문단, 몇 페이지씩 읽는 수준이에요.

🔲 그럼 다른 책 같은 것은?

아, 책 읽을 생각을 아예 못했어요. 시간이 없어서. 학교 공부만 하기도 벅찼으니까요.

🔲 학교 공부 외에 다른 건 안 했어요?

공부 외에 기분 전환용으로 가끔 피아노를 쳤어요.

🔲 어떤 곡을 주로 연주해요?

인터넷에서 악보를 뽑아서 치고 싶은 곡으로. 피아노 명곡집이나 영화에 나온 음악들을 골라서 많이 쳐요. 특히 〈말할 수 없는 비밀〉에 나왔던 곡. 주걸륜이 주연으로 나오는 대만 영화예요.

📼 혜원이는 다른 좋은 것들을 희생하면서까지 공부에 집중했잖아요.
집중은 했는데, 즐겁다는 생각은 별로 안 들었어요.

📼 당시에 무슨 재미로 살았다는 생각이 들어요?
시험 치기 전 쉬는 시간에 친구들끼리 몰려서 같이 공부해요. 시험 끝
나고 나서 친구들이 내가 가르쳐준 문제가 나왔다고 기뻐하면 저도 기
분이 좋았어요. 노트 빌려달라고 하면 빌려주고. 그때는 그런 일이 재
미있었던 것 같아요. 서로 가르쳐주는 거.

📼 아, 서로 가르쳐주는 게 재미있었어요?
네. 그리고 공부 열심히 해서 학기 말에 교과 우수상을 받았을 때도 좋
았어요. 교단에 올라가서 상 받고 박수 받고……. 그러면 좋았어요. 부
모님도 칭찬해주시고.

📼 공부 외에 하고 싶은 일 없어요? 있다면 뭐가 있을까요?
운동을 했으면 좋겠어요. 공부하느라 움직이는 시간이 없으니까 건강
을 위해서 운동을 하고 싶어요. 지금 재수를 준비하고 있는데, 또 그런
생활이 반복될 것 같아요.

📼 지금 대구에 있는 할머니 댁에 있다고 했죠?
네. 대구에 할머니가 혼자 살고 계세요. 1년 동안 할머니 댁에서 공부하
기로 했어요. 진해에는 주위에 친구들이 많아서 공부에 집중하기가 쉽
지 않을 것 같아서요. 진해보다 큰 도시라서 주위에 큰 학원도 많구요.

☒ 진해에 친구들이 많아요?

친구들은 많아요. 그중에 3년 내내 같이 다닌 친구가 있어요. 그 친구
는 한국해양대에 갔어요. 지금은 부산에 있구요. 서로 마음이 잘 맞아
요. 중학교 때부터 아는 사이고, 서로 경쟁하면서 공부도 열심히 한 것
같아요.

☒ 공부 말고 다른 길을 선택할 수도 있잖아요. 다른 길을 선택한다면 뭘
   할 것 같아요?

(한참을 고민하다) 생각을 안 해봤어요. 공부에만 집중하느라……. 따로
생각해본 적이 없어요.

☒ 어쨌든 재수라는 쉽지 않은 길을 선택했네요.

무조건 이 악물고 열심히 해야 된다는 생각밖에 없어요. 친구들과도
잠시만 헤어지는 거예요. 나중에 멋진 모습으로 만나기 위해서.

현실을 알게 되니 꿈이 점점 작아져요 ──────────── •

발을 들여놓자니 겁나고
빼자니 불안하고

김선희(일산에 사는 학부모)

학부모 총회에 갔다가 깜짝 놀랐어요. 교장선생님이 우리 학교는 작년에 서울대를 수시로 몇 명이나 보냈고, 연대 고대를 몇 명 보냈고, 특목고를 우대하는 대학을 개교 이래 제일 많이 보냈다, 이런 이야기만 잔뜩 하더라구요.

길고 긴 인생에서 아이들이 지금 어떤 단계를 지나고 있으니 이렇게 돌보겠다, 스트레스를 받는 아이들을 어떻게 잘 보듬어서 인도하겠다, 이런 이야기는 하나도 없었어요. 학교 시설이 얼마나 좋은지, 이번에 사설 독서실을 새로 지었다느니, 하는 이야기만 듣고 왔어요. 물론 부모인 저도 입시 얘기가 그렇게 싫지는 않았어요. 그런데도 막상 그런 이야기만 듣다 보니 왠지 모르게 씁쓸하더라구요.

저는 애가 셋이에요. 큰애는 고등학교 2학년, 작은 애는 중학교 2학년, 막내는 늦둥이로 태어나서 지금 초등학교 3학년이에요. 정말이지 학원에 들어가는 돈이 장난이 아니에요. 큰애는 지금 수학학원만 다니는데도 한 달에 30만원이 들어요. 영어까지 시키면 경제적인 부담이 너무 커서 그냥 제가 가르치고 있어요.

수학 한 과목에 정말 그렇게 들어요. 지난 겨울방학에는 75만원을 내고 수학을 가르쳤어요. 아이가 이과라서 수2까지 배워야 했거든요. 과학이나 나머지 과목은 혼자서 할 수밖에 없어요. 거기까지는 돈을 댈 형편이 안 되니까요.

게다가 둘째 애는 무용을 하고 싶대요. 꿈이 무용가예요. 자식이 하겠다는데 말릴 부모가 어디 있겠어요. 그래서 무용학원에 보내고 있어요. 작년에 작품 발표회를 하는데 작품비 500에 의상비 150만원이 들었어요. 그 돈을 마련하느라 정말 죽는 줄 알았어요.

셋째는 지금 태권도 학원 10만원에 학습지 몇 만원이 들어가요. 막내라 거의 신경을 못 쓰고 있죠. 애가 호기심이 많아요. 과학 실험을 하고 싶다고 학원에 보내달라는데, 솔직히 엄두가 안 났어요. 과학학원이 한 주에 한두 번 수업을 하고 30만원을 받아요. 방학 때 생각해보자면서 얼버무리고 넘어갔죠.

애가 원한다고 섣불리 과학학원에 보낼 수도 없어요. 한번 하면 계속 시켜야 하니까요. 국가에서 셋째라고 특별히 혜택을 주는 것도 없어요. 방과 후 특기적성 한 과목이 무료라는 정도? 그마저도 얼마 전에 없어졌어요. 예산이 줄었나 봐요. 특기적성 한 과목에 7만 5천원인데 신청하겠다고 해서 그러라고 했어요.

애들 교육비를 대느라 정말 등골이 휘어요. 무슨 카드 돌려막기도 아니고, 이번 달은 여기서 뽑아서 저기 넣고 다음 달은 저기서 뽑아서 여기 넣고. 솔직히 어디에 구멍이 났는지도 모르겠어요. 앞으로 10년에서 15년 사이에 돈이 가장 많이 들 텐데 걱정이에요. 노후 계획은 꿈도 못 꾸고 적금통장은 하나도 없어요. 다달이 메우느라 바쁘죠. 앞으로 남편 직장이 어떻게 될지 몰라서 더 불안해요. 그래서 날마다 기도해요. 하루 세 끼 밥 먹고, 이 집에서 편히 잘 수 있게 해주셔서 감사하다고.

주변 엄마들 말로는, 서울대에 자식을 보내려면 꼭 필요한 세 가지가 있어야 한대요. 1위가 엄마의 정보력, 2위가 아빠의 경제력, 3위가 아이의 재능이래요. 한마디로 재능은 만들어진다는 소리죠. 그렇게 만들어진 아이들이 서울대에 간다고 모두 성공하는 건 아니잖아요. 서울대를 나온 백수가 몇 천 명은 되니까요.

자식 공부에 '올인'하는 엄마를 둔 애들은 진짜 죽어나요. 사목하는 신부님이 세례 받을 준비를 하는 초등학생 엄마들을 한 주에 한 번씩 교육하는 시간에 이렇게 물었대요. 밤 9시에 애를 학원에 보내는 엄마들은 손들어보세요. 그랬더니 몇몇 엄마들이 손을 들었어요. 신부님이 뭘 얼마나 배운다고 그 시간에 애를 학원에 보내느냐고 야단을 쳤어요.

그러자 그중 한 어머니가 이렇게 말했대요. 신부님이 되려고 가톨릭대학에 들어가려면 거기 경쟁률이 얼만 줄 아세요? 몇 등급이라야 거기 갈 수 있는지 아세요? 이게 현실이에요. 신부님은 바른말 할지 몰라도 현장에서 보는 엄마들 생각은 아니다 이거죠. 이젠 신부님이 되려고 해도 돈이 들고 학원이 필요한 시대예요.

전 아이들 셋을 직접 가르쳐요. 아침에는 큰아이 종합영어, 점심때는 둘째아이 1차 방정식, 저녁에는 막내 종이접기…… 이런 식이죠. 때로는 내가 나이별로 다채로운 삶을 산다고 좋게 생각하지만, 심사가 뒤틀릴 땐 신세 한탄이 이어져요. 내가 지금 이 나이에 뭐 하는 건가 싶고. 그래도 애들 점수가 잘 나오면 좋아하고, 점수가 떨어지면 이제 어떡하니, 하면서 한숨짓고…… 제가 그러고 살아요.

중간고사, 기말고사 볼 때마다 애들이 정말 스트레스를 받아요. 말도 못 붙여요. 큰애가 그런 적이 없었는데 작년에 새벽 3시까지 공부를 했어요. 닷새 동안 시험을 보고 나니까 애 얼굴이 누렇게 뜨더라구요. 그렇게 공부하면 속으로 걱정이 돼요. 어떡하니, 자야 되는데. 근데 사람 마음이 얼마나 웃기냐 하면 애가 12시쯤 자잖아요, 그러면 벌써 자면 어떡해, 이런 생각이 들어요.

제가 어떨 때는 사이코 같아요. 애 눈치를 살살 보는데, 물어보니 다른 엄마들도 그렇대요. 애들이 학교 마치고 집에 딱 들어올 때 밝은 얼굴로 인사

• ———— 대한민국 10대를 인터뷰하다

하면 아무 일 없는 거고, 그냥 제 방으로 쑥 들어가면 무슨 일 있는지 마음을 졸이게 돼요. 시험 보고 오는 날이면 어깨가 축 처진 게 불쌍하고.

학교 시험은 내신 때문에 스트레스를 받고, 모의고사는 네 번을 보는데 전국 석차가 나와서 또 스트레스를 받아요. 한 달에 한 번은 시험이 있는 셈이 잖아요. 며칠 전에 큰아이가 통 그런 말을 안 하더니…… 친구가 적이다, 내가 밟고 올라서야 할 적이다, 이러는 거예요. 내가 놀라서 말이 너무 험하다고 했더니…… 글쎄, 인정할 건 인정하래요.

시험, 수능, 교육 제도가 모두 모순 덩어리인 건 알았지만, 친구를 적으로 삼아서 밟고 올라서야 한다는 식으로 생각하면 딸이 얼마나 괴롭겠어요. 옆자리 짝을 적이라고 생각하면 교실이 얼마나 삭막해지겠어요. 근데 사실이에요. 애들이 정말 그렇게 생각해요.

그런 제도를 만들어놓고 아이들에게 '친구' 운운하게 하느냐고. 더군다나 일반고니까 특목고로 공부 잘하는 아이들이 다 빠져나갔잖아요. 그러니 제가 다니는 학교를 허접하다고 생각해요. 우리가 학교 다닐 때는 특목고가 없어서 공부 잘하는 애도 못하는 애도 섞여서 공부했잖아요. 요즘은 그렇지 않아요.

상황이 이렇다 보니 제가 막내를 특목고에 보내고 싶어졌어요. 이런 말을 하니까 한 분이 몇 살인데? 그래요. 열 살이라고 했더니 열 살이면 늦다는 거예요. 초등학교 1학년 때부터 시작해야 한대요. 이 지역은 정말 그래요. 평범한 아이들을 특목고에 보내려면 초등학교 들어가자마자 그룹을 꾸려서 하는 거래요. 그 아이들이 수학 과목 그룹지도를 받는데, 두 시간 수업에 세 단원을 나간대요.

보통 초등수학이 한 학기에 일고여덟 단원을 나가잖아요. 그걸 과외로 두세 번 만에 끝내는 거예요. 두 시간에 세 단원을 나갔으니, 그 단원에 있는 문제들을 다 못 풀었을 거 아니에요. 그러면 그게 숙제가 돼요. 양이 엄청나죠.

집에 와서 엄마는 아이들을 쪼는 거예요. 애는 숙제하느라 자정까지 잠도 못 자고.

그런 식으로 아이들이 영어도 배우는데 원어민 수준으로 하게 해요. 듣고 보니 회의감이 들더라구요. 왜 그렇게 열심히 시키냐고 물으면 외고로 갈지, 과고로 갈지 몰라도 어떻게든 해놔야 한대요. 그래야 나중에 뭐라도 선택할 수 있다고. 그런 부모들은 수입의 절반을 사교육비로 써요. 듣다 보면 혼란스러울 때가 많아요.

아이들을 고생시키지 말자는 개똥철학으로 나중에 애들을 망치는 게 아닐까, 정말 걱정이에요. 그 세계에 발을 들여놓자니 두렵고 빼자니 불안한 거예요. 애들을 경쟁으로 내몰고 싶지는 않지만, 한 발 물러나서 그냥 지켜보고 있기에는 너무 불안한 거죠. 제가 이러지도 저러지도 못하고 있어요.

학교 안에서는 성장할 수 없었어요

고한결(중학교 자퇴생, 한국 디지털 미디어고 합격)

14

　한결이는 수학과 과학 쪽에 재능이 많은 아이이다. 어릴 때는 미술시간에 숫자와 문자로 그림을 하도 그려서, 그걸 이해 못한 선생님에게 상담을 받은 적도 있다. 한결이 부모는 아이의 재능을 살리기 위해 노력했지만, 한국에서 적절한 교육법을 찾기란 쉽지 않았다. 외국으로 나가서 아이를 교육시킬까도 고민했지만 경제적인 부담을 무시할 수 없었다.

　한결이는 아주대학교 영재교육원에 시험을 친 적이 있다. 초등학생 영재 40명을 뽑는데 1500명이 넘게 몰렸다. 일산이나 분당에 있는 영재시험 대비 학원에서 공부를 하거나 그룹별로 과외를 받은 학생들이 많았다. 대학부설 영재교육원에 입학하는 것이 과학고 진학에 유리하다고 판단한 부모들이 자식들을 영재시험으로 내몰고 있었던 것이다. 영재 교육도 입시 경쟁에서 자유롭지 않았다.

　한결이는 영재학원을 다니지는 않았지만 1차를 합격했다. 하지만 학원을 다녀야 하는 부담감 때문에 그만두었다고 한다. 아주대학교에서 수학을 담당하는 교수는 영재를 뽑는 방법이 다양해져야 하는데, 우리나라 상황에서는 문제 풀이를 통해서 걸러내는 방법밖에 없어 안타깝다고 한다. 학원을 다니면서 잃어버리는 영재성은 어디서 찾아야 할까?

여러 가지 대안을 찾던 한결이는 일반 학교로 진학했다. 한결이가 다닌 중학교는 새로 생긴 곳으로 학생들을 열심히 공부시켜 학교의 위상을 높이려는 의지가 있었다. 그러다 보니 학생들에 대한 통제가 상대적으로 심했다. 나는 그 학교 학생에게서 사회 숙제를 안 해서 손바닥을 100대나 맞았고, 쉬는 시간마다 숙제를 하느라 쉴 수가 없었다는 말을 들었다.

"1학년 때는 하루의 반을 매만 맞았어요." 한결이는 단순하게 반복되는 수업과 심한 매질에 의욕을 잃고 학교를 그만두었다. 학교 안에서 한결이는 성장할 수 없었지만, 학교 밖에서 많은 사람들을 만나면서 자신에게 필요한 것들을 하나씩 채워나갈 수 있었다.

한결이가 가진 재능이 지금은 많이 사라졌지만, 좋은 환경을 만나 즐겁게 생활한다면 그 재능은 다시 피어나리라 믿는다. 한결이와 이야기를 나누면서 그동안 답답한 교육 환경에서 참 많이도 외로웠으리라는 생각이 들었다. 그 아이의 마음 안에 무엇이 녹아 있을까, 걱정이 되었다. 지금은 검정고시를 통해 컴퓨터 특성 학교인 한국 디지털 미디어고에 다니고 있다. 그곳에서 한결이가 많은 것을 배우고 얻기를 진심으로 바란다.

고한결
(중학교 자퇴생, 한국 디지털 미디어고 합격)

📼 한결이는 요즘 어떻게 지내고 있어요?

놀면서 지내요.

📼 뭘 하면서 놀아요?

텔레비전도 보고 컴퓨터도 하면서 지내고 있어요.

📼 한참 공부해야 할 때 시간을 그렇게 보내면 허무하지 않아요?

순간순간 허무하고 내 자신에 대해서 생각을 많이 하게 돼요. 아, 내가
이래도 되나, 하구요. 하지만 텔레비전 보는 게 행복할 때도 있어요.

📼 어떤 때요?

몸이 피곤해서 텔레비전 보면서 스르르 잠이 들 때요. 그때는 참 행복하죠.

📼 텔레비전 보는 게 아주 높은 경지까지 올랐군요(웃음).

〈무릎팍도사〉, 〈무한도전〉, 〈꽃보다 남자〉…… 버라이어티 프로랑 드라마를 계속 봤어요. 제가 너무 보니까 엄마가 옆에서 보더니 체념한 얼굴로 그래요. 누가 아냐, 네가 커서 연예 프로 피디가 될지(웃음).

📼 컴퓨터와 텔레비전만 하루 종일 계속 보나요?

그건 아니고 영화를 하루에 한 편씩 봐요. 어떤 때는 두 편도 보고. 지금까지 아마 백 편도 넘게 봤을 거예요. 그리고 헬스클럽에 다니면서 운동도 하고 수학공부는 제가 하고 싶어서 조금씩 하고 있어요. 다른 공부는 거의 안 하고요.

📼 영화를 백 편 넘게 봤으면…… 주로 어떤 영화를 봤어요?

저는 〈나비효과〉, 〈식스센스〉, 〈매트릭스〉가 재미있었어요. 요즘 본 영화는…… 정당방위에 대한 문제를 다룬 〈펠론〉, 인간이 가장 두려워하는 죽음의 공포를 극대화시킨 〈쏘우〉, 멜로드라마인 〈내 생애 가장 아름다운 일주일〉……. 장르 불문하고 이것저것 많이 봤어요. 영화를 보다 보면 내가 세상을 겪으면서 느꼈던 게 공감되는 면들이 많았어요. 또 어릴 때 몰랐던 게 커서 이해가 되는 점도 있구요.

📼 컴퓨터는 주로 게임을 많이 하나요?

게임을 많이 하죠. 요즘 하는 게임이 '슈퍼파워'라고 지구에서 나라

하나를 골라서 그 나라의 정치나 경제를 직접 운영해보는 프로그램인데 정말 재밌어요. 프랑스, 러시아 또는 알려지지 않은 아주 작은 나라 등 세계 어느 나라든지 직접 운영해볼 수 있어요. 이렇게 게임도 하고 인터넷 소설이나 강풀이 그린 만화도 보고, 진화론을 주장하는 교수와 창조론을 주장하는 학생들의 논쟁도 보구요. 음악도 듣고.

📟 한결이는 수학이나 과학 방면으로 영재라는 말을 들었는데…….
영재까지는 아니구요, 지금은 머리가 많이 굳어지기는 했지만 재능은 좀 있는 것 같아요. 아빠가 그러시는데 제가 어릴 때 숫자, 문자, 음표 같은 기호에 관심이 많았대요. 다른 아이들이 나무나 동물을 그릴 때 저는 그런 기호들을 그림으로 더 많이 그렸어요.

📟 언제 그런 재능을 발견했어요?
네 살 때 수를 배우기 시작하면서 스스로 문제를 만들어냈는데, 그중 하나가 '무한대 빼기 4'였다고 해요. 제가 무한대의 크기를 자꾸 물어보니까 억, 조, 경까지밖에 몰랐던 부모님이 공부를 해서 불가사의, 무량, 겁…… 이런 단어들도 수에 든다고 말했던 기억이 나요.

📟 수학을 놀이처럼 했군요. 그렇게 재미있었나요?
숫자가 눈앞에서 날아다녔어요. 수학 문제를 보면 딱 머릿속에 입체적으로 공간이 생기면서 그림이 그려져요. 어떻게 풀어야겠다, 답이 나오는 거죠. 지금은 감각이 느려졌지만 시험지에 과정을 쓰지 않고 곧바로 답을 썼어요. 손보다는 머리로 푸는 게 더 빨랐죠. 그리고 초등학교 4학년 때는 사물에 있는 규칙성을 찾는 걸 좋아했어요. 특히 수열을 좋아했죠. 규칙성은 딱 맞아떨어지는 이성적인 영역이죠. 그때는 그런

•──── 대한민국 10대를 인터뷰하다

느낌이 좋았어요. 지금은 감성적인 면을 좋아하지만. 영화를 많이 봐서 그런가? 제가 많이 바뀌었어요.

🔲 대부분 학생들은 수학을 시험 문제로 대하는데, 살아 있는 생물처럼 뭔가를 느끼면서 푸는 게 재밌네요.
저는 모든 사물을 수로 표현하기를 좋아했어요. 《드래곤볼》이란 만화를 보면 사람의 힘을 수로 표현하잖아요. 그것처럼 사물들이 수로 매겨진다는 게 신기했어요. 그런데 커서 알았죠. 모든 걸 숫자로만 표현할 수 없다는걸. 지금도 그 버릇이 남아서 운동할 때 몸의 지방이 수로 나타나요. 그게 재밌어요. 골격근육은 지방이 몇 킬로그램, 내장근육과 심장근육은 지방이 몇 킬로그램, 이렇게 표시되는 게. 몸이 변화되는 과정을 수로 표현하는 거잖아요.

🔲 수학자를 해도 괜찮을 것 같은데요.
네. 제가 처음 보는 문제가 나오면 여러 각도로 생각하면서 문제를 풀었어요. 선생님이 가르쳐준 방식과는 다르게 풀었는데 답은 맞아요. 창의성이 있다는 말을 제법 들은 것 같아요. 가끔 전국 경시시험을 쳤는데, 거기서도 최상위권이었으니까요. 제가 수학을 계속했더라면 좋은 수학자가 될 수 있을 것 같기는 해요. 근데 저는 물리학자가 되고 싶었어요. 잠깐이지만.

🔲 물리학도 잘 맞을 것 같은데요.
화학이나 생물학보다 물리학이 더 쉽게 받아들여졌어요. 재미도 있구요. 뉴턴의 힘이라는 게 신기하잖아요. 모든 사물이 작용과 반작용으로 이루어진다는 게. 그리고 물리학에서 시간과 공간이 어떻게 변하나, 이

수학과 과학에 재능이 많은 한결이는
한때 모리츠 에셔의 그림에 심취한 적이 있다.
천사는 자신의 윤곽으로 악마를 만들고
악마는 자신의 윤곽으로 천사를 만드는 그림을 좋아했다. 또
오른손이 왼손을 그리는지, 왼손이 오른손을 그리는지
알 수 없는 그림도 좋았다.

런 생각들도 재미있었어요. 3차원에 사는 사람들이 11차원의 세계를 이해하기는 거의 불가능하잖아요. 11차원은 어떤 세계일까? 지금의 나는 상상할 수 있을까? 착시효과나 반복된 패턴을 활용한 에서(M. C. Escher)의 그림들처럼요. 어떤 계단은 올라가는데 내려가는 게 되는.

🔲 한결이는 중학교를 일반 학교로 갔어요?
안산으로 이사를 가서 C중학교를 다녔어요.

🔲 생각이 독특해서 일반 학교에 적응하기 쉽지 않았을 것 같은데…….
부모님이 그걸 우려해서 대안학교에 보내려고 했어요. 6학년 때 부모님이랑 제천에 있는 간디학교에 간 적이 있어요. 제가 다닐 만한 곳인지 알아보려구요. 선생님이랑 이야기를 해봤는데 거기는 예술이나 자연 중심으로 수업이 이루어지기 때문에 수학, 과학 쪽으로 하려는 학생들을 뒷받침할 수 있는 곳이 아니래요. 자유로울 것 같기는 한데, 제가 원하는 공부를 안 시켜줄 것 같아서 걱정이 됐어요. 제 뜻을 펼 수 없을 것 같았죠. 또 문제가 있는 아이들이 대안학교에 간다는 잘못된 생각도 했구요.

🔲 그런 편견이 많죠. 그래서 어떻게 하기로 했어요?
어머니는 과학을 하더라도 그런 과정이 필요하다면서 길게 보고 다니자는 쪽이었고, 아버지는 일반 학교에 가서 아이들과 어울리면서 갈등하고 부대껴야 한다는 쪽이었어요. 일단 제가 대안학교는 안 간다고 해서 그냥 일반 학교로 갔어요.

🔲 학교에 적응은 잘했나요?

고역이었죠. 공부에 집중은 안 되는데, 열 몇 시간을 앉아 있어야 해서 고통스러웠어요.

🔊 왜 집중이 안 됐어요?

모든 과목이 그런 건 아닌데, 공부하는 게 지루하고 힘들었어요. 중2 과학시간에 가속도에 대해서 배우는데 초등학교 2학년 수준으로 하는 거예요. 두 친구가 양쪽에서 실을 잡고 있고, 그 사이에 종이를 끼워서 움직이게 하는 실험으로. 다 아는 내용을 지루하게 반복하고 있었죠. 게다가 1학년 때는 하루의 반을 매로 버텼어요.

🔊 매를 맞았어요?

네. 수업 시간에 창밖을 본다고 맞고, 복도를 뛰어다닌다고 맞고, 선생님께 인사를 안 한다고 맞고……. 제가 노트 필기하고 숙제하는 걸 정말 싫어했어요. 초등학교 담임선생님은 저를 아니까 내버려두셨는데, 중학교 때는 선생님들마다 다르잖아요. 필기와 숙제를 안 했다고 엄청 맞았어요. 어떤 과목 선생님은 50대, 100대씩 때렸어요. 또 시험을 봐서 60점을 맞으면 40대를 맞는 거예요. 그러니까 100점 맞은 애를 빼놓고는 다 맞았어요. 반 친구 중에 한 명이 잘못하면 또 단체로 맞아요. 학교에 가서 매 맞은 기억밖에 없어요.

🔊 선생님과 이야기를 좀 하지 그랬어요.

선생님이랑 대화한 적이 없어요. 선생님한테 불려가는 경우는 딱 하나죠. 매 맞거나 벌 받을 때. 가장 끔찍했던 게…… 1학년 담임이 반에서 선생님 말을 가장 안 들을 것 같은 애랑, 반에서 친구들이랑 가장 못 지낼 것 같은 애를 투표하게 한 적이 있어요. 그래서 다섯 표 이상 나오는 애들을 때렸어요.

🔲 정말? 그런 일도 있었어요?

네. 왜 맞아야 하는지도 모르면서 애들이 울면서 맞았어요. 지금 같으면 그런 투표를 하는 것 자체가 말이 안 된다, 잘못한 게 없으니 때리지 말라고 했겠죠. 초등학교에서 막 올라와서 다들 어릴 때라……

🔲 반 친구들에게 그런 투표를 시키다니…… 생각만 해도 화가 나네요.

남자 선생들은 대부분 뺨을 때렸어요. 머리가 길거나 친구들하고 싸우면 학생주임이 한쪽 뺨을 붙잡고 다른 쪽 뺨을 13대, 15대씩 때리는 거예요. 맞고 나면 정신이 나가요. 이건 다른 반에서 있었던 일인데, 컴퓨터 시간에 한 학생이 딴 짓을 하다가 선생님한테 뺨을 계속 맞아서 기절할 뻔했어요. 그래서 애들이 컴퓨터 시간에는 자세 하나 흘뜨리지 않고 긴장하면서 수업을 들었죠. 맞을까 봐 겁나서(웃음).

🔲 학교가 아주 전쟁터였군요.

그래도 친구들하고 재미있게 논 기억은 있어요. 드문드문 생각이 나요.

🔲 수업에 흥미를 잃었겠네요.

그렇죠. 의욕을 잃어버렸다고 봐야죠. 2학년 때 부모님이 걱정을 하면서 안산교육청 영재반 시험을 보라고 해서 본 적이 있어요. 학교에서 저 혼자 합격을 했는데 선생님들 사이에 알려져서 이제 수업 시간에 저한테만 어려운 문제를 내는 거예요. 그게 또 부담이었어요. 질문해서 모르면 영재가 뭐 그래, 문제를 맞히면 영재라 달라, 그러고.

📼 그때 마음이 어땠어요?

힘들었죠. 부모님이 저 때문에 고민을 많이 하셨어요. 제가 과학이나 수학 쪽에 재능이 있다고 판단해서 과학고등학교에 보냈으면 하셨거든요. 그런데 학교에서는 그런 준비를 해주지 않잖아요. 그래서 큰 학원을 찾아갔어요.

📼 학원에 다니기로 혼자 결정한 거예요?

솔직히 제 의사는 아니었어요. 부모님 의지가 컸죠. 어릴 때는 누구나 부모님이 많은 것을 판단해서 알려주니까…… 그게 꼭 나쁜 것만은 아니라고 생각하는데…… 힘은 들었어요. 일단 과고 준비반 시험을 봤는데 합격했어요. 그런데 수업이 장난이 아니었어요. 거의 날마다 밤 12시에 수업이 끝나고 토요일, 일요일에도 하구요. 저는 그렇게 못할 것 같았어요.

📼 그래서 학원을 안 다니기로 했어요?

부모님과 타협했죠. 올림피아 경시반에 들어가서 한 달만 해보기로 했어요. 한 달 후에 시험이 있었거든요. 그 한 달을 하는데도 정말 힘들었어요. 새벽 2시에 집에 들어왔거든요. 학원을 안 다닌 애가 그랬으니 말 다 했죠. 원래 규칙적이고 반복적인 일을 싫어했거든요. 너무 힘들어서 학교에 가면 수업 시간에 졸고, 졸다가 또 야단맞고. 어떤 선생님은 영재라고 날 무시하냐, 그러시고. 결국 나랑 너무 안 맞고, 의미도 없는 것 같아서 과고 준비는 포기했어요.

📼 그런 상황에서 학교생활도 쉽지 않았겠네요.

하루는 저랑 친한 친구인 진이가 몸이 몹시 아팠어요. 그때 왜 그랬는지는 모르겠는데, 제가 선생님께 말하지도 않고 그 친구를 따라 병원에 갔어요. 학교를 벗어난다는 게 그렇게 자유로울 수가 없었어요. 담임선생님한테 무단 외출로 엄청 야단을 맞았지만요.

🖭 학교를 벗어나는 게 자유로웠어요?

네. 편안했어요. 그 후로 날마다 아침에 일어나서 생각했어요. 내가 왜 학교에 가야 하지? 어차피 학교 가도 멍하니 앉아 있다가 의미 없이 시간만 보내고 올 텐데. 이런 생각이 자꾸 쌓이다 보니 학교가 무작정 싫어졌어요. 집에는 학교 간다고 하고 나와서 다른 곳으로 갔어요.

🖭 집 나와서 학교에 안 가고 어디 갔어요?

갈 데가 없더라구요. 교복 차림으로 공원에 갈 수도 없고, 혼자 극장에 가기도 뭐하고. 그래서 피시방에 갔어요. 정말 좋았어요. 아무도 건드리지 않는 곳에서 쉬었으면 좋겠다는 생각을 했거든요.

🖭 그동안 학교생활에서 스트레스를 많이 받았나 봐요. 학교 안 다니고 집에서 쉬고 싶었어요?

아침에 시간 맞춰서 등교해야 한다는 부담감 없이 잠도 푹 자고, 늘어지게 티브이도 보고, 게임도 실컷 하고…… 그러고 싶었어요. 그때가 6월 말이었는데, 부모님이 방학 때까지 쉬면서 생각해보자고 하셨어요. 담임선생님도 출석 일수가 괜찮으니 8월 말에 방학 끝나고 와도 된다고 하셨어요.

🖭 선생님이 한결이의 그런 마음을 이해해주셨군요.

네. 그렇게 쉬고 개학을 해서 학교에 갔어요. 그동안 머리가 너무 길어

한결이는 학교를 그만둔 뒤로 자유를 만끽했다.
아무도 자신을 건드리지 않는 곳에서 하고 싶은 일을 마음껏 했다.
실컷 티브이를 보고 만화도 읽고 게임도 하면서 놀았다.
그러다 십대 중반을 어떻게 보낼지를 놓고 고민하기 시작했다.

서 개학 전날 짧게 잘랐거든요. 근데 학생주임이 절 부르는 거예요. 선생님 기준에는 제 머리가 길었나 봐요. 이미 운동장에는 100명이 넘는 애들이 서 있었구요. 다 머리 때문에 걸린 학생들이었어요. 그렇게 많은 애들이 뜨거운 햇빛 아래에서 두 시간 동안 벌을 섰어요. 그때 생각했어요. 이제 정말 학교를 다니지 말자.

🔲 그 뒤로 학교를 안 간 거예요?
네. 한 번도 안 갔어요. 학교 안에서는 제가 성장할 수 없었어요. 그 후로 집에서 계속 놀았어요.

🔲 고민 끝에 무슨 해답을 찾았어요?
두 가지를 하기로 결정했어요. 실컷 노는 거랑, 멋 내는 것. 그 두 가지를 다 해봤는데 지금은 이런 생각이 들어요. 실컷 놀기는 했는데 노는데 '실컷'은 없다는 것(웃음). 멋 내기는 옷을 사려고 용돈을 모아서 매장을 돌고 인터넷 쇼핑을 하곤 했는데, 그 시기가 지나니 재미가 없어지더라구요. 키도 크고 몸도 커지니까 애써 멋을 안 부려도 멋이 나는 것 같아요(웃음). 그렇게 놀다가 부모님이 권해서 다솜학교에 들어갔어요.

🔲 다솜학교?
일반 학교도 아니고 대안학교도 아닌, 그 중간 정도 되는 곳이에요. 학기 중이라 학생이 나밖에 없었어요. 원장이 제 특성을 살려서 현장체험 중심으로 하기로 하고 간 거예요.

🔲 거기서 어떤 식으로 수업을 받았나요?
기억에 남는 건…… 모래를 넓게 쌓아놓고 그 모래에 자기만의 나라를 세우는 걸 했어요. 아주 유용했고 재미있었어요. 나만이 아는 나를 찾는 훈련과 내가 꿈꾸는 세계를 찾는 훈련을 한 거죠. 또 그림을 그려서 심리테스트 같은 걸 했고, 요가도 했고, 토론수업도 했어요. 영화를 보면서 영어수업도 했고, 피아노도 배웠어요. 피아노는 원장 아들이 가르쳐줬어요. 그 형도 학교를 안 다니고 혼자 공부했는데, 수시로 연세대를 1차 합격한 상태였어요. 그 형이 저한테 참 잘했고 저도 형이 좋았어요.

📼 한결이에게 도움이 되는 수업들이었어요?

눈에 보이지는 않지만 뭔가 도움이 되었을 거라고 믿어요. 하지만 처음에 제가 생각했던 맞춤식 현장체험은 아니었던 것 같아요. 그분들이 체계를 갖춘 지 얼마 안 됐을 때라 불안정했어요. 수학을 가르치는 선생님을 오히려 제가 가르쳤으니까요(웃음).

📼 (웃음) 또 기억나는 선생님이 있어요?

심리를 가르치는 선생님이 있었는데, 수업 마지막 날 치킨을 시켜먹었어요. 바로 옆에 컵이 있어서 아무 생각 없이 콜라를 따라 마셨는데 그 선생님이 '한결이는 컵의 모양을 중요하게 여기는구나, 아기자기한 컵을 좋아하네' 그러는 거예요. 그래서 제가 그렇게 단순하게 사람을 판단하지 말라고 했죠. 그냥 아무 컵이나 옆에 있어서 쓴 건데 자신이 다 아는 것처럼 말하는 게 좀 짜증이 났어요.

📼 학생은 한결이 혼자였어요?

나중에 학교에 적응하지 못한 열여덟 살 형이 왔어요. 근데 그 형이 술을 먹었어요. 소주를 사서. 원장이 경찰에 신고했잖아요. 그래서 그 형

•──────── 대한민국 10대를 인터뷰하다

이 조서 쓰고 그랬어요. 가족 같은 분위기는 아니었어요. 가르치는 내용에 비해서 수업료도 만만치 않았구요.

🔲 거기는 어떤 아이들이 와요?

대부분 학교에 적응 못한 친구들이죠. 방학이 되자 학생 수가 많아졌어요. 다른 생활을 한번 겪어보고 자퇴를 할까, 아니면 학교를 계속 다닐까, 결정을 하려는 아이들이요. 학교에서 상처를 받은 형이나 누나들이 많았어요. 왕따를 당하거나 폭력을 당한. 어떤 누나는…… 제가 추측하기에는 나쁜 사람들에게 몸을 망친 것 같았어요. 거기 와서도 행동이 좀 이상했어요.

🔲 또래 친구는 없었어요? 같이 친하게 지낸.

다솜에서 형천이라는 아이를 만났어요. 저랑 나이가 같아요. 그 친구는 시골 아이처럼 생겼는데, 163센티미터 정도로 키가 많이 작아요. 그래서 제가 땅꼬마라고 불렀어요. 형천이는 착하고 좋은 아이에요. 뭐랄까 함께 있으면 마음이 평화로워지고 재미가 있었어요. 순수한 아이라는 느낌이 들었어요. 여튼 그 친구랑 친했어요. 그 친구 집이 바다와 가까운 오이도인데 거기 가서 자주 놀았어요.

🔲 다솜학교에서 부족하지만 여러 가지 프로그램도 하고 한결이와는 다른 친구들도 많이 만난 것 같은데요?

생각하는 힘을 배우고 있다는 생각이 들었어요. 뭔가를 배우려면 배우기 위한 배경을 만들어야 한다고 생각하는데, 그 배경을 만들어가는 시기였던 것 같아요. 다솜학교를 다섯 달 정도 다니고 나서 검정고시를 준비했어요.

📼 **검정고시를 준비한 이유가 있나요?**

일단 검정고시는 봐야 한다고 생각했어요. 시험을 잘 보고 나서 뭘 할지를 결정하자. 그렇게 생각했어요.

📼 **몇 명이 함께 공부했어요?**

한 교실에 오륙십 명 정도 됐어요.

📼 **어떤 아이들이 검정고시를 준비하던가요?**

유학을 다녀온 아이들이 많았어요. 뉴질랜드, 필리핀, 중국 등이요. 나랑 비슷하게 학교를 나온 형들도 있었구요. 그중에는 음악 하는 형들도 있었어요. 아르바이트를 하면서 노래를 열심히 했어요. 결혼식이나 가족 잔치에 축가를 부르러 가고 피아노를 치기도 했어요. 수업이 끝나면 거기서 사귄 친구들이랑 가끔 노래방에 갔는데, 형들이 노래를 참 잘 불렀어요. 팝송이나 헤비메탈을.

📼 **한결이는 노래 안 해요?**

전 노래방 가는 건 별로 안 좋아하는데, 노래 부르는 건 좋아해요.

📼 **잘 불러요?**

잘 부르기보다는 목소리가 감미로워서……. 제 별명이 박효신이에요. 박효신 노래가 딱 나오면 친구들이 야, 한결이 마이크 줘라, 그러면서 웃고 난리죠(웃음).

📼 **노래하는 형들을 만나서 좋았어요?**

굉장히 개방적이었어요. 그 점이 좋았어요. 그리고 여러 가지 경험을

• ─────── 대한민국 10대를 인터뷰하다

해본 사람들을 만나서 신기했어요. 우리 교실에 아주머니, 아저씨도 왔거든요. 뉴질랜드로 유학을 다녀온 친구가 있어요. 인성이라고. 걔가 어른들에게 스스럼없이 이야기를 잘해요. 저는 어른들에게 그렇게 이야기하는 법을 몰랐거든요. 그 친구를 통해서 알게 됐어요. 배운 게 많죠. 인성이는 화를 잘 안 내요. 화를 낼 만한 상황도 웃고 넘어가는 것 같아요. 또 카페에서 아르바이트하는 형이 있었는데, 월급을 받아서 맛있는 것도 사주고 했어요.

📟 함께 공부했던 형이 맛있는 것도 사줬어요?

네. 저희가 만나면 갈 곳이 없잖아요. 아파트 놀이터에 앉을 곳이 많으니까 거기 가서 이야기하고 놀아요.

📟 겨울에는 춥지 않아요?

추운데 갈 곳이 없잖아요. 십대들은 갈 곳이 마땅치 않아요. 돈도 없는데 카페에 갈 수도 없구요. 그래서 친구들을 만나면 낮에만 놀고 해 떨어지면 빨리 집에 들어가요. 추우니까. 돈이 없어서 밥도 못 먹으니까 집에서 든든히 먹고 나와요(웃음). 그런 형편이니 그 형이 밥 산다고 했을 때 정말 고마웠죠.

📟 검정고시를 보고 나서 어땠어요?

한결 마음이 편해졌어요. 여유가 많이 생겼죠. 검정고시 끝나고 일본으로 여행도 다녀왔어요. 이모가 도쿄에 살아서 거기 머물면서 여기저기 구경을 많이 다녔어요. 일본에서 멀리 갈 때를 빼고는 전차를 안 타고 걸어 다녔어요. 문화체험을 많이 하려구요. 롯폰기 힐즈, 긴자, 이케부쿠로, 우에노, 아사쿠사…… 많은 곳을 돌아다녔어요. 마루노치 공원

옆에 있는 과학기술관과 오다이바의 일본과학미래관도 가보고요.

🔊 한결이가 여전히 과학 쪽에 관심이 많군요.

일본은 과학을 매우 체계적으로 정리해두고 있다는 느낌을 받았어요. 과학미래관에 가서 나노기술도 접하고 로봇하고 이야기도 하고……. 의미 있는 체험이었죠. 혼자 다니니까 좀 외롭기도 하고, 일본어를 기본 밖에 안 배우고 가서 깊이 있는 체험을 하진 못했지만 정말 좋았어요.

🔊 일본을 다녀와서 많이 좋았어요?

자유로웠어요. 일본 가기 전에는 제가 사람들과 말을 잘 안 했어요. 그러다 보니 과묵하다는 말을 자주 들었죠. 다녀온 뒤로 사람들과 대화를 많이 했던 것 같아요. 저한테는 좋은 변화죠.

🔊 한결이는 다른 친구들이 학교에 다닐 때 다른 삶을 살았잖아요. 후회는 안 해요?

후회는 안 해요. 제가 그 시기에 많은 걸 얻었어요. 세상과 소통하는 법도 배웠고. 예전에는 사소한 것에 집착하고 그랬는데, 이제는 좀 더 넓게 세상을 보게 됐어요. 잘못한 부분은 인정하고, 내가 잘못하지 않았는데 누가 잘못했다고 하면 당당히 화내는 법도 알게 됐어요. 무엇보다 혼자 설 수 있는 힘을 깨우쳐서 좋아요. 예전의 내가 아니라 정말 많이 변한 것 같아요.

🔊 세상과 소통하는 법?

다양한 사람들을 많이 만났잖아요. 헬스클럽 선생님, 다솜학교에서 만난 형천이, 검정고시 친구 인성이, 음악 하는 형들……. 또 이번 겨울에 시골에 내려가서 열흘 동안 있었거든요. 거기서 만난 형이 있어요. 서울에서 요리사로 일하던 형인데 잠깐 쉬려고 내려와 있을 때 만났어요. 그 형한테 딱지 뗀다는 게 뭔지를 배웠어요.

🔲 딱지를 떼요?

어느 한 분야를 통달한다는 소리예요. 이것만은 확실히 안다! 그걸 딱지 뗀다고 해요. 그 형이 많은 이야기를 해줬어요. 인생 경험에 대해서. 형이 스파게티도 해주고 맛있는 음식을 해주니까, 저도 형이 바쁠 때 라면이라도 끓여주게 되더라구요. 형이 알아서 다 해주니까 저도 알아서 다 해주게 됐어요.

🔲 한결이도 뭔가 한 가지를 정해서 확실하게 해보고 싶다는 생각을 한 거예요? 딱지를 떼고 싶다는?

시골에 있을 때 할 일이 없으니까 벽을 보면서 제 과거를 죽 돌아보게 됐어요. 과거에 스쳐갔던 순간들이 아, 이렇게 해서 이렇게 되었구나, 퍼즐처럼 들어맞는 거예요. 정말 인생사를 좍 훑었어요. 시골에 있을 때 제가 생각하는 힘을 만들어가는 배경이 완성된 것 같아요(웃음).

🔲 아, 생각하는 힘을 만들어가는 배경이 완성된 것 같아요?

네. 그리고 제가 정말 과학을 좋아해서 물리학자가 되고 싶다면, 물리학자가 되는 길이 과학고 진학 외에는 없다면, 지금은 힘들어도 그 길을 갈 수 있을 것 같아요. 그때는 정말 힘들어서 포기했는데 지금은…… 그 길밖에 없다면…….

🔲 한국 디지털 미디어고에 합격했죠?

다행히 검정고시 점수가 좋아서 합격은 했어요. 한편으로는 책임감이 느껴지고, 한편으로는 시원하기도 하고, 한편으로는 뭔가 막힌 것 같기도 하고……. 여러 가지 생각이 들어요.

📟 미디어고는 어떻게 가게 되었어요?

제가 검정고시를 봐서 과학이나 수학 쪽으로 공부할 수 있는 기회를 주는 학교가 없었어요. 미디어고는 검정고시 점수와 면접으로만 가능했어요. 컴퓨터 특성화 학교라서 저한테 맞을 거라고 아빠가 권해주셨죠. 저도 재미있을 것 같았구요.

📟 학교에 가면 규칙적인 생활을 해야 하는데 괜찮았어요?

학교 들어가기 전, 2월에 시험도 보고 오리엔테이션도 했는데, 제가 그 시험을 안 봤어요.

📟 무슨 일이 있었어요?

그런 시험을 봐야 하는지 의미를 모르겠더라구요. 저에게는 무의미했어요. 중요하다는 생각이 안 든거죠. 문제도 수능시험을 보는 것처럼 나왔어요. 이제 막 들어오는 아이들에게 과도하게 수준을 높게 잡아서 낸 것 같더라구요. 그리고 그날 중학교를 함께 다니다 아버지 일로 지방으로 전학을 간 친구가 있는데, 그 친구가 올라와서 절 기다리고 있었거든요. 저랑 가장 친한 친구예요. 어떤 말을 해도 통하는. 시험 끝나고 오리엔테이션이 있었는데 그것도 빼먹은 셈이죠.

📟 학교에서는 아무 말 안 해요?

선생님이 말도 없이 나갔다고 하시던데요. 부모님도 저 때문에 학교에

　•　────────　대한민국 10대를 인터뷰하다

방문하시고…… 그 일이 있고 나서 정말 고민을 많이 했어요. 중학교처럼 학교를 다니려면 지금 그만두고 다른 길을 선택하는 게 낫다. 하지만 미디어고를 다닐 생각이면 모든 걸 감수하고 거기에 맞춰 생활해야 한다. 둘 사이의 갈등이죠.

🔊 **잘 적응할 수 있을지 고민이겠군요.**

고민이 많이 되죠. 더군다나 기숙사 학교잖아요. 고민을 하다가 이렇게 생각하기로 마음먹었어요. 내가 가고 싶어서 온 거다, 3년을 참는 게 아니라 3년을 살면서 새로운 경험을 하는 거다. 3년간 억지로 다닌다면 얼마나 괴롭겠어요. 어차피 미디어고 아니면 제 평생 고등학교는 이제 못 다니는 건데, 즐거운 마음으로 다녀야죠. 다행히 매를 들지 않고 인격적으로 대우하겠다고 학교에서 약속했어요. 전교생 앞에서.

🔊 **매를 안 맞으면 잘 적응할 수 있을 것 같아요?**

그 정도만 해도 고맙죠(웃음).

슬픈 통계 자료

아이들을 만나면서 자료 삼아 청소년 관련 통계들을 보게 되었습니다. 통계라는 것이 그저 숫자 놀음에 불과할지 모르지만, 그 숫자를 가만히 들여다보고 있으면 참 많은 것들이 보이기도 합니다. 이를테면 그 숫자 속에 아이들의 아픈 마음, 아이들의 좌절 같은 것들이 담겨 있는 것만 같아서 마음이 많이 씁쓸했습니다.

제가 청소년 인터뷰집을 준비하고 있다니까 인권 잡지사에 다니는 아는 후배가 한 통계 자료를 참고하라며 건네주었습니다. 그 자료에는 〈꿈을 잃어버린 학생들에 관한 연구〉라는 제목이 달려 있었습니다. 처음에는 무슨 통계 자료 제목이 이렇게 문학적일까, 하고 무심코 지나쳤는데, 가만히 들여다보고 있자니 갑자기 가슴이 먹먹해져왔습니다. 서울 S고등학교 선생님들이 그 학교 학생들을 대상으로 2008년 12월에 조사한 자료였는데, 무엇보다 '학업 포기 및 저소득 학생'들이 주인공이었습니다.

그 중에 이런 자료가 있었습니다. '학업 포기자 현황조사'와 '일반 학생과 저소득 학생 학업 포기자 현황'에 의하면, 전체적으로 학업 포기자는 22.9%이고, 저소득층의 학업 포기자는 31.6%로 일반 학생층

(19.1%)보다 좀 더 높은 것으로 조사되었습니다. 또 아이들이 인문계 고 2학년 때 가장 많이 학업을 포기하고(34.3%), 그 다음은 1학년 인문계 (24%), 3학년 인문계 학생(22.9%) 순으로 나타났습니다.

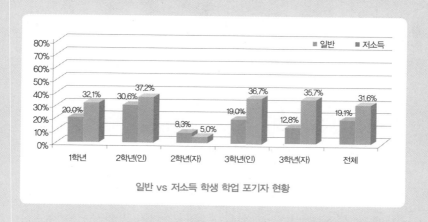

일반 vs 저소득 학생 학업 포기자 현황

무엇보다 저소득 학생들의 숫자가 제 마음에 걸렸습니다. 저소득 학생 중 90점 이상을 맞은 학생은 단 1명밖에 없고, 3명 중 1명은 아예 학업을 포기한다고 합니다. 이런 불행한 교육현실에서 이 조사를 한 선생님들의 말이 그나마 희망을 안겨줍니다. "교사가 학생을 포기하는 것은 '선생님'이기를 포기하는 것과 같다. 학업 포기자 현황을 보고 우리 스스로 수업시간에 학업을 포기한 아이들을 방치하지 않았는지, 우리가 먼저 그 아이들을 포기해버리지 않았는지 되돌아보는 계기가 되었으면 좋겠다."

또 선생님들이 실시한 '학생들의 학습 환경에 관한 설문조사'에서는 이런 질문이 있었습니다. "나는 수업시간에 대답이나 발표를 잘한다." 과연 어떤 결과가 나왔을까요? 이 질문을 보는 순간 제 학창 시절이 떠오르기도 했는데, 아이들의 대답은 변한 게 없었습니다. 전체의

46%의 아이들이 "대답이나 발표를 잘하지 못한다"고 대답하고 있으며 공부 못하는 아이들은 65%나 부정적인 대답을 했습니다. "선생님들은 학생들의 수준을 고려한 수업을 한다", "선생님들은 성적이 좋은 학생 위주로 수업한다"에 관한 대답도 여전히 좋지 않은 게 많았습니다. 학교 교육이 겉으로는 많이 변한 것 같아도 밑바닥 현장에서는 오히려 더 심하게 굳어진 형태로 반복되고 있었습니다.

이런 상황에서 아이들은 자신의 미래에 대해서 아주 불안해하고 있었습니다. '학생들의 자아 존중감 설문조사'에서는 "나의 성적 때문에 미래가 걱정되지 않는다"라는 질문이 있는데 상하위권 학생 모두 "걱정된다"고 답했습니다. 특히 하위권 학생 69%, 중위권 학생 54%의 학생들이 심각하게 자신의 미래를 걱정하고 있었습니다.

2009년 7월 30일자 《한겨레》에는 '중국청소년연구중심'이 한국, 미국, 중국, 일본 중고생들을 대상으로 한 설문조사 결과가 실린 적이 있습니다. 그 중 "자신의 미래를 믿는다"는 항목을 보면, 중국 41.3%, 미국 37.8%, 일본 21.8%, 한국 20.1%의 청소년들이 자신들의 미래를 믿는다고 대답을 했습니다. 4개국 중 한국 학생들이 가장 미래에 대한 확신이 없었던 것이지요. 통계로 바라본 현실은 교육문제가 얼마나 깊고 심각한지 잘 보여줍니다.

"(학원에서) 새벽 1시에 들어온 아이들 47.6%가 자살 충동을 느낀 적이 있다."(한국사회조사연구소, 2008년)

"서울시 초중고 4명 중 한 명은 행동장애와 불안장애를 겪고 있다. 100명 중 16명은 전문가의 진단과 처방이 필요할 만큼 정신장애가 심각하다."(학교보건진흥원)

"청소년들 중 스트레스를 '종종 받는다'가 50.9%, '항상 받는다'가

23.4%이며, 스트레스 요인 1위는 시험성적에 대한 부담감이 74.8%로 가장 높다."(2007년 서울시 청소년 상담지원 센터조사)

"청소년 사망 원인 2위는 자살이다."(2009년 청소년 통계, 통계청)

"중고등학생 8명 중 1명은 폭력에 노출되어 있다."(2009년 청소년 통계, 통계청)

청소년 관련 자료들을 찾다 보면 정말 현실이 참담하다는 것을 절로 느낄 수 있습니다. 밝고 희망찬 통계는 거의 찾을 수가 없습니다. 특히 일제고사니, 특목고니, 자사고니, 외국어 중학교니 하는 것들을 새로운 대안인 양 내놓는 모양을 보면 모래밭에 집을 짓는 것처럼 위태로워 보입니다. 현장에 있는 아이들은 그런 정책으로 인해 피멍이 들고 힘들어하고 있습니다.

저는 십대들의 고민이 우리 사회의 축소판이라고 생각합니다. 그들의 이야기 속에는 빈부의 차, 지역 격차, 세대 갈등, 자유와 속박, 폭력 문제 등 다양한 것들이 깃들어 있습니다. 그 이야기에 귀 기울이며 하나씩 우리 자신을, 우리 사회를 바꿔나갔으면 좋겠습니다. 우리 사회가 더 정서적으로 풍요로운 인간다운 곳, 서로를 죽이는 경쟁이 아니라 배려하고 연대해서 더 질 높은 세계로 나아갔으면 합니다.

아이들을 인터뷰하기 시작한 지 햇수로 벌써 3년이 지났다. 그동안 아이들은 많이 변했다. 그 당시 고등학교 2학년이었던 연택이는 지금은 대학생이 되었다. 모 대학 방송영상학과에 입학해 즐겁게 학교생활을 하고 있다. 자신이 정말 하고 싶은 음악은 주말을 이용해 학원에서 배우고 있다. 연택이는 대학에 가기 전 입시용 음악학원을 다녔다. 그러나 입시에 맞춰진 음악은 더 이상 '즐거운 것'이 아니었다. 그저 해야만 하는 의무 교육이 되어버린 것이다. 지금은 그 의무에서 벗어나 다시 재미있게 즐기면서 레게음악, 랩등을 하고 있다.

찬훈이는 서울예술종합전문학교 스트릿댄스과에 수시 합격해서 고3임에도 여유 있게 시간을 보내고 있다. 의상디자인과에 가고 싶었으나 그것은 좀 더 시간을 두고 해나가야 할 꿈으로 남겨두었다. 많은 아이들이 찬훈이처럼 정작 하고 싶은 일은 하지 못하고 있다. 성적 등 여러 이유 때문에 그런 일들은 뒤로 밀어놓고 차선의 꿈들을 선택하고 있다. 그건 미진이도 마찬가지다. 자동차과에 가서 자동차 만드는 게 꿈이었던 미진이는 지금 바텐더 생활을 하고 있다. 이제 5개월째라고 한다. 바텐더 일도 하고 싶은 일 중 하나여서 할 만하다고 미진이는 조용하게 말한다.

제하는 대안학교에서 일반 고등학교로 진학했다. 친구들과 생활하는 것은 어느 정도 괜찮은데 학습과 시험에 대한 스트레스 때문에 어려움을 많이 겪었다. 여름방학부터는 어느 정도 적응이 되어 조금씩 해나가고 있다고 한다. 근태와 동준이는 기능장 시험은 떨어졌지만 전공자격증은 하나 둘 따놓고 있다. 근태는 이번에 기술자격증 시험과 컴퓨터 기능자격증 시험을 모두 합격했다고 한다.

덕훈이는 결국 고등학교에 적응하지 못했다. 학교를 그만두고 지금은 아버지와 타협해서 미용학원과 영어학원을 다니고 있다. 미용실에도 취직을 하여 미용학원에서는 배우지 못하는 실질적인 기술을 배우고 있다. 한결이는 고등학교에 가서 정말 상상도 하지 못한 많은 일들을 겪었다. 그래도 중학교 시기를 헤매면서 얻은 내적인 힘으로 어려운 상황을 잘 견뎌내고 있다고 한다.

아이들은 끊임없이 부딪히는 '현실의 벽' 때문에 비틀거리며 길게 돌고 돌아 자신의 길을 가고 있다. 아이들의 이 모든 경험들이 아이들의 삶을 어느 곳으로 데려다 놓을지 아무도 상상하지 못한다.